FOLIO POLICIER

Ridley Pearson

Meurtres à grande vitesse

Traduit de l'américain
par Nora Camelo

Gallimard

Titre original :
PARALLEL LIES

Première publication : Hyperion, New York, 2001.

Ridley Pearson, américain, est l'auteur de treize thrillers dont deux ont déjà été traduits en France.

À Betsy Dodge Pearson

Pour avoir préservé notre entente au fil des années. Pour avoir été un guide charmant et imaginatif. Pour avoir animé la vie culturelle du quartier. Pour toutes ces grandes et ces petites choses. Nous te devons plus que les mots ne peuvent le dire. Tu contiens parfois le monde. Le monde et nous tous. Tu es la meilleure. La seule. Betsy.

PROLOGUE

Au milieu de la forêt incendiée par l'automne, le train trace un sillon droit, dur et luisant. Devant la locomotive, les rails filent à toute allure pour se rejoindre à l'horizon, ligne de fuite accélérée.

Avec un soupir de contentement, le conducteur enfonce sa chique contre sa joue. Il remorque six wagons couverts et sept wagons plats, tous vides. Pour lui, c'est ça le bonheur... Ce bruit qui résonne à ses oreilles, ces vibrations graves qui lui remontent le long des jambes, et aussi le bleu du ciel posé sur le scintillement argenté de la voie. Un travail paisible ; le plus beau du monde... Pour le bien de l'humanité, il véhicule les marchandises les plus variées, grumes, fuel, coton... Il se considère dans l'ensemble comme un homme satisfait de son sort. Il est seul avec ses pensées. À quoi songe-t-il ? Au climatiseur de sa caravane qui est sur le point de rendre l'âme : comment diable va-t-il réunir 300 dollars ? Il pourrait payer avec sa carte de crédit, mais cela reviendrait à déshabiller Pierre pour habiller Paul. Peut-être des heures supplémentaires... Un autre voyage...

Une subite trépidation le ramène à la réalité. Un crissement, comme deux os frottant l'un contre l'autre. Il se dit qu'un des freins a lâché, ou bien un compresseur, ou peut-être qu'il s'est produit un blocage en milieu de rame. En posant la main sur les manettes, il consulte son rétroviseur. Le grand serpent à la livrée d'argent se penche avec grâce dans la courbe à faible rayon. L'accélération due à la pente légère prête à sa course un air joyeux. Pourtant le cœur du conducteur se met à battre comme le pied d'une grosse caisse.

Un wagon — le 7 ou le 8 — se trémousse comme une danseuse ivre. Les freins ne sont pas en cause. Il ne peut s'agir que d'un problème d'essieu. Et dans ce cas, il n'y a rien à faire.

Il sait maintenant ce qui va se passer, il sait l'inéluctable, il le sait avant même de toucher les commandes. Quatorze ans sur la ligne pour voir ça...

Ses yeux écarquillés d'horreur restent rivés sur le wagon hors de contrôle qui, comme pris de spasmes violents, se cabre, à droite, puis à gauche, dans des contorsions terrifiantes. Tant et si bien qu'il finit par se coucher sur le flanc, entraînant le wagon suivant.

Le conducteur réduit l'arrivée des gaz et actionne les freins. Les secousses rendent impossible la lecture des cadrans. Ses dents claquent. Il allume la radio.

En dépit de tous les codes et procédures prévus en cas d'accident, un seul mot jaillit de sa gorge, le signal de détresse :

— *Mayday !*

Gagnés un à un par la contagion, les wagons tanguent, sautent d'avant en arrière. Bientôt, le convoi tout entier se disloque dans un vacarme d'enfer. Oubliée, la beauté sereine du train filant sous le soleil d'automne. Les wagons bondissent sur les rails, fouettant les arbres comme la queue d'un dragon, les déchirant, les jetant à terre. Une onde parcourt le monstre, dont la queue s'élève vers le ciel. Les wagons se soulèvent, puis retombent.

Le conducteur avance la main vers la poignée de la portière, abandonnant les commandes et laissant la veille automatique provoquer l'arrêt. Mais le voilà qui perd l'équilibre, et s'effondre sur le plancher.

Il n'a jamais entendu un bruit pareil — c'est en tout cas ce qu'il confiera par la suite aux sauveteurs. Un hurlement strident. Une déflagration tonitruante. L'odeur de brûlé que provoque le broiement de l'acier lui soulève le cœur. Il vomit sur le sol huileux de la cabine. Il pousse des cris pour ne plus entendre les effroyables craquements.

La locomotive, lourde de ses dix tonnes, bascule vers la droite, reste un instant en suspens sur le côté, puis plonge en avant. Comme dans un mauvais rêve, le conducteur voit un wagon plat passer au-dessus de lui en vol plané, obscurcissant le jour. Ensuite il tombe dans un trou noir. Quarante secondes d'une terreur sans fin. Les wagons se cognent, se renversent, montent les uns sur les autres, emportés par la force colossale de leur énorme masse. Après le hurlement d'agonie, un silence de mort s'abat sur la voie profanée, et les feuilles rouge, or et argent viennent lentement, comme un linceul, recouvrir l'immense corps immobile dans le soleil.

1

Six semaines plus tard.

Par une nuit glaciale de décembre, les flammes d'un camping-gaz éclairaient d'une lumière bleutée l'espace exigu d'un wagon que berçait le roulement d'un train de marchandises. Un homme se tenait penché sur une boîte de *chili con carne* dont l'arôme pimenté se mêlait aux odeurs d'huile et de rouille. Pour réchauffer ses doigts engourdis par le froid, Umberto Alvarez prit entre ses paumes la base du petit réchaud. Juste à ce moment se produisit une secousse un peu brutale. Il retira vivement ses mains. Il s'était brûlé. *Quand on joue avec le feu...*

Le train siffla. Il consulta sa montre. Presque 22 heures. Dix minutes s'étaient écoulées depuis que le convoi avait ralenti pour la dernière fois, à Terre Haute. Un détail qu'il ne devait pas oublier car, lorsque le train roulait au pas, rien n'était plus aisé que de monter ou de descendre d'un wagon de marchandises sans se faire remarquer. Il était dans l'ensemble assez satisfait de ce voyage d'Indianapolis à Saint Louis. En principe, et par bonheur, le dernier de la série.

Sous son bonnet en laine bleu marine, d'où s'échappaient des mèches de cheveux noirs et gras, Alvarez avait un regard las. Ses joues mal rasées disparaissaient à moitié sous le col roulé de son pull marron recouvert d'un sweat-shirt troué et d'une vieille veste turquoise en peau de mouton.

Le monde du silence. Alvarez avait lu ce slogan, quand il faisait encore jour, sur les emballages de machines à laver qui occupaient la moitié du fourgon, arrimés par des sangles usées que fermaient des boucles en fonte. « Le monde du bruit » eût mieux convenu : le rythme saccadé des rails — deux cahots suivis d'un long murmure sonore — *cha-cha-hoummmm, cha-cha-hoummmm* lui donnait la migraine. Ensuite, pendant des jours, alors qu'il n'était plus dans le train, ce *cha-cha-hoummmm, cha-cha-hoummmm* le poursuivait comme une obsession, se glissait jusque dans la moelle de ses os.

À présent, l'éclat de l'auréole bleue du camping-gaz l'aveuglait. C'était à peine s'il distinguait le fond du wagon. Il se rappelait y avoir aperçu un graffiti, à moins qu'il ne s'agît d'un autre wagon, d'un autre train, d'un autre voyage. Épuisé par le manque de sommeil, le froid et la faim, par moments il ne savait plus où il en était. Le train pouvait certes le transporter d'un point à un autre, mais rien ne changerait jamais ce qu'il ressentait. Les ténèbres ne s'étendaient pas seulement à l'extérieur, mais à l'intérieur de lui.

Quelques minutes plus tôt, par les interstices des grandes portes coulissantes, il avait aperçu les lumières d'une ville. Au moment où le train avait sifflé à la hauteur d'un passage à niveau, le cœur d'Alvarez s'était serré au souvenir de l'accident qui avait causé la mort de sa femme et de ses enfants. Il n'était resté de la voiture qu'un tas de ferraille.

Dix-huit mois déjà... Le déchirement, le vide, l'absence étaient restés aussi vifs, aussi insoutenables qu'au premier jour. Ses amis lui avaient seriné que le temps adoucirait son chagrin, mais ils avaient eu tort. De toute façon, il n'avait plus d'amis. Il n'avait plus rien. Sa seule raison de vivre était désormais la vengeance. Car il allait faire payer les responsables... Quitte à y laisser sa peau.

Depuis dix-huit mois, la presse s'était fait l'écho de plusieurs déraillements de trains de marchandises, dans l'Alabama, au Kansas, à l'ouest des Rocheuses. Les conducteurs étaient mis en cause. Ou bien les intempéries. Ou bien encore un dysfonctionnement mécanique. Autant de mensonges que de trains arrachés à leurs rails. Au début, il avait procédé au petit bonheur, sans plan préétabli. Il ne s'était pas réveillé un beau matin en se disant qu'il avait l'étoffe d'un terroriste. Non. Et pourtant c'était bel et bien ce qu'il était devenu. Son rendez-vous du lendemain avec un fabricant de bombes suffisait à le prouver. Il se sentait investi d'une mission : rien moins que la destruction totale de la Northern Union Railroad. David contre Goliath : le rôle lui allait comme un gant.

Tandis qu'il touillait son *chili*, une ombre se profilant sur la paroi attira son attention. Dans un wagon fermé, quand le train roule, on voit sans cesse des ombres qui bougent ; seules celles qui restent immobiles sont en principe inquiétantes. Mais celle-ci était projetée par quelque chose — ou quelqu'un — se déplaçant à l'extérieur du wagon. Alvarez se redressa, subitement sur le qui-vive. Sans doute un SDF, ivre ou fou, attiré par le fumet de sa pitance. Un homme assez affamé — et assez costaud — pour prendre le risque de se déplacer à l'extérieur d'un train en marche rien que pour quelques bouchées de ragoût en boîte. Alvarez se leva pour bloquer la porte. Trop tard. Elle s'ouvrit.

Alvarez recula d'un pas. Un intrus sans visage. Une silhouette se découpant sur le rideau noir de la nuit. Un grand type à carrure de rugbyman. L'inconnu mit la main à sa ceinture et alluma une lampe de poche. Alvarez, ébloui, fut parcouru d'un frisson : et si c'était un vigile... ou un flic ? Le FBI s'en prenait en ce moment aux SDF des chemins de fer, l'un d'eux ayant été arrêté pour avoir commis une série de meurtres dans sept États différents. « Le tueur du rail », l'avaient surnommé les journalistes.

— Ça sent bon, dit l'inconnu d'une voix d'un calme nonchalant.

Alvarez aurait voulu en conclure que le bonhomme voulait seulement s'inviter à dîner. Mais il était gêné par l'éclat de sa lampe... un éclat trop puissant pour une torche électrique de vagabond. Ces SDF ne se servaient jamais que de vieilles piles récupérées dans les poubelles. Quand ils avaient deux sous en poche, ils achetaient de l'alcool, des cigarettes, du shit ou de quoi casser la croûte... Mais des piles ? Jamais !

— Seul ? interrogea l'inconnu.

Alvarez ne répondit pas. Il avait appris à se taire sur les trains. Moins on en disait, mieux on se portait.

— Mexicain ? insista l'autre.

Alvarez distinguait à présent une partie de son visage. Un Blanc au nez cassé de boxeur.

Entre zonards, on se bagarrait pour des broutilles. Souvent simplement pour se défouler un peu. Celui-ci rôdait peut-être en quête d'un Mexicain sur lequel passer ses nerfs. Alvarez jeta un coup d'œil au *chili* qui commençait à bouillir.

— Peut-être bien que ton père était espagnol et ta mère italienne, reprit l'inconnu.

Cette fois, Alvarez fut bel et bien saisi d'épouvante : *Il sait qui je suis !* Une demi-seconde lui avait suffi pour comprendre. Il fallait qu'il réagisse avant qu'il ne soit trop tard.

Il se pencha, prit la boîte de conserve brûlante et la lança à la figure du grand type. Puis il fonça sur lui tête baissée, dans le vague espoir de le faire basculer dans le vide par la porte restée ouverte. L'homme, en hurlant, sortit une matraque et l'abattit sur le visage d'Alvarez. Celui-ci entendit le cartilage de son nez craquer. Un flot de sang chaud jaillit de ses narines. Se ressaisissant, il fit volte-face, attrapa le réchaud et se prépara à rétorquer.

Un combat sans merci, se dit-il avant de frapper.

2

Alvarez se réveilla au bruit d'une porte en tôle qui s'ouvrait en grinçant. Quelques instants plus tard, le moteur du pick-up garé en contrebas de l'espèce de fenil où il était caché se mit en marche. L'odeur âcre du pot d'échappement le prit à la gorge. Il roula sur lui-même afin de regarder par un trou du plancher. Il avait trouvé refuge dans cette grange poussiéreuse au cours de la nuit. Le sang — le sien et celui de l'autre — avait séché en plaques marron sur ses oripeaux. Impossible de se montrer dans cet état. Il n'avait aucune envie d'être livré à la police. Pas après ces mois de travail forcené.

Un frisson glacé le parcourut au souvenir des événements de la veille au soir. Il avait sans doute tué un homme. Légitime défense ou pas, c'était un fait. Qu'en penseraient les autorités ? On l'avait bien accusé d'avoir assassiné son propre avocat, Donald Andersen... Une accusation bidon qui avait fait de lui un fugitif. À force de le traquer, ils avaient peut-être réussi à le transformer en meurtrier. Rien que cette idée lui donnait envie de vomir. Une haine impitoyable l'habitait : la Northern Union Railroad serait bientôt rayée de la carte. Comme cela, ils ne pourraient plus mentir...

De son observatoire, Alvarez n'apercevait que deux grosses mains masculines posées sur le volant. Il prit garde de ne pas bouger. Une fois le pick-up dans la cour, l'homme sortit de son véhicule pour refermer la porte du garage. Le bruit du moteur s'éloigna. Un silence ouaté enveloppa bientôt la grange. Alors seulement Alvarez se permit de repousser la toile du sac qui lui avait servi de couverture au cœur de la nuit glacée.

Un train siffla au loin, comme pour le rappeler à la réalité. Il fallait reprendre la route. Le cadavre de son agresseur pouvait aussi bien être découvert dans plusieurs semaines que dans la matinée. Une chose était certaine : il devait à tout prix mettre le maximum de kilomètres entre lui et l'Illinois. L'inconnu du train connaissait ses origines. Il l'avait d'abord taquiné en l'appelant « le Mexicain », puis il lui avait montré qu'il savait que sa mère était italienne. Cela signifiait que les vigiles de la Northern Union le serraient de plus en plus près. Il s'était trahi d'une façon ou d'une autre, à moins que, pire encore, ses actions ne soient devenues prévisibles. Sinon, comment auraient-ils deviné qu'il se trouvait à bord de ce train ? Ou alors ils avaient bénéficié d'un extraordinaire coup de chance. Connaissaient-ils sa prochaine cible ? Savaient-ils comment il commettait ses sabotages ? Avaient-ils finalement établi un lien entre les multiples déraillements ? Autant de questions dont il ignorait les réponses.

Les membres engourdis par le froid, les articulations râpeuses, Alvarez descendit. En passant devant un vélo d'enfant suspendu au mur, il aperçut dans le rétroviseur le reflet d'une figure ravagée : la sienne. Sa femme prétendait qu'il avait l'air plus italien que latino, à cause de la finesse de ses traits et de son teint olivâtre. Mais ce qu'il vit dans ce minuscule miroir, ce fut en fait le visage déterminé de son père, un visage de Mexicain. Il posa le bout de son doigt sur son nez. Une simple ecchymose. Il n'avait finalement pas le nez cassé. Comme tout le reste de sa personne, ses joues étaient maculées de sang et de boue. Il avait besoin sinon d'une bonne douche, du moins de se débarbouiller. Une coupure entaillait l'arcade sourcilière de son œil tuméfié, le gauche. Une fois nettoyée, elle disparaîtrait sans doute dans l'épaisseur de ses sourcils. Mais il n'avait pas de temps à perdre. Pas question de changer son programme. Il avait un avion à prendre. Le problème, c'est qu'il n'était pas présentable. Il promena son regard dans la pénombre de la grange. Le soleil qui venait de se lever faisait déjà étinceler la neige dehors. La neige ! L'angoisse lui écrasa soudain la poitrine. Si la tempête avait effacé l'empreinte de ses pas cette nuit, ce matin, il allait laisser dans son sillage une piste facile à suivre...

Depuis dix-huit mois, il vivait caché, en fuite perpétuelle. L'idée d'être capturé lui donnait des sueurs froides. Il se cramponnait de toutes ses forces à son objectif : la ruine de toute une compagnie de chemins de fer. S'il devait coller un nom à cet ennemi sans visage, la Northern Union, ce serait celui de son directeur, William Goheen. Sa vengeance cependant n'était plus ciblée uniquement sur cette ordure. D'abord, une vie contre trois, ce n'était pas équitable ; ensuite Goheen n'était pas seul responsable. C'était l'institution dans son ensemble qui avait provoqué la mort de sa femme et de ses enfants. Sans l'intention de la donner, peut-être... Mais les faits étaient les faits.

Il fallait qu'il trouve des vêtements propres, et vite ! Le temps jouait contre lui.

Par la fenêtre rendue presque opaque par le givre, il scruta dans le jour blafard la silhouette de la ferme à une cinquantaine de mètres. Des stalactites pendaient aux gouttières. Une fine volute de fumée grise sortait de la cheminée en brique. Une lueur jaunâtre éclairait les fenêtres du bas.

Le petit vélo trahissait la présence d'enfants dans la maison, de toute une famille, peut-être nombreuse, qui sait ? Il devait aller voir de plus près. Le bus de ramassage scolaire passerait bientôt prendre les enfants. La mère irait faire les courses... Il observa la maison pendant dix bonnes minutes, se demandant s'il avait le cran de traverser la cour à découvert. Comme il ne voyait rien bouger à l'intérieur du bâtiment, il décida de tenter sa chance.

Inutile de se cacher, cela ne servait à rien. Il allait courir à toutes jambes, comme s'il venait d'avoir un accident de la route. Il jouerait la carte de l'amnésie. Il réclamerait un téléphone. Des secours. Ensuite, on verrait.

Il ouvrit la porte de la grange juste assez pour passer et s'élança. Mille pensées s'agitaient dans sa tête. Comment en était-il arrivé là ? Dix-huit mois plus tôt, il aurait ri au nez de quiconque lui eût prédit qu'un jour il traverserait en courant une cour tapissée de neige dans des vêtements maculés de sang, avec l'intention de voler une nouvelle garde-robe à des inconnus ! À l'époque, il était professeur de sciences ; il adorait ses élèves, sa femme, les jumeaux. Si on lui avait dit que sa tête serait mise à prix, il ne l'aurait pas cru. Pas une seule seconde.

Il atteignit la ferme sans encombre. Sur la balustrade du porche, une citrouille d'Halloween au sourire édenté le regarda s'approcher sur la pointe des pieds.

Il jeta un coup d'œil par la fenêtre. La cuisine. Une femme plutôt potelée d'une trentaine d'années, en pyjama de flanelle, le haut déboutonné jusqu'à la naissance des seins. Une belle fille du Midwest. Des cheveux bruns, mi-longs, décoiffés. Elle sortit de la pièce pour revenir une minute plus tard, les bras chargés de draps. Alvarez s'accroupit pour ne pas être vu. Il la suivit en marchant plié en deux de l'autre côté du porche. Une autre fenêtre. Celle de la buanderie. Une planche à repasser dressée lui bouchait à moitié la vue.

La femme se pencha pour sortir une brassée du sèche-linge. Ses seins jaillirent comme deux globes luisants du décolleté de son pyjama. Alvarez se remémora le temps où un spectacle de cette nature eût provoqué chez lui une érection. Désormais, tout, y compris le sexe, le laissait indifférent. Il pensait à sa femme, à ses enfants, à la voiture écrasée. En regardant mieux, il avisa un blue-jean d'homme suspendu à une corde dans un coin de la petite pièce. Il repéra de même une chemise en flanelle, des chaussettes. La femme déposa les couleurs foncées sur le plateau de la machine. Alvarez, prudent, se recula. Il avait la sensation qu'elle devinait sa présence.

À son profond soulagement, elle n'interrompit pas sa tâche. Elle transféra du linge de la machine à laver au sèche-linge, puis bourra le tambour de la machine avec des draps. Alvarez jeta des regards furtifs autour de lui pour voir si personne ne l'observait. La cour était déserte. La femme retourna à la cuisine. Alvarez se déplaça avec mille précautions jusqu'à une autre fenêtre, en haut des marches, d'où il avait une meilleure vue. Elle versa de l'eau dans un verre mesureur, puis se tourna vers la cuisinière. Elle sortit du placard un paquet de flocons d'avoine qu'elle posa sur le comptoir. Alvarez eut un serrement de cœur. Il revoyait soudain la silhouette de sa propre femme vaquant à ses occupations matinales. La vision soudain embuée par les larmes, il la suivit des yeux tandis qu'elle passait dans la pièce voisine.

L'eau allait mettre trois ou quatre minutes à bouillir, calcula-t-il. Cela lui laissait le temps d'entrer, de se servir, et de déguerpir. Il fit glisser ses mains à l'intérieur des manches de son vieux sweat-shirt afin de ne pas laisser d'empreinte sur la poignée.

La porte s'ouvrit sans un bruit. Ça sentait comme à la maison. Seigneur ! L'espace d'un instant, il fut transporté dans sa propre cuisine. Il faisait chaud à l'intérieur. Il avait presque oublié qu'il pouvait faire aussi chaud. Un bruit d'eau lui fit dresser l'oreille. Était-elle sous la douche ? Il se dépêcha vers la buanderie. Arracha le jean de sa corde. Se pencha pour extraire la chemise en flanelle de la pile de linge sec. Les boutons cliquetaient dans le tambour du sèche-linge. Il se raidit. Avec le bruit que faisait la machine à laver, on ne pouvait pas l'entendre. Mais en se redressant, il cogna la planche à repasser. Le fer vacilla sur son socle. À cet instant, la femme, qui n'était plus vêtue que du haut de son pyjama déboutonné, jaillit de la chambre, ou de la salle de bains, pour traverser la cuisine. Eût-elle jeté un coup d'œil à sa droite, qu'elle l'aurait vu : un homme paniqué, un total inconnu, tenant son fer à repasser à la main, comme une arme.

Alvarez la perdit de vue. Il ne l'entendait pas non plus à cause du vacarme des machines. Il se la figura occupée à mesurer les flocons d'avoine et à remuer le porridge en ajoutant de l'eau bouillante. Puis, tout d'un coup, une paire de fesses nues et bien rondes traversa son champ de vision : elle retournait dans la chambre.

Alvarez reposa délicatement le fer sur la planche, ramassa un tee-shirt, des chaussettes dépareillées, une ou deux boîtes de conserve.

Une petite voix s'éleva alors dans la cuisine :

— Maman ?

Alvarez se plaqua contre le mur, le souffle suspendu.

— Maman ?

Il tourna la tête pour constater, avec un vif soulagement, que sa présence était en partie dissimulée par la porte à moitié fermée de la buanderie. Mettant son œil à la fente, il vit un gamin de six ou sept ans. Cheveux roux. Taches de rousseur. Un chien en peluche bleu sous son petit bras. L'enfant sortit du réfrigérateur un carton de jus d'orange. Puis il se mit sur la pointe des pieds pour attraper un verre dans l'armoire.

La tuyauterie à la gauche d'Alvarez émit des gargouillis, puis se tut. La douche était terminée. Qu'allait-il faire ? Il resta planté là avec son paquet de vêtements et ses boîtes de thon, comme paralysé. Elle était sûrement en train de s'habiller.

Le gamin buvait son jus d'orange à longs traits. Alvarez sentit sa vue se brouiller. Cet enfant plein de vie, insouciant, innocent, qui appelait sa mère... Non, rien ne ramènerait les jumeaux à la vie. Le déchirement était une plaie ouverte. Et sa colère sans limite. Elle le possédait tout entier. Il avait appris à ne pas l'exprimer, à la garder tout au fond de son cœur, mais elle était toujours présente, profonde, lancinante, impérieuse. Jamais elle ne le quitterait.

Que faire ? Si seulement ce gosse voulait bien aller chercher sa mère. Sur la cuisinière, le porridge frémissait. Elle devait être habillée maintenant, que diable !

Comme l'enfant ne paraissait pas vouloir sortir de la pièce, Alvarez prit une décision.

La fenêtre...

Un bourrelet la calfeutrait. Réussirait-il à l'ouvrir avec tout ce qu'il avait dans les bras ?

L'enfant berçait sa peluche, l'œil dans le vague, mais fixé sur la porte de la buanderie. Par conséquent Alvarez ne pouvait pas franchir inaperçu l'espace qui le séparait de la fenêtre, et de la liberté...

Soudain, la voix de la mère résonna dans la cuisine.

— Nate, mon chéri ?

— Ouais ?

— Tu peux remuer le porridge, s'il te plaît ? Coupe d'abord le feu. Ne te brûle pas, surtout ! Je vais réveiller ta sœur.

Un deuxième enfant !

Le garçon s'approcha de la cuisinière.

Alvarez recula, posa son butin sur le sèche-linge et souleva doucement la planche à repasser pour la poser à côté de la fenêtre à guillotine dont il tira le loquet. Le vacarme de la machine à laver étouffa le coup qu'il porta au chambranle pour débloquer la glissière. Le bourrelet se détacha en lambeaux. Alvarez, en nage, jeta le paquet de vêtements sur la neige, passa ses jambes dans l'ouverture, puis se retourna pour remettre tant bien que mal la planche en place.

Ce fut là son erreur. En se contorsionnant pour se glisser dans l'étroit passage ménagé par la fenêtre, il bouscula la planche par inadvertance. Le fracas de sa chute lui vrilla les tympans.

Il ferma la fenêtre d'un coup sec et ramassa la brassée de linge propre.

La femme entendit le bruit. Un bruit de chute. Sans poser la petite qu'elle tenait dans ses bras, laissant Nathan debout sur une chaise occupé à touiller le porridge, elle se rua dans la buanderie. Il y faisait froid. Mais la pièce était dépourvue d'appareil de chauffage. D'autant qu'il gelait dehors à pierre fendre.

Tiens, se dit-elle, *le fer à repasser est tombé ?* À l'instant même, la machine à laver, passant au mode essorage, se mit à vibrer et à tressauter, comme toujours lorsqu'elle était très chargée. Les murs eux-mêmes tremblaient. À se demander comment les étagères tenaient encore ! Il faudrait songer à mieux la stabiliser. Tout dans cette maison avait besoin de réparations.

3

Peter Tyler conduisait une Ford beige qui embaumait le désodorisant — charmante attention de l'agence de location. Ils avaient dû le prendre pour un fou quand il avait insisté pour louer une voiture décapotable au plus gros de l'hiver ! Tyler serra le volant d'une main et ajusta de l'autre son rétroviseur. Ce faisant, il croisa son propre regard. Sombre, inquiet. Si la neige continuait à tomber aussi drue, il n'allait jamais arriver à l'heure à la gare. Et un retard dès le premier jour de boulot, ce n'était pas une nouvelle qu'il avait envie d'annoncer à Washington.

Il ne pouvait pas se permettre de perdre cet emploi. D'un point de vue financier surtout. Même s'il n'était pas salarié. Reconstruire une vie, cela ne se fait pas en un jour. Il faut beaucoup de patience, de la persévérance. Pour accepter l'inacceptable. Lui, un ancien inspecteur de la brigade criminelle. Dix ans de métier. Et à présent : plus rien. Il devait bien se raccrocher à quelque chose. À n'importe quoi. Et ce travail, même temporaire, était un début. Il avait le trac, un peu comme un collégien la veille de la rentrée.

La tempête avait enveloppé Saint Louis d'un lourd manteau de neige. Tyler descendit sa vitre et sortit la main pour décoincer l'essuie-glace. Puis il se renfonça au fond de son siège afin de regarder à travers la partie dégagée du pare-brise. On voyait à peine à deux mètres devant soi...

Il aperçut d'ailleurs çà et là sur le bord de la route, éclairés par leurs feux de détresse, des voitures et des camions accidentés. Quelques conducteurs étaient sortis de leurs véhicules et s'engueulaient. Emmitouflés dans d'épais anoraks, ils avaient l'air plutôt comique. Tyler ralentit encore un peu et nettoya de nouveau son essuie-glace. Un poids lourd klaxonna derrière lui. Tyler sursauta. Puis jura entre ses dents : la buée sur la vitre arrière empêchait toute visibilité. D'un doigt irrité, il appuya sur un bouton du tableau de bord. La capote se releva lentement. Mais, à sa grande surprise, les flocons qui zébraient le paysage nocturne ne le touchèrent même pas. Il allait plus vite que la neige et le pare-brise créait un courant aérodynamique qui la renvoyait sur les flancs de la carrosserie. Il appuya sur l'accélérateur.

Tyler s'était bien gardé de dire à l'agence de location qu'il était claustrophobe. Mieux valait qu'ils ignorent son intention d'exposer l'intérieur de la voiture aux rigueurs hivernales.

Au bord des routes, quelques personnes le saluèrent avec de grands signes. Il imaginait déjà les conversations à dîner ce soir, à propos du cinglé qui fonçait par un froid de canard dans une décapotable.

Tyler gara la Ford beige devant la gare, côté dépôt. Remonta la capote. Épousseta les pellicules de neige sur les épaules de son trench-coat. À la criminelle, quand on était inspecteur, on portait un imperméable à ceinture — avec sa doublure en hiver. Dix ans de service pour aboutir à quoi ? Dire qu'il n'avait fallu que six minutes, six minutes fatales, pour que toute sa vie bascule d'un seul coup. Maintenant, le trench n'était plus qu'une fraude : il avait la pénible sensation d'être un imposteur.

Le cœur battant, il frotta l'une contre l'autre ses paumes moites. Prit une profonde inspiration. Surtout rester calme. Cette angoisse d'être enfermé, ce qu'il appelait sa claustrophobie, s'était développée récemment, peut-être parce qu'il avait eu tellement peur d'être jeté en prison à la suite de l'accusation qui avait été portée contre lui. Désormais, il devait s'estimer heureux d'avoir un boulot. Il misait d'ailleurs gros sur cette enquête : après cette première mission, il serait peut-être embauché pour de bon par le NTSB[1], le Bureau national de la sécurité des transports.

15 heures passées. L'air glacial empestait l'essence, le cambouis, le fuel, les détergents. Il lui vint à la bouche un goût amer de rouille, un goût qu'il associait à la surchauffe d'appareils électriques.

Un homme corpulent s'avança à sa rencontre et lui serra cordialement la main. « Hardy Madders, chef de dépôt », débita-t-il d'une traite, d'un air jovial. Il conduisit ensuite Tyler à travers un réseau de voies presque invisibles sous le tapis de neige. Partout, des wagons couverts, des citernes, des plats. Rouges, noirs, gris. Des dizaines de voies. Des milliers de wagons. Madders, qui était du style à s'écouter parler, lui expliqua le fonctionnement du centre de triage. Il fallait répartir les différents lots de wagons vers des directions parfois opposées. La gare de Saint Louis était l'une des plus grosses des États-Unis.

— Ici, c'est vingt-quatre heures sur vingt-quatre, et sept jours sur sept, conclut Madders.

1. *National Transportation and Safety Board* (1967). Le Bureau national de la sécurité des transports est un organisme de police fédérale indépendant chargé par le Congrès d'enquêter sur chaque accident ferroviaire, aérien, routier, ou maritime. *(Toutes les notes sont de la traductrice.)*

— Et le wagon que je suis venu voir, où est-il ? interrogea Tyler.

— Et vous venez de loin ! Il doit sacrément vous intéresser, ce wagon. Sinon pourquoi le NTSB vous aurait envoyé de Washington ? Le Bureau a pourtant une antenne régionale, non ?

— Je suis nouveau, laissa tomber Tyler d'un ton rêche, préférant distiller avec parcimonie les informations sur son compte.

Il avait beau tenir dans sa poche une carte et un ordre de mission en bonne et due forme du Bureau de la sécurité des transports, lesquels lui donnaient un statut d'agent fédéral, il n'avait pas le sentiment d'appartenir à la police fédérale. D'autant que, pendant plus de dix ans, à la criminelle, il s'était méfié des fédéraux comme de la peste !

— Ce qui signifie que vous êtes un spécialiste ?

— Pas exactement.

— Un spécialiste du meurtre, je me trompe ? avança Madders. Parce que je vais vous dire une chose : il vaudrait mieux.

Éclairé par une batterie de projecteurs, le wagon alignait ses cartons de machines à laver. Un agent en tenue de la police de Saint Louis battait la semelle au pied de l'échelle posée contre la porte. Tyler présenta sa carte au planton.

— Les fédéraux sont là ! annonça le policier pardessus son épaule.

À l'intérieur du wagon, deux légistes s'affairaient, équipés de pinces, de grattoirs et de sacs en plastique, sous la surveillance d'un inspecteur du nom de Banner, ou Bantock — Tyler ne saisit pas bien son nom tant son interlocuteur avait la mâchoire crispée par le froid. Un homme courtaud vêtu d'un manteau de laine gris. Des chaussures de ville détrempées. Un visage rose. À cause de la température ? Quoi qu'il en soit, il n'avait pas l'air enchanté de se trouver là.

— Du sang ? interrogea Tyler.

Le plancher, les emballages en carton, les murs, tout semblait avoir été aspergé de sang.

— À votre avis ? railla l'inspecteur.

— Juste une question...

Tyler s'était trouvé sur des centaines de lieux où s'étaient commis des crimes. La plupart pas beaux à voir. Mais il n'avait jamais vu autant de sang répandu.

— Le froid a joué en notre faveur, expliqua un des légistes. Si le sang n'avait pas gelé presque instantanément, il aurait été absorbé par le bois ou le carton.

— A priori ils étaient deux, précisa son collègue. Il semble qu'il y ait des traces de sangs différents. Le labo nous le confirmera. Ils seraient morts que ça ne m'étonnerait pas, surtout celui-là, dit-il en montrant le mur au fond du fourgon. Ou bien c'est tout comme.

— Et ça, qu'est-ce que c'est ? demanda Tyler en montrant du doigt un petit tas marron sur le plancher du wagon.

— Au départ, on s'est dit excrément ou vomi, répondit le premier légiste. Mais maintenant on pense à de la soupe. Ou à du *chili,* du *chili* congelé...

— Du *chili,* répéta Tyler, songeur.

— Ces SDF se bagarrent pour un rien, commenta Madders qui était resté debout au pied du wagon.

— Pourquoi le Bureau de la sécurité des transports vient fourrer son nez là-dedans ? vitupéra l'inspecteur.

— À cause de ce tueur en série qu'ils appellent le tueur du rail, pardi ! s'exclama Madders d'en bas.

— Le Bureau, voyez-vous, n'aime pas tellement qu'on barbouille l'intérieur des trains d'hémoglobine, reprit Tyler. Et si on a un imitateur du fameux tueur dans les parages, plus vite on le mettra hors d'état de nuire, mieux on se portera.

— Qu'on commence donc par nous débarrasser de tous ces SDF ! claironna Madders. Nous en virons tous les jours une bonne douzaine.

— Vous en avez viré aujourd'hui ? s'enquit l'inspecteur d'un ton professionnel.

— Quand vous dites « nous », vous parlez de qui, on peut savoir ? s'enquit pour sa part Tyler.

Madders commença par répondre à l'inspecteur.

— Écoutez, les SDF, ici, ça entre et ça sort comme dans un moulin. De jour comme de nuit. S'ils ont encore des jambes, ils savent s'en servir dès qu'ils nous voient. Y a que les débiles qui se laissent mettre la main dessus...

Puis, se tournant vers Tyler, il précisa :

— « Nous », c'est les services de sécurité de la Northern Union.

— Ils ont leurs propres agents de sécurité, enchérit l'inspecteur avec un haussement d'épaules dégoûté.

— Ils ont le droit de procéder à des arrestations ? demanda Tyler, sidéré d'apprendre que la compagnie de chemins de fer avait son propre service de police.

— Ils les appréhendent puis les déposent chez nous en garde à vue, précisa l'inspecteur. On les héberge jusqu'à ce qu'ils soient convoqués par le juge.

Tyler se racla la gorge :

— J'aimerais bien leur dire un mot, à ces vigiles. Où sont-ils ?

— La gare est vaste, déclara Madders. Ils sont six en tout. J'en ai deux qui patrouillent pas loin.

— Ils n'ont pas de radio ? s'étonna Tyler.

— Si, si, bien sûr, s'empressa de lui assurer le chef du dépôt.

— Alors, appelez-les tout de suite ! ordonna l'inspecteur.

— Mais... c'est l'heure de la relève...

— Trouvez-les !

Madders s'éloigna en jurant entre ses dents. Une minute plus tard, il revenait flanqué de trois personnes.

— Je croyais qu'ils étaient deux, observa Tyler.

Entre deux gaillards se profilait la silhouette élancée d'une grande femme noire vêtue d'un manteau long à la capuche bordée de faux tigre. Dans les profondeurs obscures de cette capuche luisaient deux yeux au blanc presque phosphorescent.

— Qui est le responsable, ici ? demanda-t-elle d'une voix grave.

Puis, voyant le sang sur les parois et le sol du wagon, elle posa son regard clair et brillant sur Tyler :

— Vous ?

La question était embarrassante. Tyler préféra rester dans le vague :

— Vous êtes sur le lieu d'un crime. Voici l'inspecteur...

— John Banner, prononça le policier. Inspecteur Banner. De la police de Saint Louis. Et vous, vous êtes... ?

Soit il n'aimait pas les blacks, soit il n'aimait pas les femmes. Soit les deux à la fois. Toujours est-il qu'il s'exprimait avec une arrogance que rien ne justifiait.

— Nell Priest. Services de sécurité de la Northern Union. Je suis venue vous donner un coup de main. Quelque chose vous chiffonne ?

Tyler admira son aplomb : elle ne s'était pas laissé démonter par les sarcasmes de l'inspecteur. Toutes les femmes n'avaient pas en elles la force de tenir tête à des brutes dans le genre de Banner. Cette Nell Priest lui rappelait Katrina qui, après avoir été sa compagne pendant deux ans, l'avait quitté au beau milieu de ses démêlés avec la justice. Seul et désemparé, il avait rejeté la responsabilité de cette rupture sur l'invasion de leur vie privée par les médias. Aujourd'hui, Katrina appartenait au passé, comme le reste.

Nell Priest posa sur Tyler un regard interrogateur. Quelques flocons tombèrent de sa fausse fourrure et voletèrent devant son visage.

— C'est un agent fédéral, lui dit Banner avec une grimace.

Tyler s'accroupit et se pencha à l'extérieur du wagon pour serrer une main fine gantée de chevreau.

— En fait, je travaille pour le Bureau national de la sécurité des transports.

— Tiens, tiens. Pourtant je connais tous leurs agents, dit-elle de sa voix un peu rauque.

Tyler esquiva :

— Mon patron a peur d'avoir bouclé un innocent à la place du véritable « tueur du rail ». Et puis je vous rappelle que tout crime impliquant le transport entre États relève de notre juridiction, et...

— Ce qui signifie, interrompit-elle, qu'à votre avis cette histoire a démarré dans un autre État ? C'est pour ça que vous vous appropriez l'affaire ?

— Pas tout à fait. Je suis seulement là pour faire mon rapport. Du moment que j'ouvre un dossier et qu'il y a de la paperasse, mon patron est content.

— C'est comme le mien, approuva-t-elle en riant. Si vous voulez, on peut tricher un peu. Je pourrais regarder par-dessus votre épaule, et vous par-dessus la mienne...

Il aimait bien son rire. Et elle avait des dents ravissantes. Comme s'il avait deviné ses pensées, Banner grommela :

— Vous pourriez peut-être aller fricoter ailleurs et nous laisser un peu bosser ?

Tyler préféra l'ignorer.

— Vous êtes basée où ? demanda-t-il à la jeune femme.

— Le siège social de la Northern Union est à New York...

Puis, se tournant vers Banner :

— ... Personne ne conteste votre autorité ici. Mais il se trouve que votre « lieu du crime » est sur *notre* propriété. Je vous rappelle que je représente la compagnie. Voilà tout. Si vous avez besoin de notre aide, je suis là pour vous la procurer. Considérez-moi comme un messager.

— Vous pourriez pas aller jouer au messager ailleurs pendant une petite demi-heure ?

Tyler jugea bon d'intervenir :

— Arrêtez donc de vous chamailler ! dit-il en regardant Banner. Assez de sang a été versé comme ça dans ce wagon. N'embrouillons pas plus ces messieurs du labo.

— Bien dit ! commenta l'un des deux légistes.

Tyler eut un sourire satisfait : il venait de marquer un point. Nell Priest tapa du pied :

— Va-t-on enfin me laisser monter à bord de ce wagon qui est, je vous le rappelle, *ma* propriété !

À ses côtés, les deux vigiles de la Northern Union, frigorifiés, agitaient les bras comme deux danseurs zoulous.

Tout le monde était suspendu aux lèvres de l'inspecteur Banner.

— Et si je laissais ma place à Mme Priest ? suggéra galamment Tyler. Quand on a vu un wagon plein de sang, on les a tous vus, pas vrai ?

Banner se renfrogna, mais ne dit rien.

— Merci, dit la jeune femme en s'écartant pour le laisser descendre l'échelle.

Elle monta dans le wagon et enleva son gant droit pour serrer la main à l'inspecteur en demandant :

— Banner avec deux « n » ?

Le policier lui tendit deux doigts d'un air bourru.

— Vous voulez ma carte ? dit-il d'un ton agressif.

— Oui, merci, répondit-elle, indifférente, remettant son gant.

Elle posa quelques questions aux légistes, se servant d'expressions comme « vélocité d'impact » et « rupture angiographique ».

Sans doute impressionné par l'étendue des connaissances de la jeune femme, l'inspecteur lui tendit machinalement sa carte de visite, qu'elle empocha sans commentaire.

Avec un sourire amusé, Tyler se tourna vers les deux vigiles qui continuaient à danser sur place. Étaient-ils de service depuis longtemps ?

— Depuis 8 heures ce matin.

— Oui, 8 heures, confirma son collègue. On a viré quelques clodos sur la ligne 2. Mais rien sur celle-ci. Ce wagon... Ils l'avaient déjà mis sur la ligne 12 quand ils l'ont ouvert et qu'ils ont trouvé ce merdier. Ils nous ont tout de suite appelés. On a informé le chef, M. Madders, et il a...

— ... prévenu tout de suite New York, termina Madders.

Puis, levant la tête vers l'ouverture du wagon, le chef du dépôt conclut à l'adresse de Nell Priest :

— Et ils vous ont envoyée, je suppose.

— Vous supposez bien, répliqua Nell Priest.

Elle n'avait pas l'intention d'épiloguer. Sans doute par obligation de réserve...

— Et pourquoi la police n'a pas été prévenue, je peux savoir ? s'éleva l'inspecteur.

— On vous a téléphoné, corrigea Nell Priest.

— Oui, mais vous étiez déjà dans l'avion, et vous, Agent Tyler, vous étiez déjà en route...

— Ce n'est pas de ma faute si l'administration a mis du temps à vous le notifier, se défendit-elle. C'est sûrement un malentendu. Ils pensaient que M. Madders vous avait mis directement au courant.

— Personne ne m'a rien dit, à moi ! gémit le chef du dépôt.

— Vous voyez ? dit Nell Priest. Un simple malentendu.

Personne n'eut l'air convaincu, ni l'inspecteur Banner, ni Madders, ni Tyler.

— Vous parlez de quelle administration au juste ? interrogea Tyler. De la compagnie de chemins de fer ou des services de sécurité ? Ou faut-il considérer que c'est du pareil au même ?

— Non, répondit-elle. Ce sont des entités séparées. Je parlais de la compagnie de chemins de fer. C'est ça, la bureaucratie. La moindre décision nécessite je ne sais combien de réunions au sommet. Après, il ne faut pas vous étonner de notre lenteur.

Pourtant, quelque chose continuait de troubler Tyler. Après une découverte aussi macabre, la police aurait dû être appelée sur-le-champ. Pouvait-on mettre cette omission sur le compte de la paranoïa dont étaient sujettes ces gigantesques institutions ?

— Quelqu'un a envie de savoir ce que nous avons là ? s'enquit le légiste, un homme frêle au nez pointu et aux yeux d'oiseau.

— On vous écoute, dit Tyler en espérant que cette diversion calmerait le jeu entre la jeune enquêtrice et l'inspecteur.

— D'abord, il faut savoir qu'on a plusieurs sortes de blessures. Coupures, plaies, traumas, estafilades, contusions. A priori, vous vous dites que tout ça saigne de la même façon. Eh bien, pas du tout. Nous avons de la chance avec la température. Un redoux, et c'est la débâcle...

— Venez-en au fait, le pressa l'inspecteur. Il fait trop froid pour se perdre en bavardages...

— On classe les échantillons de sang en trois catégories : impact à haute, à moyenne et à basse vélocité. On a des giclements, des projections, des frottements. Nous utilisons des projecteurs fluorescents pour éviter au maximum la diffusion de chaleur, pour les raisons que je viens de vous exposer. Car il faut travailler très vite. Le gel a comme figé dans le temps l'intérieur de ce wagon...

Tyler se mit à compter distraitement les petits drapeaux que les deux légistes avaient plantés sur les cartons d'emballage, le bois de la paroi, du plancher, partout où il y avait des taches de sang. Il calcula qu'il y avait plus de drapeaux blancs que de jaunes. Et seulement une douzaine de roses.

— ... On pense que c'est du *chili,* continua le légiste. Une boîte de conserve. Ils étaient deux. L'un assis, sans doute celui qui mangeait, que j'appellerai « l'assis » et l'autre debout que j'appellerai « le debout »...

— On s'en contrefout de ce qu'ils bouffaient, ces connards ! pesta l'inspecteur Banner.

— Pour nous, c'est au contraire très important, rétorqua le légiste. Parce que d'après son degré de viscosité, on sait que ce *chili* était bouillant quand il a été projeté.

— Projeté ? Pas renversé ? s'étonna Tyler.

— Un bon point pour vous, ironisa le légiste. Ça fait une sacrée différence, hein ? Quelqu'un l'a lancé, oui, et à toute volée, alors qu'il était bouillant. J'insiste sur ce détail. Et il a été projeté par quelqu'un qui se tenait au sol, sans doute accroupi...

Il montra du doigt une zone hérissée de quantités de minuscules drapeaux, puis esquissa le geste de jeter quelque chose de bas en haut.

— ... Je pense que le debout a été atteint là, ajouta-t-il en montrant une autre constellation de drapeaux. Si vous regardez bien, les éclaboussures découpent une silhouette en ombre chinoise sur le mur. La boîte l'a frappé de plein fouet. Quand vous le retrouverez, vous verrez que ses vêtements sont maculés de *chili.*

— Donc l'assis se tenait ici, l'autre là-bas, reprit Tyler.

— Et il a ouvert les hostilités avec la boîte de conserve. Nous savons que le *chili* a été lancé avant que le sang ne gicle.

— Ils se sont battus à coups de couteau pour une boîte de *chili* ? intervint l'inspecteur Banner en hochant la tête.

— Non, il n'y a pas trace d'arme blanche, répondit le légiste.

— Alors, avec quoi ? s'enquit Tyler.

— L'assis, pour je ne sais quelle raison, lance cette boîte de conserve de toutes ses forces à la figure du debout. Mais c'est ce dernier qui porte le premier coup. Sans doute avec une matraque ou un bâton quelconque. Je pense qu'il a frappé l'assis au nez, à cause du flot de sang qui s'est répandu par terre à cet endroit. Le debout frappe une deuxième fois. Un objet contondant provoque rarement des saignements du premier coup, sauf au nez, bien entendu. Le deuxième amène un afflux de sang, et ensuite, à chaque nouveau coup, celui-ci se met à gicler suivant une courbe prévisible. L'impact à haute vélocité forme un dessin caractéristique. C'est ce que nous avons ici. Un couteau ne produit pas ce genre de projection.

Avec son pointeur à laser, il promena sur le plafond du wagon un petit point rouge.

— Mais je croyais que le debout était aussi blessé, avança l'envoyée de la compagnie de chemins de fer. Les drapeaux indiquent que vous avez retrouvé du sang des deux hommes.

Le légiste eut un sourire satisfait : il appréciait les étudiants attentifs.

— Grouillez-vous ! s'impatienta l'inspecteur Banner.

— Si l'assis est droitier, son geste ressemble à un revers au tennis. D'après la quantité de sang qu'il a perdue, je serais étonné qu'il puisse encore tenir debout. Ces deux premiers coups ont dû le mettre K.-O. Et il a sans doute le nez cassé. Mais le fait est là, il a riposté. Il a frappé du revers de la main, très rapidement. En fait, je pense qu'il s'est servi du petit réchaud. Le debout a pris le coup dans la gorge. L'assis a eu de la chance. Il lui a sectionné la carotide. Son adversaire a saigné comme un bœuf...

Le point rouge du rayon laser faisait comme une danse de mouche sur le plafond.

— ... Le debout frappe de nouveau, mais cette fois c'est raté. Son sang gicle de sa gorge... et il laisse tomber son bâton ici, dit-il en indiquant un autre arc sanguinolent sur les cartons et une flaque de sang congelé sur le plancher. Il prend sa gorge à deux mains. La pression de ses doigts contre la blessure provoque un impact à basse vélocité, ici, ici et encore ici...

— Légitime défense ? L'assis a pris le premier coup, non ? interrogea Tyler.

— Oui, acquiesça le légiste, je puis affirmer que c'est le debout qui a frappé en premier.

— Tout ça, ce sont des hypothèses, geignit l'inspecteur Banner.

— Il y a autre chose, dit le légiste. La porte du wagon. Je suis affirmatif : elle est restée ouverte de quatre-vingts centimètres d'un bout à l'autre de la bagarre. Car vous ne m'avez pas laissé le temps de décrire la suite. Il y a eu un corps à corps. Les deux hommes ont barbouillé ce wagon de leur sang. Leurs traces sont très précises. On les voit se déplacer d'abord ici, puis là, et là... Et le debout saigne comme un cochon.

— Et l'assis attend qu'il perde connaissance, dit Tyler qui se revoyait lui-même il n'y a pas si longtemps, quelques mois à peine, dans un appartement sordide des bas quartiers de Washington.

Il avait revécu en esprit un nombre incalculable de fois ces minutes d'horreur qui lui avaient valu d'être banni du monde de la police, du monde tout court. Au point que, parfois, il ne parvenait pas à y croire tout à fait.

Plongé dans ses pensées, il n'entendit pas la conclusion du légiste. Quand il revint sur terre, Nell Priest était en train de déclarer à l'inspecteur Banner :

— Nos gardes vont rester de service ici. Ils protégeront la gare une fois vous et vos hommes partis. Vous êtes d'accord ?

— Tout ce qui vous plaira, grommela l'inspecteur Banner.

Puis, se tournant vers Tyler, elle interrogea :

— Prendrez-vous un café avec moi ?

Après un instant d'hésitation, il répondit :

— Je tiens à retrouver les corps qui contenaient ce sang. Et à m'assurer qu'il s'agit bien d'une simple bagarre entre deux malheureux clochards. Quand j'aurai classé l'affaire, je pourrai peut-être profiter de mes notes de frais... Mais, bon, puisque vous me le demandez si gentiment, ce n'est pas de refus...

Elle sourit, découvrant de nouveau une rangée de dents parfaites, luisantes comme des perles fines.

— Monsieur Madders, dit-elle, où peut-on trouver un endroit bien chaud chez vous ?

Le chef de dépôt lui montra d'un index impatient une caravane délabrée.

Tyler mit ses pas dans ceux de Nell Priest. Il neigeait de plus belle depuis quelques minutes. Elle marchait à grandes enjambées souples et résolues. Tout en admirant la finesse de ses chevilles entre l'ourlet de son manteau et ses chaussures, Tyler se prit à songer à la façon dont la compagnie de chemins de fer avait cherché à devancer la police locale. Pourquoi avoir fait une chose pareille ? C'était une politique pour le moins risquée. La presse du coin pouvait s'emparer de cet incident pour orchestrer un scandale qui éclabousserait la réputation de la Northern Union dans la région.

Arrivée devant la caravane, comme si elle avait deviné ses pensées, la jeune femme s'arrêta et fit volte-face :

— Il faut qu'on retrouve les corps avant les journalistes de la télé !

Tyler tressaillit. Elle s'adressait à lui comme à un allié. Si elle voulait éviter des ennuis avec les journalistes, il n'allait pas lui apporter la caution du Bureau de la sécurité des transports !

— Tout ce que vous faites, vous le faites pour les médias, n'est-ce pas ? dit-il.

En guise de réponse, elle tourna les talons et grimpa dans la caravane.

4

Tyler garda abaissée la capote de sa voiture de location d'un bout à l'autre de la longue route jusqu'à Terre Haute. Il ne neigeait plus. Dans la lumière déclinante, les collines avaient l'air en sucre. Il songea au paysage boisé du Maryland où il avait vécu dix ans, à cette vie dont il avait été dépouillé. Au nom de quoi ? De la justice... Toutes ses illusions s'étaient écroulées d'un seul coup. Le système judiciaire s'attendait toujours au pire de la part des hommes. Condamner a priori était plus aisé que de chercher la vérité. Il avait réduit en bouillie une ordure qui méritait à peine de vivre. Un alcoolique au dernier degré qui maltraitait ses enfants de la manière la plus atroce qui soit. Tyler pensait accomplir son devoir. Mais voilà : ce type était noir, et lui blanc. Un détail qui lui avait coûté sa carrière. Cinq minutes de rage avaient effacé dix ans de bons et loyaux services. Et pourtant, cette rage, aujourd'hui encore, il la jugeait légitime.

Tout en ruminant ces sombres pensées, Tyler donnait de temps en temps un léger coup de volant à droite ou à gauche afin d'éviter les plaques de verglas.

Nell Priest était quelque part devant lui sur la chaussée transformée en véritable patinoire. Sauf que sa 4 x 4 de location, une Suburban, tenait mieux la route que sa

Ford. Les services de sécurité de la Northern Union ne se moquaient pas de leurs employés. Tout à l'heure, en buvant son café, elle lui avait appris que c'était un avion privé de la compagnie, un King Air, qui l'avait débarquée à Saint Louis en provenance de New York.

Et maintenant, elle allait arriver avant lui à la gare ferroviaire de Terre Haute ! Si, là-bas, ils détenaient des renseignements sur les deux types qui avaient barbouillé le wagon de leur sang, il fallait qu'il les entende avant ou, à la rigueur, en même temps qu'elle. Ses patrons l'avaient dépêchée sur les lieux pour éteindre l'incendie. Son rôle à lui était de découvrir la cause du feu. Deux objectifs différents. Dommage. Il aurait préféré que leurs relations démarrent sous le signe de la coopération. Elle avait un charme fou, cette Nell Priest.

Dire qu'une jeune femme aussi belle appartenait à l'univers des vigiles patronaux et des plaques en fer-blanc qui lui avait toujours inspiré la plus grande méfiance. Quoique, à la réflexion, aujourd'hui, sans emploi fixe, menacé de précarité, dépossédé même de sa maison qui était sur le point d'être saisie, il commençait à penser que ce n'était peut-être pas si mal...

De jour en jour, Tyler devenait plus soucieux. Au départ en congé sans solde, au bout de quelques mois, il avait été licencié. Sans son salaire, impossible d'honorer le crédit de sa maison. Alors qu'il avait déjà perdu Katrina et que ses collègues de la police le battaient froid après les accusations de racisme dont il avait été la cible. Cette maison était tout ce qui lui restait de son ancienne vie. Non qu'il en eût vraiment besoin. Il avait presque tout vendu : sa chaîne stéréo, sa télévision, son magnétoscope, sa salle à manger... Un studio aurait suffi à contenir la totalité de ses biens. Mais voilà, il avait restauré cette vieille baraque vétuste de ses propres mains à une époque où la municipalité encourageait financièrement les membres de la police à s'installer dans ce quartier réputé difficile. À présent, ses voisins refusaient de lui adresser la parole. Mais peu importait. Ce qui comptait, c'était le travail et la sueur qu'elle lui avait coûtés : elle était encore *sa* maison.

Il prit son téléphone portable pour appeler son avocat et ami, Henry Happle, qui se chargeait de négocier avec la banque. Ils proposaient d'échelonner la dette en arguant que Tyler avait d'ores et déjà retrouvé un emploi.

L'avocat montra un optimisme forcé qui acheva de déprimer Tyler. Inquiet à l'idée de se faire griller par Nell Priest, celui-ci accéléra en dépit du verglas. À croire qu'il s'était transformé en paparazzi ! Il avait ce genre de méthode en horreur. En plus, c'était lui qui avait posé la question à Madders, pas elle : quelle avait été la dernière halte du wagon ensanglanté ? Une question évidente, de pur bon sens. Et qui avait mené à quoi ? À cette course de voitures stupide. Cette Nell Priest n'était pas nette, elle cachait quelque chose. Cette histoire d'avion privé, par exemple... Affréter un King Air, un avion bimoteur turbo-propulsé, rien que pour enquêter sur une bagarre d'ivrognes ? La ficelle était trop grosse. Alors pourquoi ? Que faisait-elle là ? Il pouvait aussi se demander pourquoi le Bureau national de la sécurité des transports l'avait engagé spécialement pour cette mission au lieu d'envoyer un de ses enquêteurs habituels. Même s'il avait conscience de ses talents exceptionnels de détective, il y avait là un mystère.

Il était 21 heures passées quand il arriva à la gare de Terre Haute. La Suburban de Nell Priest était figée au bord d'une vaste zone couleur de rouille où s'entrelaçaient des voies à perte de vue. Tyler posa la main sur le capot du 4 x 4. À peine tiède. Elle l'avait battu d'au moins une demi-heure !

Furieux, Tyler entra sans frapper dans le bureau du contremaître — un certain Max Shast si l'on se fiait au nom sur la porte. La jeune femme occupait un des deux fauteuils, son manteau le second. Tyler oublia aussitôt sa colère pour la contempler. Tailleur en laine gris clair. Chemisier bleu marine en soie déboutonné au col. Jupe courte dévoilant de longues jambes gainées de bas noirs. Une femme aussi superbe ne pouvait qu'avoir un passé chargé, se dit-il. Sa chevelure frisée tirée en arrière était retenue sur la nuque par une grosse barrette en argent et lapis-lazuli du Nouveau-Mexique. Il se figura qu'elle avait un tatouage dissimulé dans un endroit secret de son corps : une minuscule rose, peut-être. Mais pour rien au monde, il n'aurait trahi son émoi. D'un mouvement sec du menton, il lui indiqua le manteau sur le fauteuil. Elle le prit docilement et le plia sur ses genoux afin de lui permettre de s'asseoir à côté d'elle.

Le contremaître, en galant homme, se leva pour aller suspendre le manteau à une patère. La pièce sentait les chips au maïs et le café.

— On avait presque terminé, annonça Nell Priest d'un ton péremptoire.

— J'arrive donc à point nommé, émit Tyler d'une voix acerbe.

Elle esquissa un petit sourire.

— Mme Priest m'informe que vous êtes à la recherche de deux SDF qui ont peut-être embarqué chez nous, ou quelque part entre ici et Saint Louis, dit poliment le contremaître en reprenant sa place.

— Dont un qui doit être sérieusement amoché à l'heure qu'il est, précisa Tyler. C'est pourquoi nous aurions besoin d'une description de ces deux hommes.

— Comme je le disais à madame, la plupart du temps, ces vagabonds montent sur les convois en marche. On ne les voit même pas.

— D'après M. Shast, dit la jeune femme, il y a beaucoup de trafic sur cette ligne. Les trains circulent à toute heure.

— On fiche quelques clodos dehors, c'est sûr, continua le contremaître. Quand on tombe dessus. Mais c'est pas notre priorité.

— Des douzaines de SDF transitent par ici chaque semaine, reprit Nell Priest. Même en hiver. Ça paraît incroyable, non ?

— Des hommes sans nom et sans visage, énonça un peu pompeusement Tyler, qui pressentait que cet entretien ne menait à rien.

— Tout juste.

— On a besoin de plus d'informations que ça, insista Tyler. Un de ces types est soit mort, soit mourant. Il faut le retrouver...

À la grande surprise de Tyler, Nell Priest appuya ses paroles :

— C'est vrai, il n'y a pas de temps à perdre. Ces deux types vont crever si on ne les soigne pas. Nous avons appelé les hôpitaux de Saint Louis. Ils n'ont pas ce type de blessé parmi les nouvelles admissions. Vous êtes le seul qui puissiez nous aider.

Tyler vit dans les yeux du contremaître que ce dernier n'était pas non plus insensible à la beauté de la jeune femme.

— Mais puisque je vous répète, dit le dénommé Shast, que des douzaines, des centaines de ces SDF vont et viennent chaque semaine par ici...

— L'un d'eux a sans doute changé de route, observa Tyler. La tempête avait bloqué la gare de Saint Louis. Les trains qui circulent vers l'est étaient trois fois plus nombreux que ceux qui allaient à l'ouest.

— Un des deux hommes que nous recherchons a peut-être transité par votre gare, suggéra la jeune femme.

— C'est possible, mais peu probable, affirma Shast. À cette saison, les SDF sont plutôt sous les ponts et dans les foyers que dans nos trains. Vos types pourraient s'être réfugiés n'importe où.

— Vous comprendrez, monsieur Shast, qu'une compagnie de chemins de fer n'aime pas trop ce genre de rumeur, dit Nell Priest d'une voix caressante. C'est une publicité dont on pourrait se passer, pas vrai ?

— Un deuxième « tueur du rail » ?

— Vous voyez, tout le monde va tirer la même conclusion que vous. C'est pourquoi nous tenons, M. Tyler et moi, à tirer cette affaire au clair. Nous ne pouvons pas nous permettre d'avoir des wagons barbouillés de sang sans explication...

Tyler commençait à comprendre le rôle de la jeune femme. Elle avait été chargée d'étouffer toute rumeur sur l'existence d'un second tueur en série à bord des lignes de la Northern Union. C'était logique. Il s'agissait en quelque sorte d'une opération de relations publiques. Ce qui était le dernier souci de Tyler. Un crime avait eu lieu. Il comptait mettre le suspect aux arrêts, un point c'est tout.

— Le Bureau national des transports est un peu plus ambitieux, déclara-t-il. Nous enquêtons sur la récente série de déraillements.

Tyler sentit la jeune femme se crisper à ses côtés. Il se tourna vers elle avant de poursuivre :

— Il y en a eu combien ? Un toutes les six ou huit semaines ? Six au cours des dix-huit mois écoulés ? On n'entend parler que de ça aux nouvelles.

— Les deux affaires n'ont rien à voir l'une avec l'autre, décréta Nell Priest, piquée au vif.

— On ne sait jamais, fit observer Tyler. Mes supérieurs n'en sont pas si sûrs, les vôtres non plus...

Puis, se tournant de nouveau vers le contremaître, il ajouta d'un air de lui faire une confidence :

— Sinon, pourquoi auraient-ils affrété un King Air pour dépêcher jusqu'ici leur enquêtrice ?

Il y avait de l'électricité dans l'air. Shast paraissait gêné.

— Écoutez, déclara le contremaître, dont le vernis de courtoisie était en train de se craqueler sérieusement. Les SDF qui ont de la bouteille ne sont pas assez cons pour traîner dans le coin. On les chope, on les coffre. C'est le règlement de la compagnie. Les gamins aussi, avec leurs putains de tags. Et je vous parle pas des toxicos, ceux-là ils se tirent avec tout ce qui n'est pas vissé au sol.

— Bref, vous voyez toutes sortes de marginaux, résuma Tyler. Et il faut bien qu'ils montent et descendent des trains quelque part...

Pour Tyler, il ne faisait aucun doute que les hommes dont le sang maculait l'intérieur du wagon n'avaient pas pu aller bien loin, étant donné leur état. Ils étaient quelque part entre Terre Haute et Saint Louis. Ce qui couvrait déjà une sacrée distance : deux cent quarante kilomètres !

— Ils embarquent et débarquent à l'ouest d'ici, avoua enfin le contremaître. Ils ne sont pas assez fous pour entrer dans la gare. Ils profitent des ralentissements des convois aux passages à niveau dans les zones urbanisées.

— Vous pouvez m'indiquer précisément ces endroits ? le pressa Tyler.

— On a déjà parlé de tout ça ! s'éleva Nell Priest.

— Ah bon ? fit Tyler. Pas moi.

— Eh bien, moi, j'ai terminé, annonça-t-elle en lançant un regard impérieux à Shast.

— Je préférerais que vous restiez, dit Tyler.

Il n'avait aucune envie de la voir encore gagner une longueur d'avance. Il avait l'impression qu'ils formeraient une bonne équipe, tous les deux. Pas question qu'elle prenne la direction de cette enquête ! Son patron au Bureau national de la sécurité des transports, Loren Rucker, n'entendrait pas d'une bonne oreille qu'une enquêtrice à la solde de la compagnie de chemins de fer supplante dans ses fonctions le représentant du gouvernement fédéral. Et puis il avait besoin de voir figurer la résolution de cette affaire à son tableau de chasse personnel. Elle, elle avait déjà son King Air et sa Suburban !

Mais la voilà déjà qui décrochait son manteau de la patère et sortait de la pièce. L'œil rivé sur la porte, prêt à s'élancer à sa suite, Tyler ajouta à l'adresse du contremaître :

— Donnez-moi le nom de ces endroits. Vous n'allez quand même pas m'obliger à me mettre à genoux devant elle, si ?

Le contremaître jeta un regard craintif vers la porte.

— Vous ne voulez pas qu'on vous accuse d'obstruction à la justice ? continua Tyler. Le pire qu'elle puisse faire, c'est passer un coup de fil pour qu'on vous tape sur les doigts. Réfléchissez bien, monsieur Shast.

Le contremaître se leva à regret. Il fit signe à Tyler de venir examiner la carte sur le mur.

— Il y a trois endroits où nos conducteurs ont la consigne d'être spécialement vigilants. D'abord juste à la sortie du dépôt, alors que les convois n'ont pas encore pris de vitesse. Puis un peu plus loin à la périphérie de la ville, où la montée ralentit les plus lourds convois. Enfin à une trentaine de kilomètres, juste avant d'amorcer la descente vers Saint Louis. Les SDF vont pieuter par là dans une sorte de campement. Les flics les en délogent régulièrement. Vous devriez interroger la police locale. Ces gars-là, je vous parle des SDF, sont comme les poules, ils reviennent toujours à la basse-cour.

— Des campements de clochards...

— De SDF, corrigea le contremaître. On voit que vous êtes nouveau. Et d'après l'allure de la dame, elle aussi. Mais je vais vous dire : la moitié de ces gars-là sont de vrais dingues. Le genre qui devrait être à l'asile. Y en a d'autres qui sont en cavale après des démêlés avec la justice. Ceux-là peuvent devenir méchants quand on les cherche. Ils jouent du couteau ou des poings. Des alcoolos et des toxicos. Des exclus. C'est pas joli à voir, ces campements. Si j'étais vous, j'irais pas traîner là-bas sans arme.

Tyler le remercia de son amabilité et lui demanda de lui dessiner à main levée une carte indiquant les kilométrages.

— Vous lui avez raconté tout ça, à elle aussi ? s'enquit-il.

— Bien sûr.

Tyler empocha la feuille de papier et courut vers sa voiture : trop tard ! Il aperçut les feux arrière de la 4 x 4 qui s'éloignaient dans l'obscurité. Elle comptait trouver le suspect, ou du moins un témoin, avant lui ! Mais elle ne se rendait pas compte de ce qui l'attendait. Des risques qu'elle courait. Une belle fille comme ça. Il pouvait y avoir du grabuge.

5

Le clair de lune baignait un paysage sinistre de champs rectangulaires grisâtres piqués de plants de maïs morts depuis longtemps. Tyler alluma l'ampoule intérieure de la Ford pour qu'elle puisse l'identifier et ne pas se croire menacée par un chauffard. Puis, s'étant assuré qu'il n'y avait personne en face, il décrocha sur la gauche comme s'il voulait doubler. Il roula parallèlement à l'énorme 4 x 4 de Nell Priest, lui signalant de ralentir et de se garer au bord de la route. Non sans réticence, elle obtempéra.

Elle descendit sa vitre en le voyant approcher.

— Qu'est-ce que vous foutez ? s'écria-t-il en crachant une épaisse buée blanche dans la nuit glacée.

— La même chose que vous, répondit-elle avec un calme forcé.

— Vous allez faire coucou à cette bande de clodos ? En voyant vos phares approcher, ils vont déguerpir, qu'est-ce que vous croyez ? Et puis une femme seule, la nuit...

— Vous allez arrêter de m'emmerder, à la fin ?

— ... avec la clé d'une voiture à 30 000 dollars dans son sac, termina-t-il en faisant la sourde oreille à ses insultes.

Elle cilla. Il avait touché dans le mille.

— J'ai besoin de vous, c'est ça ?

— Oui. Et d'un plan d'action aussi.

— Parce que vous pensez que je manque d'imagination, peut-être ?

Tyler fourra ses mains dans ses poches pour les réchauffer.

— Vous savez aussi, j'imagine, que les flics organisent régulièrement des opérations de commando pour les virer. Il se pourrait qu'ils ne vous accueillent pas à bras ouverts...

Elle haussa les épaules.

— Nous cherchons tous les deux la même chose : un témoin, reprit-il. C'est pour ça qu'on est là, non ? Si nous nous fourvoyons avec ces clodos, on risque de ne jamais savoir ce qui s'est passé dans ce fichu wagon. Et les journalistes, je vous le garantis, vont en faire des gorges chaudes. S'ils ne sont pas déjà prévenus par notre ami Banner ou par le chef de dépôt Madders, ou par toute personne ayant envie de se taper un bon gueuleton aux frais de la princesse... Alors je vous propose qu'on fasse équipe...

Tyler avait tellement froid aux pieds qu'il s'était mis à sautiller sur place.

— C'est tout pour le sermon ? railla Nell Priest. Ou vous avez encore quelque chose à ajouter ?

— Je sais que pour vous, ce serait pas un drame. Vous êtes salariée. Mais c'est pas mon cas, voyez-vous. Je ne peux pas me permettre de rater ce coup-ci.

Elle prononça alors un nom, un seul nom :

— Chester Washington.

C'était assez. Elle savait. Tyler eut l'impression qu'on lui assénait un coup dans l'estomac. Elle s'était renseignée sur son compte. Mais quand ? Dans sa voiture sur la route ? Pourquoi n'avait-il pour sa part pas même songé à obtenir des informations sur elle ?

— Vous ne trouvez pas extraordinaire, continua-t-elle, qu'une black comme moi accepte de vous adresser la parole ? Et vous voudriez qu'on prenne ensemble d'assaut un camp de SDF ?

— Vous vous méprenez sur mon compte, marmonna-t-il.

La presse avait fait de lui un raciste, un ripou, un homme violent. Rien de ce que ces journalistes avaient raconté n'était vrai. Et il devait désormais vivre avec tous ces mensonges collés à son nom.

Tyler recula d'un pas. Comment pouvait-il lui faire comprendre ? Mais, à sa stupéfaction, le regard de la jeune femme s'adoucit.

— Ça fait mal, hein ?...

Elle le regardait droit dans les yeux.

— ... Chester Washington était une ordure, poursuivit-elle. Et ce qui vous est arrivé est une honte. Si vous aviez tué ce salaud, personne ne vous aurait rien reproché.

— On me l'a déjà dit.

— Vous n'êtes pas obligé de me raconter.

— Il n'y a rien à raconter.

— Montez, dit-elle.

Voyant que le froid commençait à gagner l'intérieur du 4 x 4 par la vitre ouverte, et ne sentant déjà plus ses orteils, Tyler obtempéra.

— Bon, dit-elle une fois qu'il fut installé, maintenant, dites-moi...

— Non.

— Je sais écouter. Vous avez souvent eu l'occasion d'en parler à une Afro-américaine ?

— Une autre fois, peut-être. Quand on aura plus de temps et pas de campement à visiter...

— Alors parlons plutôt de ces campements de SDF, reprit-elle sans cacher sa déception. Vous comptez vous y prendre comment avec ces types ?

— Il faut d'abord demander à la police locale de nous aider à les rassembler. Ils ont l'habitude.

— À 23 heures ?

— Bon. En tout cas, on les avertit qu'on y va. Ce sera à eux de décider s'ils nous donnent un coup de main ou non. S'ils ne font rien, on devra se résoudre à attendre demain matin pour aller ramasser les cadavres.

Il fallut que Tyler s'y résigne : son autorité d'agent fédéral ne pesait pas lourd auprès de la police d'État de l'Illinois. Quand, après d'interminables négociations avec la standardiste, il finit par avoir un lieutenant au bout du fil, ce dernier lui déclara que les campements de SDF étaient quasi déserts en cette saison. De toute façon, à l'entendre, aucun homme n'était disponible à cette heure tardive.

Après avoir raccroché, Tyler se tourna vers Nell Priest en soupirant :

— Ils sont sans doute planqués dans leur bagnole sous les ponts avec le chauffage à fond. Soi-disant pour veiller à la sécurité routière.

— Admettez que vous n'êtes pas mécontent vous-même de vous trouver dans l'ambiance douillette de ma Suburban.

— Ça c'est sûr, soupira-t-il en se frottant les mains.

— Et si nous attendions demain matin...

— Une bonne demi-douzaine de trains seront passés. Notre témoin se sera sans doute envolé...

Après un instant de réflexion, il décida de lui présenter l'affaire comme un défi :

— Je suppose que vous serez d'accord avec moi si je dis que ce qui s'est passé dans ce wagon n'était pas une simple bagarre. Deux des neuf victimes du tueur ont été poignardées. Vous le saviez ?

— Ça n'a jamais été divulgué à la presse.

— Peut-être. Mais au Bureau de la sécurité des transports, on est au courant.

— Alors inutile de tourner autour du pot. On sait tous les deux pourquoi on est ici.

— Ils ont déjà coffré le tueur, dit Tyler en s'efforçant d'adopter un ton catégorique.

— Et un imitateur ne pourrait être au courant pour les coups de couteau, hein ? Ainsi il y aurait peut-être eu *deux* criminels dès le départ ?

— Il y avait tellement de sang dans ce wagon. Et les hôpitaux n'ont signalé aucune admission de ce genre. Ces types, ils ont sûrement crevé. Alors, voilà ce qu'on recherche dans ces camps : des macchabées.

— Et des témoins. Quelqu'un qui nous dise ce qui s'est passé.

— Ça, ce serait carrément génial.

— Un type qui pisse le sang de partout, ça ne passe pas inaperçu, dit-elle.

— À moins qu'il n'aille se coucher dans un fossé avec un litron...

— Et que le tueur saute à bord d'un autre train et se volatilise...

— Ce qui nous laisse avec un criminel en cavale et un cadavre congelé.

— Vous avez oublié de poser une question à la gare, tout à l'heure. Vous n'avez pas demandé si le wagon 11-36 avait été inspecté au départ. Si oui, et si on l'a trouvé vide, nos types sont montés pendant le voyage, entre Indianapolis et Saint Louis.

— Vous dirigez des séminaires de criminologie ?

Il la taquinait. Mais elle avait raison, évidemment. Comment cette question pourtant évidente ne lui était-elle pas venue à l'esprit ? Mais aussi, le comportement de tête brûlée de la jeune femme l'avait obligé à agir dans la précipitation.

— Vexé ? fit-elle, taquine.

— Ce que vous dites est juste, mais vous, vous oubliez le facteur température. D'après le légiste, le sang a gelé instantanément. Donc cela s'est passé après que le mercure eut chuté, la nuit dernière, quand la tempête a frappé les environs de Saint Louis. Il n'a pas fait aussi froid du côté d'Indianapolis. À mon avis, cela s'est passé loin de Saint Louis.

D'un geste impatient, elle se mit à tourner le bouton du chauffage. Puis, après cette brève pause, elle lança à brûle-pourpoint :

— Vous l'auriez tué si votre équipier ne vous avait pas retenu ?

Il sembla à Tyler que l'intérieur du 4 x 4 se rétrécissait à toute vitesse. Tout à coup, il étouffait. Elle était bien renseignée. Comme il avançait la main vers la poignée pour sortir, il entendit un déclic : elle avait verrouillé les portières. Elle attendait une réponse.

— Laissez-moi sortir, murmura-t-il. Je... j'ai un problème... je ne supporte pas les lieux clos... Je suis claustrophobe.

Nouveau déclic. Il ouvrit sa portière. Dehors, le froid pénétra ses vêtements. Elle descendit sa vitre et déclara d'une voix forte :

— J'aimerais savoir quel genre d'homme vous êtes avant de m'aventurer avec vous dans ces camps.

Debout dans le vent glacé, il se décida enfin à faire le récit de sa douloureuse expérience.

— Chester Washington était en train d'assommer sa fille, un bébé de sept mois, contre un mur. Et ce n'était pas la première fois. Tout le monde le savait : les médecins des services sociaux, nous autres de la police, la mère du bébé. L'ennui, c'était qu'on n'avait pas de preuve. La mère avait trop peur pour porter plainte. Mais elle nous avait permis de poser des écoutes chez eux. Mon coéquipier et moi, on a entendu ces... ce bruit... le bruit de la petite tête, et ces cris...

Il était essoufflé. La tête lui tournait.

Nell Priest avait comme disparu de son champ de vision. Il revoyait ces bras noirs à la musculature saillante au bout desquels une toute petite fille agonisait. Un flot de sang s'écoulait de sa minuscule oreille. Ses yeux disparaissaient sous le trop-plein des larmes. Tyler leva le regard vers le ciel piqué d'étoiles. Puis, se ressaisissant, il s'écarta brutalement du 4 x 4.

La jeune femme descendit de la grosse voiture. Elle croisa les bras pour mieux s'envelopper de son grand manteau. Il la voyait à contre-jour, éclairée par la lumière des phares.

— Ça va ? demanda-t-elle.

— Je me sens coupable. Paraît-il. D'après le psy.

— Vous n'êtes pas en train de me mener en bateau ?

— J'ai perdu ma plaque d'inspecteur, ma voiture, je vais bientôt perdre ma maison. Vous êtes bien renseignée. Alors vous savez ça aussi sans doute. S'il vous plaît, n'enfoncez pas le couteau dans la plaie.

— Ça va ? Je vous propose de remonter avec moi dans la voiture, dit-elle doucement.

Il prit une profonde inspiration, et articula d'une voix rauque :

— Bon, d'accord. Alors on entre dans le camp tous phares éteints. Il vaut mieux se servir du 4 x 4 à cause de l'état des routes avec toute cette neige. On fera à pied le reste du chemin. Ça vous va ?

Elle acquiesça. La lumière clignotante des feux de détresse jetait comme des flammes sur son visage.

— Vous avez un port d'arme valable pour l'Illinois ?

— Et je peux arrêter qui je veux. On a des accords avec tous les États sauf la Louisiane, répondit-elle.

— Bon, alors si un de ces SDF se défile, je lui cours après. Vous, vous me couvrez.

— Et si on lève deux lièvres à la fois ? Je poursuis le second ?

— Dans la neige, avec les empreintes, ils ne pourront pas nous échapper. Ce ne sera pas difficile.

— Et si le lieutenant à qui vous avez parlé tout à l'heure avait raison ? Et si le camp est vide ?

— Il se trompe. Un flic, ça se trompe toujours, non ? Je suis bien placé pour le savoir.

Cette fois, il avait réussi à lui arracher un sourire.

— Ils vous ont donné combien de jours, aux frais du contribuable, pour mener à bien cette mission ?

— Trois.

— Beaucoup trop ! On pourrait les accuser d'abus de biens sociaux...

Ce fut à son tour de sourire. Il commençait à se sentir mieux.

Au bord du chemin de terre, les formes squelettiques des arbres se découpaient sur le ciel. Ils étaient à pied. La Suburban était garée sur la route, loin derrière eux, la clé de contact glissée dans la chaussette de Tyler — au cas où ils seraient assaillis et fouillés. Ils n'avaient aucune envie qu'on leur vole le 4 x 4. Le mercure continuait de chuter et la Ford de Tyler se trouvait à cinq kilomètres.

Une pente boisée s'élevait à leur droite. C'était là que les trains de marchandises ralentissaient, ce qui permettait aux SDF de monter et de descendre des wagons. Tyler s'attendait à trouver leur camp non loin de la voie, sur un terrain plat. Nell Priest fut la première à sentir l'odeur de feu de bois. Tyler éteignit aussitôt sa torche électrique. Ils se contenteraient du pâle clair de lune pour les éclairer.

Nell Priest repéra au loin la lueur jaune d'un feu de camp. Ils s'approchèrent sur la pointe des pieds. L'air était si immobile qu'on entendait les craquements des branches prises par le gel. Ils perçurent des éclats de voix. Puis de vagues silhouettes. Quatre personnes étaient agglutinées autour d'une barrique de pétrole qui servait de brasero.

Un train se fit entendre au loin. Il approchait. Tyler montra son oreille du doigt. Nell Priest acquiesça. Il leva le pouce. Le signal convenu. Il se mit à courir. Elle s'élança à son tour. Le fracas du train couvrirait le bruit de leurs pas.

Le train était là. Tyler jeta un coup d'œil par-dessus son épaule. Elle était toujours derrière lui. Il accéléra. Il fallait agir de façon synchrone.

Ces quatre types étaient sans doute inoffensifs. Mais on ne pouvait jamais être sûr de rien...

Le train défilait dans un tintamarre assourdissant.

Levant la tête pour regarder passer le convoi, l'un des zonards aperçut Tyler. Il cria en se tournant vers ses compagnons, puis prit ses jambes à son cou. Il n'avait pas vu la femme tapie sous les arbres. Il courait droit vers elle.

Tyler cria :

— Haut les mains ! Agent fédéral !

Mais sa voix se perdit dans le bruit du train.

Nell Priest sortit de l'ombre, pistolet au poing. Le fuyard plongea tête baissée dans la neige, les mains déjà derrière la nuque. Il connaissait manifestement la chanson...

Les trois autres se contentèrent de contempler tour à tour la jeune femme et Tyler. Puis ils retournèrent à leur bavardage comme si de rien n'était. Ils avaient l'habitude de ce style d'interruption.

— Agent fédéral, répéta-t-il.

Le trio était vêtu de haillons. Avec leur bouche édentée et leur nez qui coulait, ils ressemblaient aux innombrables pouilleux que Tyler avait eu l'occasion d'embarquer dans les rues de Washington.

— Par le temps qu'il fait, tu nous rendras un putain de service en nous foutant au trou, mon pote, dit celui qui semblait être le chef.

— On veut seulement vous poser quelques questions, dit Tyler en abaissant son arme et en s'avançant vers eux.

Quant à Nell Priest, elle gardait le canon de son pistolet braqué sur la nuque de l'homme couché le nez dans la neige devant elle. Elle le fouilla de sa main libre, trouva un cran d'arrêt, puis l'obligea à se relever et à rejoindre ses compagnons près du feu. Tyler se chargea de fouiller les autres. Tous possédaient des couteaux. Aucun de ceux-ci ne révélait de trace de sang.

— On va vous diviser en deux groupes, annonça Tyler. Une fois que vous aurez répondu à nos questions, on vous relâchera.

Aucun d'eux ne montrait de velléité de résistance. Leurs oripeaux ne portaient pas de taches de sang. Et on ne pouvait pas les soupçonner de s'être changés, vu l'odeur qu'ils dégageaient. Ces hardes-là, ils les avaient sur le dos depuis longtemps.

— Il y en a d'autres dans le coin ? demanda Tyler en scrutant l'obscurité où se profilaient des abris en carton et en plastique.

— Un seul, répondit le chef. Et il va pas fort.

— Ivre mort ?

— Je peux pas vous dire.

— Blessé ?

— Ça oui, intervint le plus petit des quatre. Là-bas, dans le premier abri... Un nègre...

Tout en s'adressant à Tyler, le petit homme surveillait Nell du coin de l'œil. Ils étaient tous les quatre blancs. Entre quarante et soixante ans.

— Je me charge de les tenir tranquilles, dit Nell. Allez voir.

Tyler se dirigea vers un abri de fortune confectionné à partir de toiles de plastique semi-opaque et d'un pneu de camion. Sa torche électrique éclaira une forme humaine immobile, recouverte d'une bâche noire et d'une veste de sauvetage orange déchirée portant l'inscription des garde-côtes en lettres argentées : USGC. Tyler donna un coup de pied au tas de loques, lequel bougea en émettant un grognement :

— Va te faire foutre !

Par mesure de précaution, Tyler inspecta les trois autres abris. Vides. Pas étonnant. Cinq hommes en tout et pour tout. En été, ce camp devait être trois fois plus fréquenté.

Un peu plus loin derrière lui, Nell poursuivait l'interrogatoire. Tyler se pencha pour secouer le gisant par l'épaule. Une odeur infecte lui souleva le cœur.

— Debout là-dedans !

Le tas grogna de nouveau. Pour rien au monde Tyler ne l'aurait fouillé, même pas touché avec des pincettes.

— J'peux pas. J'ai mal au pied, geignit le clochard.

Il était couché sur le ventre. Il redressa légèrement la tête sur le côté pour la tourner vers Tyler.

— Blessé ?

— Coupé... T'as pas une bière ?

Coupé ? Un coup de couteau ? Du sang ?

— Quand c'est arrivé ?

Tyler aurait voulu regarder de plus près. Comme le clochard ne se montrait guère coopératif, il interpella les autres occupants des lieux :

— Qu'est-ce qu'il s'est fait au pied ? Il a débarqué ici comme ça, ou quoi ?

— Ça lui est arrivé ici.

Une blessure au pied... Cela pouvait coller avec le spectacle sanglant du wagon. Les circonstances allaient en fin de compte donner raison à Nell Priest : cette affaire ne menait nulle part. Il s'agissait d'une vulgaire bagarre entre deux pauvres hères.

— Qui t'a fait ça ? insista-t-il toutefois en secouant le gisant du bout de sa chaussure, et en soulevant les hardes qui recouvraient sa jambe.

La puanteur était telle qu'il se détourna, pris d'un haut-le-cœur. Il n'avait jamais senti un truc pareil en dix ans de carrière à la criminelle. Comme quoi, se dit-il, la mort était parfois plus propre que la vie.

À quelques pas, Nell Priest, qu'il voyait de dos, avait l'air de pointer le faisceau de sa lampe de poche sur quelque chose qu'elle tenait au creux de sa paume. Que lui cachait-elle encore ? Quand elle se retourna, la lampe avait disparu ainsi que le mystérieux objet.

L'extrémité de la jambe gauche du clochard était gelée, gonflée à éclater, comme une saucisse géante dans le pantalon déchiré pour libérer l'enflure. Le soulier encore en place semblait avoir explosé et noirci au niveau des orteils. Si quelque chose pouvait se mesurer en horreur au wagon ensanglanté, c'était bien ce pied, songea Tyler avec une grimace de dégoût.

— On ne vous a pas fait ça avec un couteau, hein ?

— Une hache... T'as pas une bière ?

Tyler s'en fut aussitôt retrouver Nell. L'emmena à l'écart. Très professionnelle, pas un instant elle ne quitta des yeux ses quatre captifs, même quand il lui annonça :

— Ce pourrait être notre homme.

Elle secoua la tête.

— Pas d'après nos témoins. Ils prétendent que ça lui est arrivé ici.

— Ils mentent.

— Peut-être.

— Qu'est-ce que vous foutiez tout à l'heure avec cette lampe de poche ?

À la lueur dansante des flammes du brasero, il vit les traits de la jeune femme se figer. Elle répondit néanmoins d'une voix neutre :

— Tout à l'heure ? Je leur ai montré ma carte de la Northern Union, qu'est-ce que vous croyez ? J'essayais de les convaincre que j'étais pas un flic, seulement un agent de la sécurité chargé de vous accompagner, et qu'ils pouvaient me parler en toute confiance. Je ne sais pas s'ils ont bien compris d'ailleurs. Ils sont tellement abrutis.

— Le pied de ce type est fendu en deux. Infecté avec ça, on dirait une saucisse géante... Et l'odeur... Pouah !

Tyler marqua une pause, puis ajouta :

— ... Ça pourrait expliquer le sang dans le wagon.

— Ils jurent, eux, dit-elle en indiquant la grappe de loqueteux autour du brasero, que c'est arrivé ici.

— En coupant du bois, peut-être, ironisa-t-il.

— Exactement !

Tyler haussa le ton pour s'adresser aux quatre marginaux :

— Où est la hache ?

Ils se regardèrent les uns les autres d'un air perplexe. Le plus petit, qui jouait le rôle du porte-parole, expliqua :

— Quelque part sous cette putain de neige, sûrement.

— Tu m'en diras tant...

Puis, s'adressant de nouveau à la jeune femme et montrant d'un mouvement du menton l'abri en plastique, Tyler ajouta :

— On peut pas le laisser là. Il est en train de crever. En plus il a soif. Il voudrait une bière.

— Vous rigolez ? Vous voulez chouchouter cette épave ?

— Je veux savoir comment il s'est blessé et qui l'a agressé. Et il a intérêt à ne pas me claquer dans les doigts avant d'avoir vidé son sac !

— Bon, alors appelez une ambulance.

— Vous croyez que les ambulanciers accepteront d'apporter un pack de bières ? C'est le seul moyen de lui tirer les vers du nez. Ou vous préférez peut-être attendre devant la salle d'opération qu'ils aient fini avec lui et qu'ils l'aient mis sous tranquillisant ?

— On ne va quand même pas trimballer ce type qui pue dans ma Suburban !

— Je conduirai, si vous voulez. Et je vous promets de la nettoyer après, votre précieuse Suburban, si vous y tenez tellement !

— Et s'il rend l'âme en route ?

— Il ne va pas crever comme ça. C'est une bête, ce type.

Nell Priest fit la moue :

— Agent Tyler. Soyons raisonnables. Il vaudrait mieux une ambulance.

Il haussa les épaules.

— Alors faites cracher à vos trois ivrognes ce qu'ils savent. Il y a eu des visites au camp ? Combien ? Depuis quand Pied-de-Saucisse est-il là ? Trouvons la hache, les taches de sang, n'importe quoi...

— Ils affirment tous les quatre n'être arrivés que ce matin, l'un de Cincinnati, un autre de Pittsburgh. Les autres refusent de dire d'où ils viennent. Ils ont trouvé ce malheureux, comme vous. Ils vont tous vers le sud... Vers le soleil, les pauvres. Ils ont entendu dire qu'à cause de la tempête, les lignes vers l'ouest sont fermées. Ils sont coincés là en attendant que le trafic reprenne.

— Et vous croyez à ce baratin, vous ? railla Tyler.

— Ils jurent qu'ils n'ont rien à voir avec ce type, dit-elle en pointant l'index vers l'abri en plastique. C'est peut-être eux qui l'ont arrangé comme ça, après tout. Comment savoir ?

— Essayez de leur parler de nouveau.

— Vous pourriez aussi mettre la main à la pâte, il me semble.

— Bon, mais vous vous chargez d'embarquer notre invité dans votre voiture.

— Il ne monte pas dans la Suburban !

— Comme il vous plaira. Appelez une ambulance...

Là-dessus, il retourna auprès du blessé en se demandant si quelques cannettes de bière allaient être leur sésame.

Tyler conduisit la Suburban de Nell Priest, de sorte que cette dernière n'eut pas à supporter la puanteur. Elle n'avait pas protesté quand il avait pris le volant. Une fois le chauffage mis à fond, il avait baissé les quatre vitres jusqu'en bas pour évacuer l'odeur. Elle suivait avec la Ford, à quelques centaines de mètres derrière.

Étalé de tout son long sur la banquette arrière, le clochard grommela quelques mots incompréhensibles, puis :

— T'as une bière ? J'ai soif...

— Je vais t'en payer une ou deux dès que je peux. Mais j'ai besoin d'abord de quelques petits renseignements...

Remontant un peu la vitre de son côté pour entendre ce que son passager marmonnait, il ajouta :

— On va à l'hosto.

— Non, pas l'hosto.

— Tu veux ta bière ?

— T'es un flic ?

— Un agent du Bureau national de la sécurité des transports, si tu tiens vraiment à savoir.

— Tu peux me déposer où tu veux. Du moment qu'il y a de la bière...

— Pas question. Mais t'inquiète, je vais te payer à boire. Seulement, il faut d'abord qu'on cause tous les deux.

— Je veux.

— Comment ça t'est arrivé, ta jambe ?

— En coupant du bois. Au camp.

— Quand ça ?

— Y'a deux jours.

— Deux jours ? Les toubibs vont confirmer, hein ?

— Peut-être trois. J'ai beaucoup dormi.

Ça ne collait pas avec les conclusions des légistes à propos du wagon. Si sa blessure remontait à plusieurs jours — et son aspect, sans parler de l'infection, semblait indiquer que le clochard disait vrai —, il n'était pas mêlé à l'affaire du wagon ensanglanté.

— Il y a une station-service dans trois kilomètres. Je m'arrêterai peut-être t'acheter une bière, si tu es gentil.

— Ouais ?

— Mais il faut que ton histoire me semble coller avec la vérité. Et celle-ci ne me plaît pas, je dois t'avouer.

— T'es un flic, pas vrai ?

— Puisque je te répète que je suis un agent fédéral. Alors ? Tu la veux cette bière, oui ou non ?

L'homme poussa un soupir :

— C'était pour l'exemple. Et c'est moi qui ai servi d'exemple.

— Qu'est-ce que ça veut dire ?

— Il posait des questions que personne voulait y répondre.

— Qui ça, « il » ?

— Un grand type. Un vrai fils de pute, oui. Je pensais que c'était un flic, mais merde ! Un flic, ça fait pas des trucs pareils ! Te couper le pied juste parce qu'on veut pas répondre à des putains de questions à la con.

— Quel genre de questions ?

— Finalement, tu sais ça me dirait bien, une petite bière.

— Encore deux kilomètres, patience. Quel genre de questions ?

— Il voulait savoir, quoi, des machins sur un Latino. M'a rien offert, même pas une boutanche. Bordel de merde ! Depuis quand qu'on balance un pote pour que dalle ?

— Et ce Latino ?

— Qu'est-ce que j'en sais, moi ? Il m'a mis la hache parce que je suis black. Il allait pas s'en prendre à un Blanc. Ah non, bordel !

— Qui d'autre se trouvait là ?

— Les autres ? Pfft ! Ils se sont cassés, tu penses. Quand un pote se fait trouer, les autres, ils se tirent. C'est clair.

— Et les quatre qui étaient là ?

— Bof ! Des nouveaux. Le nabot, il kiffe pas les gens de couleur. T'aurais vu comment il m'a balancé des coups de pied. Un type à terre et tout. Et les autres connards ? Ils me regardent les bras croisés.

— Le grand type. Celui qui t'a amoché. Il était blanc ?

— Plus blanc que blanc. Une tronche de bûcheron. Large comme un camion. Et c'est pas un des nôtres, en plus. Même s'il avait sauté d'un train et faisait semblant d'être un routard.

— Pourquoi tu dis que c'était pas un routard ?

— Je sais, c'est tout. C'était un comme toi.

Tyler s'arrêta à la station-service et acheta un pack de six. Le blessé attaqua trop vite la première cannette. Il vomit avant que Tyler n'ait eu le temps de démarrer.

Il était en train de nettoyer quand le moribond se dressa sur un coude :

— Je m'excuse, dit-il avec un rot puant.

Nell Priest n'allait pas être ravie, se dit Tyler qui, pour sa part, estimait qu'ils avaient matière à se féliciter. Ils avaient un témoin et la description de deux hommes : un bûcheron et un Latino !

D'après les légistes, deux hommes s'étaient bagarrés dans l'espace clos du fourgon. Tyler tenait enfin deux suspects. Et cette fois, c'était lui qui allait annoncer la bonne nouvelle à la jeune femme.

6

L'avion avait décollé de l'aéroport O'Hare à Chicago et faisait route vers JFK, à New York. En le voyant assis à côté du hublot, personne n'aurait pu prendre Alvarez pour un SDF : blue-jean propre, tee-shirt noir, blouson en fin cuir noir. Seules ses boots étaient inchangées — il s'était contenté de nettoyer le sang dans les toilettes d'une gare routière. Il portait des Ray Ban et prenait soin de ne pas se faire remarquer des autres passagers.

Sa garde-robe sortait d'un sac à dos noir déposé par ses soins une semaine plus tôt à la consigne de la gare routière Greyhound de Chicago. Le sac contenait à présent le blue-jean et la chemise en flanelle rouge qu'il avait volés à la ferme. Pas question de les abandonner dans une poubelle : il n'allait quand même pas mettre ces salopards sur sa piste ! Après avoir imprégné ses propres vêtements d'essence pour tondeuse à gazon trouvée dans le garage de la ferme, il les avait fait brûler dans la neige au milieu du bois voisin. Il avait veillé à ce qu'il ne reste rien. Il prenait le minimum de risques.

Une deuxième tempête descendue du Canada avait enfoui Chicago sous la neige, vingt-quatre heures après Saint Louis. Le vol avait été retardé de trois heures. Des heures passées dans l'angoisse, un œil sur l'écran de la télévision qui diffusait les informations en boucle, l'autre sur les allées et venues autour de lui. Il avait à peine dormi. Une migraine atroce lui serrait les tempes. Son estomac criait famine. En prenant l'autobus de JFK à Grand Central, puis le métro jusqu'à Bleeker Street, si tout allait bien, il serait peut-être à l'heure au rendez-vous de McClaren. Toute la suite de son plan en dépendait.

Pas de repos pour les méchants, se dit-il. Un sourire ironique détendit son visage. Il contempla les nuages se déployant à l'infini. Autrefois cette vaste monotonie l'aurait apaisé. Mais à présent, tout ce qu'il voyait, c'étaient des mensonges qui s'agglutinaient à des mensonges. Des bouchers en cravate dans des salles de réunion. Lui-même contribuait désormais à jeter la pagaille : il avait déjà provoqué une demi-douzaine de déraillements que les médias avaient attribués à des problèmes de maintenance ou des erreurs humaines.

Ils ne perdaient rien pour attendre.

A priori il paraissait curieux d'avoir rendez-vous avec un Irlandais à Chinatown. Mais on était à New York. Alvarez émergea de la station Bleeker Street. Son sac à dos l'encombrait : il n'avait aucune envie qu'on le fouille. Un désagrément hélas inévitable, connaissant Randy McClaren et ses sbires.

McClaren fabriquait des bombes. Alvarez avait envoyé son premier virement depuis plusieurs semaines ; le reste de la somme partirait dès qu'il aurait l'engin entre les mains... Les joies de l'Internet.

Tout en surveillant ses arrières au cas où il serait suivi, Alvarez parcourut à pied huit blocs jusqu'au cœur de Chinatown. Il trouva sans mal l'adresse qu'on lui avait donnée par téléphone. Il gravit l'escalier jusqu'au quatrième. Un homme de main de McClaren l'accueillit sur le palier : un gamin de dix-huit ans aux yeux de poisson mort. La livraison, repoussée déjà deux fois pour « raison de sécurité », était capitale pour la suite des opérations. Son cœur battait à tout rompre. McClaren avait la réputation de confectionner des explosifs indétectables. Et pour ça, Alvarez était prêt à payer le prix. Avec cette petite merveille, il avait l'intention de s'attaquer au fleuron de la Northern Union : le train à grande vitesse F-A-S-T, dit le *bullet train,* dont l'inauguration était imminente. Un train de voyageurs ultra rapide : du jamais vu sur le territoire américain. Il espérait que ses menaces suffiraient à leur arracher enfin la vérité et à obliger le patron de la compagnie, William Goheen, à faire des excuses officielles. Dix-huit mois de travail étaient sur le point de porter leurs fruits.

Alvarez n'avait pas tort de s'inquiéter pour son sac. Ils l'obligèrent à le déposer dans le couloir sous la surveillance du gamin. Les hommes de McClaren, tous très jeunes, armés comme des guérilleros, occupaient la première pièce, une vraie porcherie, jonchée de cannettes vides et de papiers gras. Alvarez nota que les fenêtres étaient blindées.

L'un d'eux promena sur lui un de ces détecteurs dont se servent les agents de la sécurité des aéroports. Puis il lui demanda de vider ses poches et d'enlever ses boots.

Ensuite ils le conduisirent dans la seconde pièce. Sur la porte à la peinture écaillée était écrit : « Éteignez votre portable ! »

McClaren tapait sur le clavier d'un des trois ordinateurs qui s'alignaient devant lui. Il avait la tête baissée, les épaules voûtées.

La pièce avait des allures de laboratoire d'électronique ou de boutique de réparation. Des panneaux alvéolés grouillant de câbles tapissaient deux murs en angle. Ça sentait fort le fer à souder et la cigarette.

McClaren était retranché derrière un bouclier d'appareils et de moniteurs posés sur des tables à tréteaux — de vieilles portes en guise de plateaux — disposées en U. Derrière lui, dans le coin près de la fenêtre, un établi d'artisan accueillait un tout autre style d'attirail.

Alvarez entendit la porte se verrouiller dans son dos. Il fit comme s'il n'avait pas remarqué les deux machines infernales rivées au bois du battant comme des trophées de chasse. Le seul bruit provenait de la petite télévision : les crachotements de la chaîne de l'information.

Randy McClaren avait, adolescent, perdu trois doigts de sa main gauche en bricolant pour l'IRA. Ce qui ne l'empêchait pas de taper comme une mitraillette sur son clavier. Il ne leva pas les yeux pour débiter avec son accent irlandais :

— Que Dieu bénisse Internet, c'est un don du Ciel, crois-moi. Tu envoies des messages, tu trafiques tes actions, tu vérifies ta banque, tout ça au nez et à la barbe de ces enfoirés du FBI.

Avec ses taches de rousseur et ses cheveux roux, on lui donnait moins que son âge. Trente ans. Mais la lueur froide qui brillait au fond de ses yeux verts en disait long sur son opinion de l'humanité. Cet homme était revenu de tout.

— Le FBI finira bien un jour par y mettre son grain de sel, dit Alvarez.

— T'es nouveau, c'est pourquoi je vais te donner un bon conseil. On t'a laissé entrer pour cette fois, mais t'avise pas de revenir. N'essaie même pas de me contacter sans passer par ton ami. Sinon... Je te tue.

Alvarez avait la gorge sèche. Ses oreilles bourdonnaient. À croire qu'il se trouvait à l'intérieur même de la bombe.

— J'ai l'argent, dit-il.

McClaren se redressa :

— Assieds-toi.

— C'est prêt ?

Le rouquin prit une petite boîte grise et la tendit à Alvarez. Ce dernier faillit la laisser échapper de ses mains.

— Nerveux ? s'enquit McClaren.

— Un peu. Je n'ai pas l'habitude de manipuler des explosifs.

— Tu risques rien avec les miens.

Alvarez n'avait pas l'étoffe d'un terroriste. Il n'était qu'un modeste prof de sciences. Un père de famille. Que faisait-il là ? Se sentant tout à coup pris au piège, il n'avait plus qu'un désir : sortir de cet endroit au plus vite.

McClaren se leva et l'invita à prendre sa place. Comme dans un mauvais rêve, Alvarez appela son compte et vira l'argent dans celui du fabricant de bombes.

— Maintenant, on attend l'e-mail de confirmation, dit McClaren.

La confirmation pouvait prendre entre cinq minutes et une heure. Alvarez baissa les yeux sur ses chaussettes. Si seulement il pouvait récupérer ses boots...

Il examina la petite boîte en aluminium, de la taille d'un paquet de cigarettes.

— Elle est assez puissante pour briser la tige en acier que je t'ai décrite ? s'enquit Alvarez.

— Un bras d'attelage automatique de train à grande vitesse ? Mais oui, mon pote. Tu croyais que j'allais avaler ton histoire de coffre-fort à la con, peut-être ?

Alvarez était soufflé : McClaren savait-il lire dans les pensées ?

— S'ils t'attrapent, ils vont te demander où tu l'as eue. Je me fous de ce que tu leur racontes du moment que tu cites pas mon nom. Si jamais tu t'oublies, moi je t'oublierai pas. Ce joujou que tu vois là, il te pétera dans le cul !

— Compris.

— Maintenant, casse-toi.

Alvarez avait hâte de se rechausser, d'être loin d'ici. Un jour, McClaren se ferait lui-même sauter : un court-circuit, un mauvais branchement, et... boum !

Dix minutes plus tard, une machine infernale enfouie au fond de sa poche, Alvarez humait avec délice le vent de New York, le vent de la liberté. Il marchait à vive allure au milieu de la foule. Il devait terminer d'assembler son ordinateur et il avait encore besoin de quelques détails sur l'essai du F-A-S-T. En plus, il comptait déclencher un dernier déraillement en guise de diversion avant l'opération finale. Tant de choses à faire... en si peu de temps.

Il lui suffirait d'appuyer sur deux petits boutons pour déclencher l'explosion. Il y perdrait la vie ; quelques douzaines de personnes autour de lui aussi.

7

Remonter Madison Avenue à vélo par un soir de décembre n'était pas une partie de plaisir. Alvarez, en nage malgré les bourrasques glacées, s'employait à ne pas perdre de vue l'antenne de la limousine noire qu'il avait prise en filature. Tout en veillant à rester à une centaine de mètres en arrière, invisible au milieu de la circulation, il pédalait de toutes ses forces. Si la fille avait choisi de prendre une voiture avec chauffeur, c'est qu'elle allait à un de ses rendez-vous spéciaux. Quand le père la convoquait, il envoyait toujours une Mercedes blanche.

En se rappelant le dernier déraillement dont il était responsable, Alvarez se dit que si la bombe de McClaren allait lui permettre d'arrêter le *bullet train,* cette fille et ses vilains petits secrets allaient lui donner les moyens d'anéantir William Goheen, le grand patron de la Northern Union.

Après sa visite chez l'Irlandais, il s'était réfugié dans son loft du bas de la ville. Après avoir dormi cinq heures, il s'était rendu à St Bart's Church, où il avait allumé trois cierges — un pour chacun de ceux dont il pleurait l'absence. Puis il s'était confessé, se contentant de déclarer au bon père qu'il nourrissait « de mauvaises intentions ». Même s'il ne demandait pas l'absolution, cet aveu le soulageait. Le bon père lui avait donné à réciter vingt-cinq *Ave* et à lire un chapitre de l'Évangile selon saint Jean. Une bien petite pénitence au regard de ce qu'il préparait...

Même si ce n'était pas un temps à rouler à vélo, il était rassuré à la pensée que le chauffeur de la limousine ne le remarquerait pas plus qu'un cancrelat dans son rétroviseur. Un vélo, ça bondissait sur les trottoirs, ça prenait les sens uniques, ça changeait de file dans les embouteillages. Aux feux rouges, il descendait pour pousser sa bécane et traverser avec les piétons.

La longue voiture noire tourna à droite dans la 64e Rue. Alvarez pédala plus énergiquement. Il se rapprocha de la voiture. À travers la vitre arrière, il aperçut ses cheveux. Blonds, ce soir. Les siens, pas une perruque, cette fois. Coiffée avec une raie, de manière à ce que d'un côté ils couvrent à peine son oreille, et de l'autre lui tombent sur l'épaule. Toujours un look nouveau. Toujours provocante. À faire bander à cinquante mètres. Toujours maquillée à outrance de façon à dissimuler son vrai visage. Eût-elle choisi d'être espionne au lieu de call-girl, qu'elle eût fait tomber les gouvernements. En l'occurrence, elle devait se contenter de faire tomber à genoux les businessmen nippons à raison de 1 500 dollars l'heure. Ce quartier résidentiel et cossu de l'Upper East Side n'avait pourtant pas la cote auprès des riches Japonais qui lui préféraient les hôtels de luxe autour de Times Square.

C'était seulement la troisième fois qu'il la suivait. La première fois, elle s'était rendue à un cocktail — occupation en apparence inoffensive — puis à Essex House où elle était restée deux heures et dont elle était ressortie d'un pas vacillant pour s'engouffrer dans la même voiture qu'aujourd'hui. La deuxième fois, cette même limousine l'avait emmenée retrouver un Japonais deux fois plus petit et deux fois plus vieux qu'elle.

Lui ? Il n'était pas client. Il avait seulement besoin d'un nom et d'un numéro de téléphone. Et s'il avait 200 dollars en petites coupures dans sa poche, ils étaient destinés au chauffeur de la limousine.

À l'arrêt au feu rouge au coin de Park Avenue, saisi d'une crainte vague, il se retourna pour regarder la file de voitures. Deux taxis jaunes, un coupé Mercedes, un 4 x 4 Lexus, une berline bleu pâle qui avait vu des jours meilleurs, et une Ford Taurus verte.

Le feu passa au vert.

La limousine tourna dans la 63e Rue pour se figer devant un hôtel chic, le Powell. Le portier s'approcha pour ouvrir la portière à la ravissante jeune femme. Elle portait un énorme sac à main — Dieu sait quels joujoux porno elle cachait là-dedans. Alvarez nota l'heure : 22 h 09. Une fois sa cliente disparue dans le hall de l'hôtel, le chauffeur de la limousine recula pour effectuer un créneau : trouver à se garer relevait presque du miracle dans ce quartier. Pour s'assurer qu'il n'avait pas été suivi, Alvarez décida de refaire le tour du pâté de maisons.

Il poussa son vélo sur le trottoir large de Park Avenue, en face du parc, côté immeubles, puis à peine passé le coin de la rue, en voyant à une centaine de mètres devant lui l'enseigne du Powell, il marqua un temps d'arrêt. S'adossant avec nonchalance au mur, comme s'il se sentait las, il étudia chaque voiture. Il ne voyait ni la Lexus, ni la Mercedes, ni aucun des autres véhicules qu'il avait mémorisés au feu rouge tout à l'heure. La voie était libre. Il allait pouvoir, comme prévu, graisser la patte du chauffeur.

Mais la limousine était vide. Le chauffeur s'était accordé une petite récréation. Alvarez maudit intérieurement sa paranoïa. Il avait gaspillé de précieuses minutes.

Il jeta un coup d'œil à la ronde en se demandant où il pourrait bien attendre discrètement le retour du chauffeur. La rue, bordée de demeures aristocratiques construites par la grande bourgeoisie à la fin du XIXe siècle, était l'image même du confort et de la tranquillité. Au-dessus de sa tête, les érables étalaient leurs branches dénudées au dessin délicat comme une encre de Chine. Un peu plus loin, sur le trottoir, un vieux monsieur promenait son dalmatien. Un couple élégant, sac Prada (elle) et manteau en alpaga (lui), marchait bras dessus, bras dessous.

Le Lake House, le restaurant de l'hôtel Powell. Voilà une idée, se dit Alvarez. Sauf qu'il risquait de la trouver en train de flirter avec son client au bar... Il avisa alors un autre restaurant, français celui-là, de l'autre côté de la rue, exactement en face. Se glissant entre les pare-chocs, il enchaîna son vélo à un poteau indiquant « Stationnement alterné ». Ensuite il ouvrit la fermeture de son sweat-shirt. Il était plus présentable comme ça, en veste de cuir italienne. À travers la vitre du restaurant, il vit deux tables libres en terrasse.

La salle était tout en fresques et miroirs. L'air embaumait l'huile d'olive et le pain chaud. Il vérifia s'il avait une bonne vue sur la limousine.

Les serveuses comme les clientes étaient plutôt jeunes, pas plus de trente ans, et d'allure européenne. Peut-être des vendeuses des boutiques de luxe de Madison Avenue. Le physique latino d'Alvarez ne passa pas inaperçu. Une hôtesse au teint très pâle et au corps durci par le culturisme le conduisit jusqu'à une table et posa devant lui la carte des vins.

— On va venir tout de suite prendre votre commande, dit-elle avec un fort accent allemand.

Alvarez ne put s'empêcher de se retourner discrètement pour regarder ses fesses. De béton, comme le reste de sa personne.

Il était tellement concentré sur la limousine et la porte de l'hôtel qu'il n'entendit pas la serveuse approcher.

— Excusez-moi, dit une voix juvénile et onctueuse comme de la crème fraîche.

Une voix où perçait un léger accent : Paris, peut-être. Il lui jeta un coup d'œil distrait. Teint blanc. Lèvres rouges. Beaux yeux gris-vert. Tee-shirt noir. Pantalon noir. Chaussures noires. Il commanda un pinot noir. À 8 dollars le verre. Puis, levant de nouveau le regard, il se dit qu'il connaissait ce visage, et qu'il avait déjà entendu cette voix quelque part. Mais où, et quand ? Sa mémoire le trahissait. Mais qu'importait, au fond ? Seule comptait sa mission, et celle-ci lui ordonnait de faire abstraction du reste du monde pour reprendre son guet.

— Vous avez une chambre au Powell ?

Cette voix de nouveau. Cette serveuse. Elle lui apportait du pain et un flacon d'huile d'olive. Il adorait son accent. Pourtant son physique ne lui rappelait rien. Cela voulait-il dire qu'il l'avait connue quand elle était beaucoup plus jeune ? Et soudain, la lumière se fit.

— Mariam ? interrogea-t-il, oubliant toute prudence.

— Jillian, corrigea-t-elle, hésitante.

— Umberto. Bert, articula-t-il. Frédo et moi, on était en fac ensemble. On partageait une chambre au campus. Je suis venu une ou deux fois chez vos parents...

— Oh, mon Dieu !

— Tu étais petite...

— J'avais douze ans.

— Non, beaucoup plus jeune, affirma-t-il sans quitter la limousine des yeux. Tu habites New York ?

— Oui.

— Et Frédo ? Il est retourné en Belgique, non ?

— Marié. Trois enfants.

Brusquement tout bascula, les fresques, les miroirs, la rue, l'hôtel, tout s'effaça pour laisser place aux souvenirs. Les jumeaux. Une vie à la fois si proche et si lointaine. Une autre serveuse tapa deux assiettes l'une contre l'autre. Alvarez revint sur terre.

La jeune femme souriait. Elle avait des couettes d'un noir de jais ; on aurait dit une poupée chinoise. Ses incisives étaient jaunies par le tabac. Une grosse fumeuse, sans aucun doute. Il se demanda si elle portait des lentilles de contact, tant le vert de ses yeux était étrange. Une gourmette en argent ornait sa cheville gauche, rehaussant la beauté de ses pieds. Au cours des dix-huit derniers mois, il avait appris à observer en détail tous ceux qui croisaient son chemin. Il traquait le mensonge. Comme il les traquait *eux,* les vigiles de la Northern Union. Mais cette jeune femme n'avait rien d'une vigile, elle n'avait rien à voir avec la compagnie de chemins de fer...

— Tu attends quelqu'un ? interrogea-t-elle, le surprenant à surveiller l'hôtel en face.

Il expliqua :

— Ma femme... Mon ex-femme... Elle vient d'entrer au Powell, sur son trente-et-un...

— Tu l'espionnes ?

— C'est minable, hein ?

Il espérait que cet aveu de lâcheté l'inciterait à le fuir. Mais à sa grande surprise, il eut l'effet contraire.

— Je vais m'occuper des deux autres tables, et je reviens tout de suite, déclara-t-elle en soutenant son regard.

À douze ans, la petite Jillian avait eu un faible pour lui, ce qui avait beaucoup amusé son grand frère, Frédo, le copain d'Alvarez. Ce dernier, pour sa part, en avait éprouvé de la gêne. Elle était déjà tellement femme et si peu enfant... D'ailleurs, les femmes, jeunes ou vieilles, étaient toutes attirées par son côté beau ténébreux. « C'est ton charme, pas la couleur de ta peau », lui avait un jour sorti Juanita, sa femme. Elle prétendait qu'il n'avait qu'à entrer dans une pièce et sourire pour les avoir toutes à ses pieds. Sauf qu'il avait appris à se contrôler par amour pour elle. Oui, il savait se contrôler. Pendant onze ans, il n'avait jamais eu le moindre désir de lui être infidèle. Et depuis deux ans, il était trop occupé pour songer à rompre son célibat. À cette pensée, il serra son verre de vin à le casser. Il avait dix ans de plus que Jillian, se rappela-t-il. Et de toute façon, les femmes le laissaient indifférent.

C'est alors qu'il vit le chauffeur approcher de la voiture. Alvarez se leva d'un bond, jeta 10 dollars sur la table et sortit en coup de vent. Il tenait les billets bien serrés dans son poing. Du coin de l'œil, il vit Jillian qui l'observait.

— Excusez-moi, dit-il, faussement dégagé.

Le chauffeur le dévisagea d'un air inquisiteur.

— Je peux quelque chose pour vous ?

Alvarez le prit par le coude et lui fourra de force les billets dans la main. Le chauffeur commença par se rebiffer... Puis, voyant de quoi il s'agissait, se calma.

— Écoute, dit Alvarez en changeant de ton. C'est pas compliqué. J'ai vu la fille que tu trimballes... Et si je me trompe pas, tu peux m'aider. Tu bosses pour une agence d'hôtesses, hein ?

L'homme fit mine de vouloir lui rendre son argent.

— Eh, dis donc...

— Non, non, non ! C'est rien. Je suppose que tu connais son prénom et son numéro de téléphone. C'est tout ce que je demande. Pas d'adresse, rien d'autre, dit Alvarez en coulant un long regard libidineux vers l'hôtel.

— Je conduis, c'est tout. Je sais pas ce qu'elles font. C'est pas mon affaire.

— Bon, eh bien, tu vas faire une exception, dit Alvarez en refermant le poing du chauffeur sur les billets.

— Tu as des références ? Services exclusifs.

— Ah, ça, pour être exclusifs... M. Takimaki... Voilà pour mes références.

(Alvarez s'était renseigné. Ce Takimaki était le client qu'elle avait retrouvé lors de sa deuxième escapade.)

— Connais pas, mentit ostensiblement le chauffeur. Mais si tu as des références, alors pas de problème.

— M. Takimaki n'est pas prêteur. Qui le lui reprocherait ?

Le chauffeur ne répondit pas.

— S'il te plaît, insista Alvarez. On va quand même pas me faire un procès pour virilité. Mon nom est Cortez. Je suis un *con-quis-tador* !

Un léger sourire plissa les lèvres du chauffeur. Il rétorqua :

— Gail...

Puis il débita une adresse e-mail.

— Ces gens-là sont prudents. Toi aussi, tu dois l'être.

Alvarez répliqua par un hochement de tête. En son for intérieur, il se félicitait d'avoir mené à bien la mission qu'il s'était fixée. Très content de lui, machinalement, il retourna s'asseoir à la terrasse du restaurant qu'il venait de quitter : après tout, ne méritait-il pas une petite récréation ?

— Tiens, tu es revenu, lui dit Jillian qui avait débarrassé la table de son verre de vin.

— C'est pas ma femme, confessa-t-il en indiquant l'entrée de l'hôtel.

— Ah ?

— Une fille qui me doit quelque chose. Ou plutôt c'est son père... Peu importe. Mais il préférerait me voir sur un lit d'hôpital plutôt que de payer... Il me surveille. Je ne peux pas rentrer chez moi ce soir.

— Oui, je comprends, dit-elle en le dévisageant de ce regard vert, si intense et pénétrant qu'il semblait lire en lui.

— Je vais dormir à l'hôtel, bien sûr. Mais te rencontrer, là... Je me sens un peu seul. Si tu n'as rien de mieux à faire après le boulot...

Il baissa les yeux sur la gourmette qu'elle portait à la cheville. Une cheville d'une finesse exquise... Il ne savait pas dans quoi il s'embarquait, mais c'était plus fort que lui. Il avait d'une part envie de partager quelque chose de l'ordre de la victoire. Et d'autre part, la semaine prochaine, il serait peut-être arrêté, abattu... Ce serait la fin.

— En général je sors en boîte avec la copine qui partage mon appart.

— Ce que tu voudras.

— Tu ne vas pas dormir à l'hôtel, c'est ridicule...

Le couple qui venait de s'installer à la table voisine se tut pour les écouter. Alvarez leur jeta un regard noir. Ils se détournèrent.

— ... J'habite un studio près de Sheridan Square. On se partage un lit double, ma copine et moi.

Se tournant alors vers le couple à côté, elle lança :

— Et c'est pas ce que vous croyez !

Puis, de nouveau à l'adresse d'Alvarez :

— Je vais lui téléphoner...

Sur ce, elle disparut. Vivement, Alvarez retourna à son observation de la rue. Le chauffeur avait avancé la limousine devant l'hôtel. La blonde était en train de lui dire quelque chose.

Alvarez jeta un coup d'œil à sa montre. Il se reprochait de s'être laissé distraire par Jillian. La blonde traversait à présent la rue. Elle se dirigeait vers le restaurant. Il avait été négligent... Elle avait l'air furieuse.

— Elle vient par ici, souffla Jillian derrière lui.

Il sursauta.

— Oui, dit-il en croisant son regard vert.

— Une vraie bombe, celle-là. T'es sûr que t'es pas en train de la draguer ?

— Mets-moi le nom de ton night-club sur un bout de

papier, lui demanda-t-il en cherchant en vain des yeux sur la table une serviette en papier — ce n'était pas le genre de la maison.

Jillian griffonna quelques mots sur son calepin et arracha la page.

— Tiens, on se retrouve là, vers 2 heures...

Elle sortit un billet de 20 dollars de sa poche et le plia en deux, côté face à l'intérieur.

— Tu présentes ça au portier, comme ça, lui dit-elle. Et il te laissera entrer. Je t'attendrai.

Alvarez empocha l'adresse à l'instant où la blonde franchissait le seuil de la salle. Sa gorge se noua : il avait l'impression d'être pris au piège. Elle ne devait pas le voir. Et si elle le reconnaissait ? Il passa un bras autour de la taille de Jillian et la poussa devant lui pour faire de son corps un bouclier.

— Un autre verre de vin ? s'enquit la jeune femme sans se dérober à son contact.

Hésitant, il jeta un coup d'œil du côté de la blonde. L'hôtesse la conduisait à une table du fond, face à la porte.

— Oui, la même chose.

Quelques secondes plus tard, la blonde pêcha un téléphone portable dans les profondeurs de son énorme sac. Sa voix s'éleva, geignarde. Elle tremblait de colère.

Alvarez croisa le regard de Jillian, debout près du bar. Elle attendait que le barman s'occupe de sa commande. Il pencha la tête pour lui indiquer la sortie. Le couple de curieux assis à côté de lui continuait à observer leur manège comme s'ils étaient au théâtre. Jillian se déplaça entre les tables de manière à servir d'écran entre la blonde et la porte.

Il se leva et, l'œil fixé sur l'immense miroir au cas où la blonde se tournerait de ce côté et l'apercevrait, il se dirigea d'un pas assez lent pour paraître naturel vers la sortie. Tout ce qu'il vit dans le miroir, ce fut le joli sourire de Jillian.

8

— Ils ont trouvé un corps ! annonça Tyler en tambourinant sur la porte de Nell Priest.

Frigorifiés et fourbus, ils avaient fini par échouer dans un motel bon marché au bord de la route, à quelques minutes du centre de la petite ville. Tyler n'avait pas caché son irritation à l'idée de dormir dans un taudis alors que ses notes de frais pouvaient lui payer la meilleure chambre de la région ! Non qu'il n'eût pas par ailleurs un beau sujet de satisfaction : en échange de deux malheureuses bières, il avait obtenu du clochard une assez bonne description du fameux bûcheron. Épaules larges. Cou de footballeur. Cheveux... « sable » ! Accent « du Sud ». Sur le compte du Latino que le clochard aurait dû voir zoner dans le coin, voilà tout ce qu'il pouvait dire : « Espagnol mâtiné d'Italien. » Le début d'une piste. Et maintenant, voilà qu'en plus ils tenaient un cadavre...

Il avait mal dormi, torturé à la pensée qu'il aurait pu s'y prendre autrement avec Katrina. Ne pas la perdre. Pourquoi Nell Priest lui rappelait-elle tant Kat ? Il n'était pourtant pas question pour lui de mélanger boulot et plaisir. Et puis les intérêts de la Northern Union ne coïncidaient pas forcément avec ceux du Bureau national de la sécurité des transports.

— Vous avez de l'eau chaude, vous ? s'enquit-elle de l'autre côté du battant.

Non seulement il avait pris une abominable douche tiède, mais la pression était si faible qu'il avait eu du mal à rincer le savon qui lui collait encore à la peau.

— Non.

— Je peux pas vivre sans ma douche ! J'attendrai que l'eau chauffe.

— Non, il n'y a pas de temps à perdre. Il faut partir. Tout de suite. On est tout près de l'endroit où on l'a retrouvé. Le corps, je veux dire. Il se pourrait bien qu'on arrive les premiers.

— Comment vous avez eu la nouvelle ? interrogea-t-elle.

Il devinait qu'elle était en train de s'habiller. Il s'efforça de chasser de son esprit les images qui lui venaient.

— La police. Figurez-vous qu'ils ont eu la bonne idée de noter mon numéro de portable !

— Pouvez-vous m'apporter du café au lait écrémé ? Je serai prête à votre retour.

Elle entrouvrit sa porte et passa la tête dans l'entrebâillement.

— D'accord, mais je vous donne dix minutes, pas une seconde de plus. Sinon, je pars sans vous !

Comme il s'éloignait dans le couloir mal éclairé, il l'entendit s'exclamer :

— Pourquoi vous l'avez pas déjà fait ?

Tyler fit volte-face. Elle s'était penchée vers l'extérieur, oh, juste un tout petit peu, mais assez néanmoins pour qu'il entrevoie sa peau brillante comme de la soie.

— Vous partiriez sans moi ? enchaîna-t-elle d'une voix enjôleuse, changeant de tactique.

Il ne parvint pas à ravaler une moue ironique.

— Dix minutes, pas une seconde de plus, répéta-t-il.

Moins d'une heure plus tard, Tyler et Nell Priest se rangèrent au bord d'une route à deux voies parfaitement rectiligne, entourée de champs et de bois. Une ambulance et deux voitures de police se trouvaient déjà sur place. Ils n'eurent qu'à suivre les nombreuses empreintes qui longeaient des traces de skis sur la neige.

L'air était cristallin. Pur comme l'eau de source. Pas la moindre odeur. Les bruits, ceux de la forêt : des petits cris d'écureuils, des chants lointains d'oiseaux.

Un cadre paradisiaque pour une scène de cauchemar, se dit Tyler, conscient de la présence de Nell à ses côtés. Au cours de sa carrière à la brigade criminelle, il avait vu de nombreux cadavres, mais chaque fois, face à ces vies anéanties par la violence, il était saisi par la même nausée, par la même angoisse devant la fugacité du passage des êtres humains sur terre. Mais cette femme, elle était trop jeune, trop inexpérimentée, elle ne savait pas... pas encore...

Ils peinèrent dix minutes dans la poudreuse qui collait à leurs chaussures jusqu'à une montée qui donnait sur la voie ferrée recouverte d'un tapis moelleux d'un blanc immaculé sauf à un endroit. C'était là qu'il gisait. Le cadavre. Sur le ventre.

La police avait enroulé de telles quantités d'adhésif jaune autour des arbres du site, qu'on aurait pu y parquer des chevaux sauvages. Sans doute n'avaient-ils pas souvent l'occasion de sortir leur attirail du parfait enquêteur de la criminelle. Un homme et une femme en civil versaient du café d'un thermos à une fille d'une vingtaine d'années dont les skis étaient posés contre un tronc d'arbre. Des traces de skis traversaient la zone protégée par l'adhésif jaune. D'après les marques au sol, Tyler déduisit qu'elle s'était approchée le plus possible du corps. Après quoi, elle s'était reculée brutalement et éloignée à vive allure, sans doute pour aller vomir dans un coin. Ensuite seulement, elle était revenue auprès de sa macabre découverte.

— Elle avait son portable dans sa poche, dit Tyler à l'adresse de Nell Priest. Il va falloir lui demander qui d'autre elle a appelé. Si elle refuse de parler, on le saura par les relevés de la compagnie de téléphone.

— Pourquoi ?

— On ne sait pas ce qu'elle faisait là. Elle va prétendre qu'elle se promenait. Mais qui peut en être sûr ? Ç'aurait tout aussi bien pu être nous, par exemple. Qui sait si elle ne le cherchait pas ? On n'a pas besoin que les journalistes viennent fourrer...

— Une journaliste ? Mais, Tyler, vous êtes parano, ou quoi ?

— En général, oui, très. Et impatient aussi. Une de mes qualités.

— C'est peut-être l'œuvre de l'homme à la hache, qu'en pensez-vous ? dit-elle. On va inspecter le corps ?

— Il faut d'abord obtenir leur autorisation, répondit-il en indiquant les deux inspecteurs. Soyons diplomates... Vous avez peur ?

— Je devrais ? s'étonna-t-elle.

— Oui.

Ils étaient à présent à quelques centimètres du corps. Ce n'était pas là l'œuvre d'un forcené armé d'une hache. Ou alors il ne s'était servi que du manche.

— J'ai besoin de le voir d'un peu plus près, dit Tyler aux inspecteurs.

— Oh, merde, gémit-elle.

Elle était blême tout à coup, ses lèvres tremblaient. Tyler lui frôla légèrement la main, comme pour la rassurer.

— Ne touchez à rien ! s'exclama un des inspecteurs.

Tyler s'accroupit à côté du cadavre. Visage lacéré. Mais pas par des coups de couteau. La peau juste au-dessus de l'œil, déchirée, laissait pendre à moitié le globe oculaire. Sans doute cette blessure était-elle la source principale de tout ce sang dans le wagon. Une association d'idées s'opéra alors dans son esprit. Ce type était grand, une vraie armoire à glace. Le style footballeur, en effet. Ce qui collait parfaitement avec la description du bûcheron que lui avait donnée le zonard. Il avait les cheveux bien coupés. Ce n'était en tout cas pas un SDF. En se penchant sur le visage livide, il vit des traces de brûlure. La peau de ses joues était par endroits comme dissoute, recouverte de grumeaux de chair à vif. Le *chili* ? ne put-il s'empêcher de se demander.

— On parie que c'est la boîte de *chili*, dit-il à Nell Priest debout derrière lui.

— Vous croyez que c'est l'homme du wagon ? demanda-t-elle d'une voix éraillée par l'émotion.

Tyler, craignant qu'elle ne défaille, la retint par le bras tout en se tournant pour regarder le tandem des inspecteurs.

— Votre photographe pourrait m'apporter un polaroïd ?

— Son matériel est dans le coffre de la voiture. Il vous faudra attendre quelques minutes.

Tyler fit la grimace. Les flics n'aimaient pas que les agents fédéraux viennent se mêler de leurs affaires.

Nell Priest avait à présent une expression tendue et inquiète. Sans doute était-elle bouleversée par la laideur de la mort.

— Ça va ? dit-il.

— Non.

— Votre premier ?

— Oui. Écoutez, Tyler, je...

— Oui ? dit-il, intrigué par son hésitation.

Mais tout d'un coup, elle retrouva son sang-froid et dit :

— Rien, rien.

— Mais si, je vous écoute.

— Une autre fois.

— Bon, fit-il en haussant les épaules. Comme vous voudrez.

Nell Priest était forte, elle allait se remettre. Tyler revint à l'examen du mort. Il avait envie de retourner le corps pour fouiller ses poches. Il trouverait peut-être des papiers d'identité. Il était curieux de voir s'il avait des signes distinctifs, des piercings par exemple.

Il fallait trouver le salaud qui avait fait ça. Ce crime ne devait pas rester impuni. Tyler voulait une explication. Peu importaient la séduction des notes de frais et sa crainte du chômage. Il n'avait plus besoin de carottes de ce style. La vue de cette boucherie suffisait à le galvaniser. C'était un meurtre. Et il était décidé à mettre le meurtrier hors d'état de nuire.

— Je vous présente notre homme à la hache, articula-t-il entre ses dents.

— Vous croyez ? souffla-t-elle en croisant les bras, comme si elle cherchait à se réchauffer.

— Ce qui d'ailleurs nous pose un sacré problème, dit-il en se tournant vers elle.

Elle eut un haussement de sourcils et déclara :

— Si ce colosse est l'homme à la hache, alors à quoi ressemble celui qui l'a mis dans cet état ?

Un policier en tenue vint s'asseoir sur un tronc d'arbre voisin qu'il prit soin de dégager d'une partie de son manchon de neige.

— Vous êtes l'agent Tyler ? demanda-t-il.

— Oui, autant que je sache, répondit Tyler sur le ton de la plaisanterie.

— Vous avez une pièce d'identité ?

Tyler lui présenta la lettre d'accréditation de Loren Rucker, son patron.

— J'aimerais vous parler seul à seul, dit le policier en indiquant Nell Priest d'un signe de tête.

— Elle reste ; elle est employée par les services de sécurité de la compagnie de chemins de fer, rétorqua Tyler.

Après une légère hésitation, le policier annonça :

— On nous a transmis une déposition qui, je crois, va vous intéresser.

— Mes oreilles sont congelées, mais je suis tout ouïe, acquiesça Tyler.

Le lieutenant à qui il avait parlé sur son portable la veille au soir avait donc bien enregistré sa demande d'être informé de toutes les plaintes concernant cambriolages, vols de voiture et autres délits perpétrés au cours des dernières quarante-huit heures.

— Un vol de vêtements avec effraction.

— Des vêtements d'homme ou de femme ?

— Ça, j'en sais rien. Mon chef m'a juste dit de vous en toucher un mot. Si vous voulez en savoir plus, il faudra l'appeler.

— Le même numéro que cette nuit ?

— Oui. Le lieutenant Marshall.

Une fois que le policier se fut éloigné de quelques pas, Tyler se tourna vers Nell Priest :

— Ça ne vous dérangerait pas qu'on fasse équipe tous les deux ?

En guise de réponse, elle lui adressa un petit sourire en coin. Puis elle ironisa :

— On ne se quitte plus depuis hier. Nous formons une équipe de fait, non ?

— Bon. Alors, reprenons. Nous avons maintenant un cadavre. À mon avis, il est la clé de toute l'affaire. Le meurtrier aura sûrement laissé des cheveux ou des fibres de tissu... Je pense qu'il faut que je reste pour vérifier que ces rustres de flics de l'Illinois ne font pas n'importe quoi... Mais il y a cette histoire de vol de vêtements. On ne peut pas laisser passer ça...

— J'y vais, déclara Nell Priest. Et je vous promets de ne rien vous cacher.

Comme elle percevait chez lui une certaine réticence, elle ajouta :

— Vous n'avez pas confiance en moi ?

— C'est un tort ?

— Je ne sais pas, dit-elle en penchant la tête de côté, taquine.

— Je sais déjà que vous me cachez quelque chose depuis qu'on est arrivé. Vous avez un drôle d'air. Ne mentez pas...

La jeune femme frissonna violemment.

— J'ai froid, voilà mon seul secret.

Il esquissa une moue dubitative. Elle paraissait plus angoissée que frigorifiée.

— Brigadier ! s'écria Tyler à l'adresse du policier en tenue qui s'était adossé à un arbre à quelques pas. Vous savez où s'est produit ce cambriolage ? C'est loin d'ici ?... Près de la voie ferrée ?

Il se disait qu'après avoir jeté sa victime du train, le tueur avait sans doute sauté du convoi en marche au premier ralentissement.

— À Jewett, l'informa le brigadier. Ça se trouve à une vingtaine de kilomètres de Casey, pas bien loin d'ici.

— Près de la voie ferrée ?

— Oui, tout près de la ligne qui relie Terre Haute à Saint Louis.

Nell Priest se pencha pour murmurer à l'oreille de Tyler :

— Vous voulez que j'aille y faire un petit tour, à Jewett ?

Tyler aurait préféré l'accompagner. Mais il devait veiller à ce que la police ne néglige aucun détail de la procédure.

— Vous téléphonerez au lieutenant Marshall. Exigez une équipe du service technique. Vous savez quoi chercher : des traces dans la neige, du sang, des vêtements. Mais ne suivez pas les traces surtout, ou alors prévenez-moi avant. C'est d'accord ?

— Je vous rappelle que vous n'êtes pas mon patron ! Si je juge utile de suivre des traces dans la neige, je les suivrai !

— Non, pas seule. Il faut que vous soyez accompagnée d'un inspecteur. Il faut des témoins.

— Compris, opina-t-elle, mais sans conviction.

Tyler annonça à Nell Priest :

— Ils l'ont emmené à Paris. Paris en Illinois, pas en France !...

Il gloussa, se trouvant très drôle sans doute.

— ... La victime n'a pas encore été identifiée, mais ça ne saurait tarder...

Ils étaient sur le chemin de terre battue conduisant à une ferme des alentours de la petite ville de Jewett. Tyler y avait rejoint la jeune femme après sa conversation téléphonique avec le médecin légiste, lequel avait refusé de procéder à une autopsie avant que le cadavre n'eût décongelé. Un peu plus loin, deux voitures de patrouille crachaient dans l'air limpide la fumée de leur pot d'échappement.

— ... Pour le moment, tout ce qu'on peut dire, c'est que c'était un fumeur : il avait un paquet de Marlboro sur lui. Sans doute un ancien Marine. Il avait une fausse plaque autour du cou. Et il portait un flingue... Enfin, il ne lui reste plus que le holster. Sans doute son meurtrier le lui aura fauché...

Puis, à voix basse, il ajouta :

— Vous avez eu vent d'un maniaque de la hache sur vos lignes ? C'est pour ça qu'on vous a expédiée ici de toute urgence ?

Nell Priest haussa les sourcils.

— J'ai parlé à la femme qui a porté plainte pour vol, dit-elle, sans daigner répondre à sa question. Une certaine Mary Ann Gomme. Elle jure qu'on lui a volé une paire de jeans et une chemise en flanelle. Des boîtes de conserve aussi. La fenêtre a été forcée. Le mari en est certain. Il avait posé un calfeutrage et celui-ci a été abîmé. J'ai demandé aux types des services techniques de passer la buanderie au peigne fin.

Après un instant d'hésitation, elle ajouta :

— Et vous ne pouvez pas me reprocher d'avoir suivi les traces jusqu'au bois, le mari m'avait précédée. Avant même mon arrivée. Je vous ai tout de suite téléphoné...

— Et qu'avez-vous trouvé dans ces bois ? demanda Tyler, coupant court à ses explications.

— Un trou dans la neige. On avait brûlé quelque chose, sans doute des vêtements, d'après l'allure des cendres. C'est au sud d'ici, près d'un ruisseau. Le mari a alerté le shérif, lequel a appelé la police d'État de l'Illinois.

— Ce tueur a un sacré culot. Culotté et intelligent...

— Oui, la pauvre femme est bouleversée. En plus elle a deux enfants. Vous vous rendez compte ?

— Vous avez des enfants ? s'enquit-il à brûle-pourpoint.

— C'est pas vos oignons... Non. Et vous ?

— Non. Je ne suis pas marié.

— Moi non plus.

— Bien, mais pour revenir à nos moutons, si l'on peut dire, soupira Tyler, où en sommes-nous maintenant ?

— On attend les renforts. Tiens, justement, les voilà. Quand on parle du loup..., dit Nell Priest en montrant du doigt deux véhicules, un pick-up et un minibus, qui remontaient le chemin en cahotant.

Quatre chiens de chasse descendirent du minibus. Leur maître, un barbu vêtu d'un anorak et de bottes en caoutchouc fourrées, était manifestement un habitué de ce genre d'événement, car il appelait tous les policiers par leur prénom. Tyler comprit vite qu'il s'agissait du vétérinaire de la région. Tandis que les grands chiens commençaient à humer l'air en tirant sur leur laisse, il se tourna vers Nell Priest :

— De quelle couleur était la chemise en flanelle ?

— D'après la femme, rose et grise. À carreaux.

Tyler sortit son portable de sa poche. Le minuscule écran affichait : « Batterie faible ». Il jura entre ses dents :

— Putain de froid ! Je viens de le recharger ! Je peux pas vivre sans ce truc !

— De toute façon, dit la jeune femme, je vous parie tout ce que vous voulez qu'on ne le retrouvera pas. Il est bien trop malin.

Tyler, de plus en plus énervé, pianota sur les touches de son portable tout en gardant l'œil sur la meute de chiens et de flics qui filait devant eux.

— Je sais, mais nous serions des imbéciles si nous ne profitions pas de cette petite expédition pour voir ce qu'ils trouvent.

— D'après les traces dans la neige, le fugitif courait. Il savait qu'on n'allait pas tarder à se lancer à ses trousses, fit observer Nell Priest en examinant les empreintes profondes, bien distinctes de celles, moins nettes, du mari, qui formaient une piste parallèle.

Tyler avait entre-temps réussi à obtenir sa communication avec le lieutenant Marshall. Après s'être rappelé à son bon souvenir et l'avoir remercié de l'avoir tenu informé, il enchaîna :

— Il va nous falloir visionner toutes les cassettes des caméras de vidéosurveillance de la région. Notre homme portait un jean et une chemise à carreaux rose et grise. Ne négligeons rien. Ni les épiceries, ni les quincailleries, ni les banques — surtout les distributeurs de billets —, ni les supermarchés, ni les gares, ni les gares routières, ni les aéroports, ni les agences de location de voitures.

Tyler marqua une pause pour souffler, puis reprit :

— Je sais que la liste paraît longue, mais il ne nous a pas laissé beaucoup d'indices...

Après un silence, il ajouta :

— Je sais... Je sais... Ça fait beaucoup de coups de fil à donner. Mais le problème, c'est que ces caméras filment en général en boucle : une fois la bande terminée, elles se remettent à zéro. Alors, il n'y a pas de temps à perdre !

Une fois qu'il eut raccroché, Nell Priest le félicita sur le mode ironique :

— Vous êtes super bon à ce genre de jeu. La chasse à l'homme est votre métier ? C'est pour ça qu'ils vous ont engagé à la Sécurité des transports ?

Tyler grimaça un sourire. La question était insidieuse. Il préférait esquiver. Prenant un air vague, il rétorqua :

— Nous finirons bien par le coincer. Il ne peut pas nous échapper...

À cet instant, une cacophonie d'aboiements déchira l'air immobile et glacial : les chiens avaient trouvé quelque chose.

9

Alvarez se réveilla avec une érection. Au début, il se dit que c'était un rêve. Puis la mémoire lui revint. Jillian. Oui, elle était bien là, allongée contre lui. Il fit glisser sa main sous le drap et, la seconde suivante, elle fut sur lui. Elle savait ce qu'elle voulait. Il n'avait rien oublié de ce qui s'était passé cette nuit. Elle avait pris son plaisir avant lui, sachant que le sien suivrait. Et ça lui avait plu, beaucoup plu. Peut-être s'agissait-il d'un rêve, après tout.

— Bonjour, dit-elle d'une voix éraillée par le sommeil et la fatigue.

Dès qu'il avait posé les pieds dans le night-club où elle lui avait donné rendez-vous, Jillian avait manifesté pour lui un intérêt qui l'avait troublé. Au départ, il s'était dit qu'elle avait sans doute trop bu ou qu'elle s'était défoncée. Mais à mesure que la nuit avançait, il avait bien dû se rendre à l'évidence : elle était parfaitement maîtresse d'elle-même. L'attirance qu'il éprouvait pour elle semblait réciproque. D'ailleurs, lorsqu'ils étaient rentrés chez elle, elle lui était tombée dans les bras et s'était abandonnée à lui sans réserve.

Juanita et lui s'étaient d'abord aimés d'un amour platonique. Pourtant c'était bien un coup de foudre qu'ils avaient eu l'un pour l'autre, lors d'un mémorable *Cinco de Mayo,* la fête nationale mexicaine. Malgré l'ivresse due à la bière, à la musique et aux trémoussements des danses latinos, il n'avait même pas osé l'embrasser. De peur de la faire fuir. Une fille si délicate, si sérieuse. Ils s'étaient ensuite revus à l'occasion d'un dîner de famille, chez sa tante à elle. Rendez-vous d'amoureux, séances de cinéma, soirées au restaurant. Ils n'avaient brûlé aucune étape. Quelques baisers volés dans la voiture, ou au bas des marches de son immeuble. Juanita, en qui la religion catholique se mêlait à la prudence, ne voulait rien précipiter. Elle avait été la seule fille à qui il eût jamais confié son chagrin d'avoir perdu ses parents à l'adolescence. Sa mère tuée par l'alcool, son père mort au loin de cause inconnue. Il avait dû s'occuper, en travaillant à temps plein pendant ses études, de son jeune frère, Miguel, atteint du syndrome d'alcoolisation fœtale. Juanita l'avait persuadé, forte de ses compétences d'infirmière, de l'enlever à l'enfer de l'établissement hospitalier public où il se trouvait pour le transférer dans le privé. C'était elle qui s'était débrouillée pour lui obtenir une subvention lui permettant de payer les sommes astronomiques qu'exigeait l'institution pour handicapés. Ainsi, Juanita et lui avaient formé un couple avant d'avoir des rapports sexuels. Juanita était la femme de sa vie. Seule la mort avait eu le pouvoir de les séparer.

La faux de la mort avait pris la forme de la Northern Union Railroad. Quelques secondes, un passage à niveau défectueux, et un train de marchandises avait précipité cette vie chérie dans le néant. Un chapelet de mensonges avait anéanti sa raison d'être.

Et aujourd'hui, dix-huit mois plus tard, le voilà à New York, en compagnie d'une autre... Ils descendirent prendre leur petit déjeuner au Star Café, au coin de Bleeker Street. Alvarez marchait à ses côtés, poussant son vélo sur le trottoir au milieu de la foule des

New-Yorkais qui se pressaient vers leur travail. Une impression de flotter entre rêve et réalité. Peut-être l'effet du manque de sommeil ? Pourtant la présence de la jeune femme lui semblait la chose la plus naturelle du monde. Jillian Barstow.

Il commanda une omelette mexicaine qu'il assaisonna d'une giclée de Tabasco. La tante de Juanita préparait des œufs brouillés à l'ail, au poulet, à la tomate et au piment qui étaient un vrai délice. De quoi vous arracher la bouche et vous réchauffer l'estomac.

— Tu bosses dans quoi ? s'enquit Jillian.

— La démolition, improvisa Alvarez après une légère hésitation.

Comme elle n'avait pas l'air satisfaite de cette réponse, il précisa :

— Je suis à mon compte. Je travaille surtout dans le secteur du cinéma. Il se tourne beaucoup de films à New York. Mais en ce moment, je suis surtout dans le Midwest.

— Pour quel film ? Des acteurs que je connais ?

— Mon contrat m'interdit de le divulguer... Antonio Banderas et Harrison Ford.

— C'est pas vrai ? fit-elle en ouvrant de grands yeux.

— C'est un film sur les trains, acquiesça-t-il avec un sourire en coin. Mais tu me promets de ne rien dire...

Elle posa sa main sur son bras.

— C'est promis.

Son sourire se crispa en une grimace de douleur : lui qui s'était fixé pour objectif de punir les menteurs, le voilà qui devenait un as du mensonge ! Pire encore, un meurtrier ! Lors de sa dernière expédition, il avait été obligé — par légitime défense — de se battre avec ce type, de lui lacérer le visage, de le brûler avec le réchaud, puis de le pousser hors du train en marche... Chacun de ces gestes restait gravé dans son esprit. Cet homme était sûrement mort... Et c'était lui qui l'avait tué...

— Qui était cette fille que tu suivais hier ? s'enquit tout d'un coup Jillian.

— Je croyais t'avoir déjà dit : elle m'est redevable.

— Elle te doit du pognon ? fit-elle avec une moue dubitative.

— Non. C'est autre chose. Mais je préfère ne pas en parler, soupira-t-il. De toute façon, à quoi ça sert que je te fasse des confidences ? Dieu sait si on se reverra...

Jillian haussa un sourcil, puis eut un sourire mystérieux.

— Je sais. Moi aussi je tiens à préserver ma liberté, dit-elle enfin. Mais mon petit doigt me dit que tu reviendras.

— Qui sait ?

— D'ici là, tu seras peut-être d'humeur à me raconter la vérité sur ce que tu fais dans la vie... Car Harrison Ford, en ce moment, il tourne à Vancouver !

10

La découverte d'un cadavre congelé au bord de la voie ferrée après celle du wagon ensanglanté provoqua un branle-bas de combat généralisé : aussi bien du côté de la police que du côté des médias, lesquels s'empressèrent de faire leurs choux gras de l'affaire. Les uns comme les autres envisageaient l'émergence d'un deuxième « tueur du rail ». Comme il fallait s'y attendre, le FBI vint y mettre son grain de sel.

Tandis que Nell Priest, en sa qualité de porte-parole de la Northern Union, subissait l'interrogatoire des agents du FBI, Tyler se retrouva dans une salle de cours de l'Institut de criminologie, aux prises avec une vingtaine de cassettes en provenance de différents lieux de la ville. Pour le moment, le FBI en ignorait l'existence.

Le professeur Ted McCaffery était une caricature de l'intellectuel distrait, avec sa courte barbe grise en bataille, ses lunettes en demi-lune, le col de sa chemise non seulement élimé, mais dépouillé de son bouton.

— On a reçu les images de vidéosurveillance d'un peu partout, annonça d'un air satisfait l'universitaire. Des banques, des épiceries, des gares routières et des gares ferroviaires à quatre-vingts kilomètres à la ronde autour de la ferme. On attend toujours celles des distributeurs. J'ai mis deux de mes étudiants sur chaque cassette. D'après le principe que deux têtes valent mieux qu'une.

— Une chemise à carreaux...

— Et un blue-jean, termina l'interlocuteur de Tyler. Vous savez, je sais ce que c'est que d'être flic. Vous avez l'air étonné. C'est vrai, pourtant. J'ai passé vingt-quatre ans dans les rangs. Ils m'ont cueilli à la retraite pour ce boulot de prof. Sans doute à cause de mes diplômes de criminologie et de sciences légistes. Et regardez-moi, maintenant ! On dirait que j'ai fait ça toute ma vie.

La salle de projection sentait le détergent. Le bourdonnement des dizaines de magnétoscopes était abrutissant. Tyler contempla la rangée d'écrans où défilaient des images noir et blanc au grain épais, souvent tellement floues qu'on distinguait à peine les silhouettes.

— Je crois que j'ai quelque chose pour vous, dit finalement McCaffery en le conduisant devant un moniteur.

Sur le petit écran, un homme se tenait devant un guichet. Visage dans l'ombre. Il portait une chemise à carreaux, un blue-jean et des boots. Tyler se rapprocha, le cœur battant.

C'était lui... Le tueur du wagon. Il en aurait mis sa main au feu.

— J'ai besoin de vous emprunter votre avion, dit Tyler à Nell Priest.

La batterie de son portable ayant expiré, il téléphonait d'une cabine publique.

— Quoi ?

— On a des images de notre type à Effingham. Tout colle, le jean, la chemise. Il porte des boots. Il doit avoir une trentaine d'années. On ne voit pas son visage. Bon, je sais que c'est un peu vague. Mais c'est tout ce qu'on a. Ah oui, il avait roulé le bas du jean. D'où l'on peut déduire qu'il ne s'agit sans doute pas du sien...

— Où se trouve Effingham ?

— Vous ne vous rappelez pas ? On a traversé ce bled en voiture. À un peu moins de vingt kilomètres de Jewett. Une distance qui peut se parcourir à pied. À moins qu'il n'ait fait du stop ou volé une bagnole. La gare routière est pile devant un MacDonald. Il a acheté un « Happy Meal » et a attendu le Greyhound. Au fait, c'était un express pour Chicago.

— Et... ?

— Chez Greyhound, ils ont bien voulu examiner leurs enregistrements. Mais ils n'ont pas terminé leurs recherches. Ils attendent notre arrivée. C'est à quatre heures de voiture d'ici. À moins d'une heure avec votre bimoteur turbopropulsé... Je sais que c'est beaucoup vous demander.

— Le FBI est au courant ? s'enquit Nell Priest en songeant au nombre de questions auxquelles elle n'avait pas su répondre au cours de l'interrogatoire.

Tyler préféra esquiver :

— Je n'ai plus de batterie à mon téléphone. Il faut que je trouve une boutique d'électronique pour acheter un chargeur.

— Ne me dites pas que vous cachez des informations au FBI ? insista-t-elle.

— Je suis une piste, voilà tout. On fera notre rapport quand on tiendra des preuves. Cet avion, Nell, il est disponible, oui ou non ? Sinon, il ne me restera plus qu'à appuyer sur le champignon et à faire mes prières.

— Si vous prenez le King Air, je viens aussi.

— Je ne peux pas vous en empêcher. C'est le vôtre.

— Dites-moi où est l'aérodrome le plus proche de là où vous êtes. Je préviens l'équipage à Saint Louis pour qu'ils viennent nous chercher.

Le King Air de Nell Priest fut accueilli à l'aéroport de Midway par une limousine noire envoyée par la compagnie de chemins de fer. Pendant qu'ils étaient conduits à la gare routière Greyhound de Chicago, Tyler montra à Nell des photocopies d'arrêts sur image de la cassette du MacDonald. Plus quelques autres, dont une représentant un homme en chemise à carreaux au comptoir d'une armurerie à Marshall. Mais celui-là semblait trop corpulent pour être leur homme, et en plus il avait payé avec une carte de crédit. Tyler se proposait de fourguer ces images au FBI, histoire de leur donner un os à ronger.

— Il faudra présenter celle du Macdo à Mme Gomme, dit Nell. Elle saura reconnaître la chemise de son mari.

— McCaffery, le prof à l'Institut de criminologie, est justement en train de la faxer à la police de Marshall. Elle se chargera du suivi de cette partie de l'enquête.

— Pendant qu'il y est, votre criminologue pourrait leur faxer aussi les autres. On ne sait jamais.

Tyler prit son portable dont la batterie était en train de se recharger à l'allume-cigare de l'accoudoir. Il passa un coup de fil à McCaffery, lequel promit de s'en occuper. Dès qu'il raccrocha, Nell l'interrogea de nouveau :

— Qu'est-ce qu'on a trouvé sur le mort ?

— Ils l'ont décongelé lentement pour ne pas abîmer les tissus. Ils ont relevé ses empreintes. Pour le moment, on n'est pas parvenu à l'identifier.

— Vous avez cherché dans quelles bases de données ?

— Oh, les habituelles. Les fonctionnaires du gouvernement fédéral, les militaires, les employés de l'administration de l'Illinois. S'il détenait un port d'arme, il y a bien un État qui doit avoir ses empreintes dans ses fichiers.

Il la vit soudain blêmir. Une pâleur singulière sur ce visage noir. Ce qui lui rappela la couleur de sa peau. À force de se côtoyer, ils oubliaient tous les deux qu'il était blanc et elle black.

— Pourquoi vous me regardez avec ces yeux ? dit-elle, un peu gênée.

— Vous me cachez quelque chose. Je vous trouve étrangement nerveuse depuis qu'on a découvert ce corps. Pourquoi ?

— Ne soyez pas ridicule, riposta-t-elle, mollement, le regard fuyant.

Tyler se sentit blessé. Comptait-il pour si peu dans son estime ?

— J'ai essayé de vous dire, murmura-t-elle finalement d'une voix à peine audible.

— De me dire quoi ?

À l'instant même, la limousine freina après un dernier virage. Nell Priest remercia le chauffeur et, ignorant Tyler, ouvrit la portière de son côté.

— Nous y voilà, déclara-t-elle en se dirigeant d'un pas décidé vers le bâtiment de la gare routière.

— Qu'est-ce que vous avez essayé de me dire ? reprit-il tandis qu'ils traversaient le vaste hall de la gare routière de Chicago.

— Plus tard, lui dit-elle d'une voix presque suave, comme s'il s'agissait d'un secret d'alcôve.

De toute évidence, elle cherchait à l'amadouer. À cet instant, un homme les héla :

— Agent Tyler ?

— Vous ne pouvez pas me faire marcher comme ça, murmura Tyler à Nell tout en levant la main en signe de reconnaissance à l'adresse de celui qui venait de l'interpeller.

— Et pourquoi pas ? souffla-t-elle.

Tyler bouillait de rage en allant à la rencontre de l'homme en complet gris qui s'avançait vers eux. Un ancien footballeur, d'après sa carrure ; un ancien footballeur qui n'avait pas joué depuis longtemps. Des cheveux gris, un visage rond, un menton mou, de l'embonpoint au niveau de l'abdomen.

La société de surveillance qui s'occupait de la gare routière Greyhound à Chicago s'était, au téléphone, avérée très compétente et coopérative. Contrairement à la police d'État de l'Illinois, ils étaient très impressionnés d'avoir affaire à un agent fédéral en la personne de Tyler.

— ... Onze caméras en tout, conclut le chef de la sécurité quelques minutes plus tard, après un long discours sur le système en place dans la gare. Voyons, vous le voyez ici au moment où il a débarqué...

Il leur montra une photocopie d'un arrêt sur image.

— ... Il a sorti d'un casier un sac à dos... Le voilà encore sur cette photo. Blouson en cuir italien. Un homme de goût, si vous voulez mon avis. Et on reconnaît bien le sac, non ?

— Le même type, alors ? s'enquit Nell.

— Les vidéos sont peut-être plus nettes que ce que vous nous montrez là ? avança Tyler, n'osant encore trop y croire.

— Non, pas tellement. Les caméras sont vieilles, comme je vous disais. Et on se sert plusieurs fois des mêmes cassettes.

Si c'était le même homme, il s'était lavé, peigné et changé.

— Il a l'air plus à l'aise dans ce rôle-là que sur l'autre vidéo, où il est vêtu d'une grosse chemise à carreaux et où il a l'air manifestement sale, fit remarquer Tyler.

Qui d'autre que leur suspect aurait pu entrer dans les toilettes des hommes habillé comme un bouseux et ressortir quelques minutes plus tard tiré à quatre épingles ?

— Et s'il avait passé son sac à un complice ? avança le chef de la sécurité de la gare Greyhound.

— Il y a une chose qui ne trompe pas : ce sont les boots, intervint Nell.

Se penchant par-dessus l'épaule de Tyler, Nell était si proche qu'il sentait la chaleur de son corps.

— Il me semble que ce sont les mêmes, conclut-elle.

Elle tapota la poche de Tyler. Ce dernier, comprenant le signal, sortit une feuille pliée en quatre : la photo du MacDonald.

— Ce sont bien les mêmes, confirma Tyler. Mes félicitations, Nell, il fallait être une femme pour penser à vérifier ce détail.

Puis, se tournant vers l'agent de la sécurité de Greyhound, il ajouta :

— On aura besoin des cassettes.

— Elles sont prêtes. Si vous voulez bien jeter un coup d'œil aux autres, dit son interlocuteur en lui tendant quelques feuillets. Regardez bien la poche arrière de son jean...

— Il y a quelque chose qui dépasse, dit Tyler. Des horaires d'autocar ?

— Si vous voulez mon avis, dit l'agent de la sécurité, c'est un billet d'avion.

Cette fois, Tyler ne resta pas à la traîne.

— On va à Midway ou à O'Hare ? interrogea-t-il en pressant le pas pour ne pas se laisser devancer par Nell Priest.

— Coupons la poire en deux.

— Je prends O'Hare, dit-il en bifurquant vers la file des taxis.

— N'oubliez pas que O'Hare est un aéroport international. Vous allez en avoir pour un mois à visionner leurs vidéos de surveillance.

— C'est un risque que je suis prêt à courir.

— Un blouson en cuir noir et un blue-jean ? Autant chercher une aiguille dans une meule de foin.

— Vous oubliez les boots. Et puis on a un élément supplémentaire, on sait qu'il va descendre de l'autocar en provenance de la gare routière. À moins qu'il ne se soit encore changé en route, on le tient. Je parie que j'en ai pour deux heures tout au plus.

— Il faudrait peut-être prévenir le FBI, non ?

À cet instant, le portable de Tyler se mit à trembloter dans sa poche. Il le sortit, l'ouvrit, écouta sans mot dire. Puis il s'exclama en s'arrêtant net de marcher :

— Vous pouvez répéter ?

Nell s'immobilisa à son tour. Tyler la regarda droit dans les yeux, le regard soudain dur et méfiant. Elle esquissa une grimace. Elle savait d'avance de quoi il s'agissait.

— Vous m'aviez caché ça ! s'écria-t-il en glissant son portable dans sa poche.

— C'est ce que j'essayais de vous dire, souffla-t-elle d'une voix faible. J'avais l'ordre de me taire.

— Un vigile de la Northern Union. Le mort... Cet homme qui savait faire un si charmant usage de la hache. C'était un des vôtres !... Et vous le saviez dès le départ !

11

À voir Alvarez debout, son sac noir à ses pieds, plongé dans le magazine *People* derrière la barrière de sécurité du hall d'entrée d'un gratte-ciel de New York, on aurait pu croire qu'il attendait un ami. En fait, du coin de l'œil, il surveillait le ballet des ascenseurs desservant les étages situés entre le 20e et le 30e. Les gens qui en descendaient avaient de bonnes chances de venir des bureaux de la Northern Union Railroad. Il attendait de voir surgir celui dont l'allure et le visage conviendraient. Ce n'était pas la première fois qu'il venait ici, mais il espérait bien que ce serait la dernière. Maintenant qu'il tenait la bombe de McClaren, le dernier chapitre de son plan allait s'achever. Mais il avait d'abord besoin de certains détails à propos de l'essai du train à grande vitesse F-A-S-T.

Lors de ses quatre visites précédentes, son duplicata de carte d'identification NUR avait été accepté les yeux fermés par les agents de la sécurité. Mais comme on était en décembre, au début d'un nouveau mois, il craignait que les ordinateurs ne détectent une anomalie. C'est pourquoi il comptait mettre la main sur une nouvelle carte à dupliquer.

Jillian ne quittait pas ses pensées. Il avait son numéro de téléphone dans sa poche. S'il avait besoin de son aide, il n'hésiterait pas à l'appeler. Sinon, cet épisode devait être relégué dans le passé, avec le reste de sa vie.

Pour le moment, il devait se concentrer sur la tâche qu'il s'était assignée. Sa cible était un homme d'environ son âge. Chacune de ses incursions dans le camp ennemi représentait un risque, mais paradoxalement, c'était la confiance de la compagnie dans le dernier cri de l'électronique qui la rendait vulnérable. Son sac contenait entre autres un lecteur-graveur de carte de crédit qui se connectait à son ordinateur portable. Il suffisait de passer une carte dans cet appareil pour lire sur l'écran toutes les données contenues dans la puce. Le métier d'Alvarez était l'informatique. Pendant onze ans, il l'avait enseignée à de jeunes élèves auxquels il disait de temps à autre, en plaisantant, que s'il n'avait été prof, il aurait été en prison pour piratage. L'appareil permettait aussi d'injecter des informations sur une carte de crédit ou tout autre support, et donc de dupliquer n'importe quelle carte. Pas question d'en voler une, le larcin serait tout de suite signalé et la carte annulée. En revanche, une carte identique à celle d'un employé était indétectable, à moins que l'employé en question ne fût au même moment dans les bureaux.

Alvarez finit par repérer sa victime : un jeune homme à l'allure de comptable, habillé d'un costume bon marché et de chaussures à épaisse semelle de caoutchouc. Un mètre quatre-vingts, sourcils épais, barbe mal taillée, épaules avachies.

Les femmes transportaient en général ce petit rectangle de plastique dans leur sac, mais les hommes préféraient l'attacher autour de leur cou, ce qui leur permettait de l'avoir toujours sous la main dans l'ensemble du bâtiment. Alvarez avait sélectionné le comptable pour la bonne raison qu'il l'avait vu glisser sa carte d'identification dans la poche arrière de son pantalon après être sorti du bâtiment.

Alvarez prit son sac et suivit l'homme. Sans le quitter des yeux pour ne pas le perdre dans le flot des employés qui rentraient chez eux, il défit la chaîne de son vélo et poussa ce dernier le long du trottoir. L'homme traversa au feu et se dirigea vers la gare de Grand Central. Alvarez se dépêcha d'attacher de nouveau son vélo à un poteau.

Le souvenir de ce qui s'était passé dans le wagon le poursuivait à la façon d'un cauchemar. La société de vigiles chargée de la sécurité de la Northern Union était dirigée par un petit homme râblé et roublard du nom de Keith O'Malley, un ancien flic de Boston. Alvarez était convaincu que ce salaud avait tenté d'acheter son avocat, Andersen, pour qu'il accepte un arrangement. Voyant que ce dernier refusait, il l'avait assassiné et avait mis ce meurtre sur le dos d'Alvarez. C'est encore lui qui avait envoyé un de ses gorilles à Terre Haute... Combien d'autres vigiles de la Northern Union étaient à ses trousses ? Des dizaines ? S'en trouvait-il dans les rues de New York ? À sa stupéfaction, l'homme qu'il avait pris en filature dépassa l'entrée de la gare pour entrer dans l'hôtel Hyatt. Il le suivit. Le marbre blanc du hall étincelait dans la lumière des appliques dorées. À côté du comptoir en bois noir de la réception s'ouvrait la porte du bar très sélect de l'hôtel, où la moindre consommation coûtait l'équivalent du RMI. Le bar bruissait de monde à cette heure. Ça allait être un jeu d'enfant, dans cette foule, de jouer les pickpockets, songea Alvarez.

Il s'approcha vivement de l'homme, le heurta — un petit coup dans le dos — et s'excusa bien haut tout en faisant mine de vouloir se retenir à son épaule pour ne pas tomber. Il profita de ce moment de confusion et de la distraction de sa victime pour lui dérober sa carte.

Puis il fila dans les toilettes pour hommes et, le cœur battant, s'enferma dans une cabine. Le transfert des données dans son ordinateur portable prit quelques minutes seulement. Robert Grossman. C'était le nom inscrit à côté d'une photo d'identité très laide. Alvarez retourna en toute hâte au bar. Le dénommé Grossman était à présent assis au bar, un verre de gin ou de vodka à la main, les yeux levés vers l'écran du téléviseur branché sur la chaîne de Wall Street. Un petit verre et les cours de la bourse avant de rentrer...

Alvarez s'approcha du bar, fermant ses oreilles aux voix nasillardes et bruyantes des nombreux clients. Il se pencha vers Grossman et laissa tomber la carte par terre tout en demandant au barman une boîte d'allumettes. Le barman, débordé, se contenta de pointer l'index vers l'extrémité du comptoir. Alvarez s'éloigna de quelques pas et, prenant une hôtesse par le coude, indiqua du doigt le rectangle de plastique sur le parquet.

— Je crois que ce monsieur a perdu quelque chose, dit-il en montrant clairement Grossman.

Elle le remercia avec un sourire chaleureux, un sourire qui le félicitait de sa générosité.

Dans un magasin d'électronique de la 42e Rue, Alvarez s'employa à transférer les données prélevées par le logiciel de son ordinateur dans la puce d'une carte vierge. Perché sur un tabouret métallique devant une table qui donnait sur la rue, il commença par formater une photographie à la taille voulue, puis il effectua un copier-coller du contenu du fichier de la carte de Grossman. Dans cette officine, on vous imprimait n'importe quelle image numérique sur CD-Rom pour la modique somme de 3 dollars. En un quart d'heure, il avait son duplicata avec sa photo. Le type de la boutique ne posa aucune question. D'ailleurs, il parlait à peine l'anglais.

À 18 h 20, se doutant que Grossman se trouvait à présent dans son train de banlieue, sur le chemin du retour, il retourna au 471 Park Avenue South. Cette fois, il avait pris soin de porter une cravate. Mais il avait gardé son sac à dos. Le garde lui jeta à peine un coup d'œil quand il inséra sa carte dans l'appareil de contrôle dont l'indicateur lumineux passa aussitôt au vert. Alvarez se dirigea d'un pas assuré vers les ascenseurs. Il sélectionna le vingt-deuxième étage, sachant d'avance ce qui allait l'accueillir sur le palier à la porte des bureaux de la compagnie de chemins de fer : une affiche gigantesque vantant sa percée technologique dans le nouveau millénaire :

Le F-A-S-T — le train le plus rapide d'Amérique
New York-Washington en 2 h 30 !
Réservez dès aujourd'hui !

C'était seulement un slogan publicitaire. Le *bullet train* n'était en réalité pas encore tout à fait prêt à être mis en service. Il fallait attendre les résultats de l'essai : un événement qui allait faire grand bruit, surtout avec la petite surprise qu'il leur préparait... Encore une semaine.

Si tout marchait comme il le voulait, ni le F-A-S-T ni la Northern Union ne se relèveraient jamais de leurs ruines.

Alvarez ne vivait que pour ce moment.

12

Toutes les pièces du puzzle s'ordonnèrent dans la tête de Tyler à l'instant où les lumières de Long Island surgirent sous l'aile droite de l'avion d'United Airlines.

L'attitude de Nell Priest avait changé dès qu'elle avait vu le cadavre. Tyler, plein de sympathie, s'était dit qu'elle était bouleversée par l'horreur du spectacle. Mais à présent, il comprenait que si elle avait eu un pareil haut-le-cœur, c'était parce qu'elle avait reconnu l'homme au visage lacéré, brûlé, congelé... Tyler se souvenait par ailleurs l'avoir aperçue en train de montrer quelque chose aux SDF du campement. Elle avait prétendu qu'il s'agissait de sa carte d'identité. Maintenant, il savait que c'était une photo du mort, du vigile de la Northern Union. Elle lui avait menti depuis le départ ! Ses patrons l'avaient envoyée sur les traces d'un des leurs dont ils étaient sans nouvelles. D'autant que le wagon ensanglanté se trouvait dans la région où ce vigile était censé opérer. De toute façon, son histoire d'imitateur du tueur du rail ne l'avait jamais vraiment convaincu. Furieux contre elle, refusant d'écouter ses mots d'excuse, il l'avait laissée en plan devant la gare routière Greyhound de Chicago et avait sauté dans un taxi pour foncer à l'aéroport de O'Hare.

Le visionnage des cassettes de vidéosurveillance se

révéla plus long et plus fastidieux que prévu : quatre heures assis, enfermé dans une cabine minuscule. Mais cet effort porta ses fruits : le suspect avait été repéré à la descente d'un autocar, portant en plus de son blouson en cuir et de ses boots une casquette de base-ball. Puis il l'avait retrouvé au passage de la sécurité, dans un couloir, et enfin devant une porte d'embarquement. Caméra par caméra, il avait réussi à traquer son homme dans l'immense aéroport. Le suspect avait pris un vol pour JFK. Tyler, trop heureux d'échapper enfin à l'exiguïté de la cabine où il avait cru mourir étouffé, courut prendre le vol suivant pour JFK. Pendant toute la durée du voyage, il resta pendu au téléphone. D'abord il appela la police de l'aéroport de New York pour qu'ils trouvent la liste des passagers du vol pris par le suspect. Puis il appela d'autres services pour que les 273 noms trouvés fussent comparés aux bases de données des fichiers du FBI. Un seul nom fit tilt, celui d'une femme qui avait eu cinq ans plus tôt des démêlés avec la justice pour fraude bancaire. Mais pas un seul homme.

L'avion atterrit à 23 h 41. Tyler avait mal à la tête. On lui avait réservé une chambre à l'hôtel Empire dans un quartier bruyant du milieu de la ville. Abruti par sa migraine et les bruits de sirènes et de klaxons qui montaient de la rue, il eut du mal à trouver le sommeil. Le service de sécurité de la Northern Union l'avait pris pour un con, il n'y avait pas d'autre mot. Il était d'une humeur de chien. Nell Priest l'avait bien eu. Son patron au Bureau de la sécurité des transports, Loren Rucker, était sûrement déjà au courant pour l'identité du mort... Tyler allait vraiment avoir l'air d'un imbécile doublé d'un incompétent, aucun doute là-dessus. Il était fou furieux.

À 7 h 30 le lendemain, Tyler réussit à surprendre Loren Rucker au saut du lit.

— Il va falloir qu'on rattrape le coup maintenant, dit son patron après l'avoir écouté attentivement.

— Je ne suis pas fier, vous savez, avoua Tyler.

— Vous avez fait un excellent boulot, au contraire. Vous avez réussi à pister ce type. Ils vous mettent des bâtons dans les roues à la Northern Union, mais vous avancez quand même. Je vous félicite. Maintenant, notre problème est le suivant : ce n'est pas notre rôle de poursuivre les meurtriers. Nous devons en principe nous contenter d'identifier la cause des accidents de transport.

— Ça c'est pour le principe, mais vous, qu'est-ce que vous souhaitez ?

— Du boulot bien fait. Un coupable derrière les barreaux. Quelque chose à mettre à notre tableau de chasse.

— Harold Wells, c'est le nom du mort, était vigile à la Northern Union. Il a parlé d'un Latino aux SDF du campement. Quelques heures plus tard, il était raide. N'importe qui a pu le tuer, mais mes soupçons se portent sur le type qu'il recherchait. Il faut se demander non seulement qui, mais aussi pourquoi.

— Je suis 100 % d'accord avec vous, Tyler.

— Ce Latino représente peut-être une menace pour les transports publics.

— Très bon argument, approuva Loren Rucker. Mais vous devriez d'abord vous enquérir auprès de William Goheen des raisons du silence de son agent.

— William Goheen ? répéta Tyler en se remémorant l'article du magazine *Times* sur le président de la compagnie de chemins de fer et le dessin humoristique le représentant à cheval sur un train à grande vitesse avec des dollars giclant de ses poches.

— Vous allez pouvoir rencontrer Goheen à une soirée qu'il donne dans la Rainbow Room.

— Une soirée mondaine ? Pas du tout ma tasse de thé...

— Vous avez été invité personnellement, Tyler. Et ce n'est pas rien, croyez-moi. Et il a téléphoné lui-même ! Quand on vous offre quelque chose sur un plateau, ça ne se refuse pas. Et... au fait, vous avez un smoking ?

Tyler fronça les sourcils :

— On pourrait l'accuser d'entraver la justice.

— Attention, il a le bras long.

— Il doit être inquiet, sinon il aurait confié l'affaire à un sous-fifre.

— William Goheen a une haute idée de ses responsabilités. C'est Keith O'Malley, le chef du service de sécurité, qui a merdé en ne nous divulguant pas l'identité d'Harold Wells. Mais comme il bosse pour Goheen, ce dernier lui sert de couverture.

— Vous avez l'air de bien le connaître, dit Tyler.

— En effet.

— Et vous croyez que je vais pouvoir avoir une gentille petite conversation avec ce monsieur, mais on va se mettre à hurler tous les deux ! Et ça nous avancera à quoi ?

— Vous représentez le gouvernement des États-Unis, Tyler. Il n'est pas question de se mettre à hurler comme à la foire !

— Mais ils se sont servis de nous, de vous ! Ils ont menti. Et pourquoi ? Ils vous l'ont dit ? Votre ami Goheen vous a précisé ce que fichait un de ses agents sur le train de Terre Haute ?

— Son boulot, sans doute.

— Vous n'avez pas posé la question.

— En effet, ce n'était pas le moment.

— Pas le moment ? Alors que le sang qui barbouillait ce wagon de cauchemar appartenait à ce pauvre mec ? C'était quoi son boulot, exactement ? Qui cherchait-il et pour quelle raison ? Et pourquoi ont-ils dépêché dare-dare Nell Priest à Saint Louis ? Moi je vais vous dire pourquoi : parce qu'ils avaient perdu la trace de Wells et ils pétaient de trouille ! Ce qui veut dire que quelque chose leur fait une peur bleue. Ils savaient qu'Harold Wells touchait au but. Lequel ? Un Latino. Celui à propos duquel Wells avait interrogé la bande de routards de manière plutôt musclée. Et sur ce point, je pense pas qu'ils soient encore prêts à cracher le morceau.

— Je compte sur votre diplomatie, Tyler. N'oubliez pas. Nous sommes des agents fédéraux, pas des flics de la criminelle embarquant une bande de suspects. Marchez sur les orteils de Goheen, et je vous mets illico au placard.

— Wells, cette brute, a fendu le pied d'un pauvre clochard. Vous trouvez que c'est des procédés d'investigation, vous ? Moi, je vais vous dire ce que c'est : c'est de l'exaspération. Ils sont aux abois. Wells s'est fait buter parce qu'il était trop impatient. Alors que M. Goheen n'essaye pas de me faire avaler qu'il a été victime d'un accident du travail.

— Comment pouvez-vous savoir d'avance ce qu'il va vous dire ? Arrêtez de jouer les flics bravaches !

— Vous n'aviez qu'à envoyer un de vos gars, dans ce cas, protesta Tyler, piqué au vif.

— Vous êtes un de mes gars. Allons, Tyler, un peu de sang-froid, que diable.

— Bon, je sais, vous avez pris un risque en m'engageant et je ne peux que vous en être reconnaissant. Mais si vous m'avez choisi, c'est que vous pensiez que mon expérience d'inspecteur de la criminelle vous serait utile, non ?

— Louez un smoking, parlez à William Goheen, restez poli. Notez mentalement tout ce qu'il vous raconte. Arrangez-vous pour parler à Keith O'Malley.

Et ensuite venez me raconter tout ça, d'accord ? Réveillez-moi s'il le faut.

— Et le FBI ? On leur a dit que notre suspect est sans doute à New York ?

— Non. J'attends que nous ayons du solide...

Sur ce front, il avait donc le soutien total de Loren Rucker. Personne, pour l'instant, n'allait mettre au courant les fédéraux.

— ... Mais n'oubliez pas, de la diplomatie avant toute chose... Sachez rester à votre place.

À l'hôtel Empire, le concierge tendit à Tyler une grosse enveloppe marron. Elle contenait une cassette vidéo de la chaîne de télévision CBS où était enregistrée une émission du magazine d'actualité *60 Minutes* intitulée : « William Goheen ». Au moins, Loren Rucker ne perdait pas de temps.

Sa petite chambre sentait le déodorant et la cigarette, en dépit de l'interdiction de fumer. La tuyauterie gargouillait. C'était le genre de chambre où la télécommande de la télévision était enchaînée à la table de chevet. La fenêtre donnait sur un mur de béton. Si on se penchait un peu, on apercevait, vingt étages plus bas, les couvercles gris des bacs à ordure. Il avait demandé au concierge où il pouvait louer un smoking.

Il s'était aussi arrangé pour faire monter un magnétoscope. Pendant que l'installateur s'escrimait à comprendre le système de raccordement au téléviseur, Tyler fit le point. Certes, la société de vigiles dirigée par O'Malley était un service extérieur à la Northern Union Railroad, une sorte de sous-traitant. Après tout, il était tout à fait possible que William Goheen n'ait pas été tenu au courant de ce qui s'était passé dans l'Illinois. Il n'avait peut-être même pas su qu'on avait mis la dénommée Nell Priest dans un avion à destination de Saint Louis. Mais Tyler ne cessait de revenir à la visite musclée de ce Wells dans le camp de SDF. Il cherchait un « Latino ». Mais pour quelle raison ?

Le journaliste de *60 Minutes* était assis devant un fond projeté représentant la tête géante du président de la Northern Union, William Goheen. Il s'exprimait de façon aussi décontractée que s'il se trouvait dans un salon mondain.

Il y a sept ans, William Goheen, héritier d'un empire de transports routiers et directeur d'une des compagnies de transporteurs les plus importantes du pays, fut désigné pour prendre la tête de la cinquième compagnie de chemins de fer américaine. Cinq ans plus tard, après trois fusions réussies, 500 millions de dollars investis dans la recherche et une augmentation de 70 % du nombre de voyageurs et de 170 % du fret ferroviaire, il s'apprête à annoncer le lancement du train le plus rapide d'Amérique, le F-A-S-T, qui desservira la mégalopole du « Corridor du Nord-Est ». Ce train à grande vitesse de construction française et de design nippon serait un véritable bijou qui réduirait le trajet New York-Washington à deux heures trente. Un voyage que se promet d'effectuer dès demain M. Goheen.

Le reportage durait en tout et pour tout dix minutes. Tyler, attentif à l'attitude de William Goheen devant l'objectif de la caméra, le jugea sûr de lui et arrogant. Un homme ne reculant devant rien pour convaincre son interlocuteur. Un homme habillé avec style, au beau visage massif, aux cheveux gris, aux épais sourcils gris-noir durcissant le bleu de ses yeux mobiles et perçants. On l'imaginait à l'aise sur les pistes de ski d'Aspen, au cœur des somptueuses montagnes du Colorado. Ou bien menant ses affaires à bord d'un yacht sur les eaux turquoise des mers du Sud. Il avait une fille superbe, ancienne élève de la prestigieuse université de

Princeton, qui était devenue son bras droit depuis la mort de sa mère, plusieurs années auparavant, des suites d'un cancer du sein. Gretchen Goheen n'avait eu droit qu'à deux minutes d'interview, mais Tyler lui trouva beaucoup plus de charisme qu'à son milliardaire de père. D'autant qu'elle était stupéfiante de beauté. Un vrai top-model. Tyler était fasciné.

Le téléphone sonna. Il appuya sur le bouton « pause » de la télécommande avant de décrocher. C'était le concierge. Son smoking était prêt, s'il voulait bien aller l'essayer. Tyler se dépêcha de descendre pour se rendre chez le tailleur, à quelques blocs de l'hôtel. Tout en pressant le pas, il se demandait comment il allait bien pouvoir soutirer des informations à ce William Goheen. Un homme de fer. Un homme que rien ni personne n'impressionnait.

Tyler prit l'ascenseur pour la Rainbow Room, dans un nuage de parfums capiteux. Les invités en tenue de soirée se taisaient poliment dans l'espace confiné.

Il venait de pénétrer dans un autre monde, un monde où même le silence était de velours, un monde qu'il n'avait jusqu'ici vu que dans les séries télévisées. Il se sentait intimidé.

Pourquoi Goheen l'avait-il fait venir ici ? Pour le désarçonner ? Si c'était le cas, il avait réussi son coup.

Des hôtesses au sourire enjôleur accueillaient les invités à la sortie de l'ascenseur. L'une d'elles prit Tyler par le bras pour le conduire à une table où il fut invité à décliner son identité. On finit par le trouver au bas de la dernière liste. On lui souhaita aimablement de passer une très bonne soirée.

La salle grouillait de monde. On parlait, on gesticulait, on riait, on s'embrassait sur les joues, on prenait des expressions tout à la fois bienveillantes et ironiques. Sur les plateaux que promenaient les serveurs, de la chair rose de crabe garnissait les petits fours et dans les flûtes pétillait un délicieux champagne français.

Un homme s'approcha de Tyler par-derrière et le prit par les épaules. Tyler tressaillit. Mais l'homme voulait simplement le débarrasser de son trench-coat. En échange, il lui fourra un ticket dans la main.

Tyler se redressa, prêt à affronter ce qui, pour lui, était une réalité totalement neuve. Mais, en dépit du scintillement des lumières et des bijoux, il n'oubliait pas une seconde la raison de sa présence en ces lieux.

Tyler accepta une flûte de champagne et un canapé. Velours noir, diamants et perles semblaient à la mode. Les hommes affichaient un net penchant pour les cravates vert et rouge, peut-être pour se donner un air de Noël. Ils discutaient politique et finances, impeccables dans leur smoking, telle une bande de pingouins s'attendant d'un instant à l'autre à être pris en photo. Tyler chercha des yeux le grand patron, William Goheen.

La rumeur des conversations s'enflait puis retombait comme le ressac battant les rochers. Par les grandes baies vitrées, on apercevait la féerie des lumières des buildings de Manhattan.

— Agent Tyler ?

Il se retourna d'un seul bloc. Un homme entre trente et quarante ans le regardait d'un air affable. Pour Tyler, il puait le fric et la bonne éducation.

— Permettez-moi de me présenter : Mike Campbell, dit-il en serrant avec chaleur la main de Tyler. Je travaille à la Northern Union. M. Goheen se réjouit de faire votre connaissance.

— Bien, fit simplement Tyler en cherchant des yeux un endroit où poser son verre vide.

Il avait bu un peu trop vite. La tête lui tournait légèrement.

— M. Goheen respecte les hommes aussi occupés que lui.

— Si je comprends bien, vous êtes chargé des relations publiques, émit Tyler.

Il avait tapé dans le mille. Campbell eut un geste un peu vif de la main et manqua de renverser le champagne de sa voisine. Il se confondit aussitôt en excuses ; elle aussi. Tout ce joli monde était fichtrement courtois, se dit Tyler, c'en était répugnant.

— Je vous suis, dit-il tout haut, en se demandant combien d'autres personnes le surveillaient du coin de l'œil.

Car il ne se faisait guère d'illusions : une demi-douzaine de caméras cachées plus les yeux de la garde rapprochée de Goheen suivaient chacun de ses gestes.

— Alors, que pensez-vous de cette petite sauterie ? s'enquit Campbell, qui avait retrouvé son air avenant en même temps que son aplomb.

— Soit ces messieurs aiment bien gâter leurs filles, soit il y a plus de demoiselles à marier que je n'en ai jamais vu rassemblées...

Un sourire en coin vint à la bouche du distingué Campbell. Tyler gagnait du terrain. Alors autant exploiter le filon.

— ... Et je dirais qu'il y a plus de poitrine au mètre carré dans cette salle que sur une dinde aux hormones... Monsieur Campbell, enchaîna-t-il sans reprendre son souffle, savez-vous ce qu'Harry Wells foutait à bord de ce train ?

Campbell s'arrêta tout net. Tyler le heurta et lui prit le bras, serra fort, plongeant son regard dans le sien.

— Je ne connais pas de Harry Wells, déclara Campbell en se raidissant.

— Dites plutôt qu'on vous a prié de vous taire.

— Le service de sécurité est un fournisseur indépendant.

— Je suis agent fédéral, monsieur Campbell, faut-il vous rappeler que mentir au gouvernement fédéral est un délit ? Votre boulot, c'est de vous arranger pour que la compagnie fasse toujours bonne figure, non ?

— M. Goheen n'a besoin de personne quand il s'agit de son image de marque. Je me contente de veiller à ce que la presse ne raconte pas trop de bêtises sur nous.

— Vous le suivrez dans sa carrière politique ? Vous êtes parmi ceux qui iront à Washington avec lui ? interrogea Tyler, se rappelant le reportage de *60 Minutes* sur Goheen.

— Si cela se présente, ce n'est pas impossible.

— Mes félicitations.

Le ton de Campbell se fit soudain plus incisif quand il ajouta :

— Vous avez flanqué une raclée à un black du nom de Chester Washington qui l'a presque laissé sur le carreau. Vous avez perdu votre badge...

— Ma plaque, corrigea Tyler. Les badges sont pour les conducteurs de loco et les vigiles de la Northern Union...

— Vous avez bénéficié d'un non-lieu lors du procès pour meurtre, mais reste le procès civil. Il pourrait en coûter à la ville de Washington plus de 2 millions de dollars en dommages et intérêts. M. Goheen sait tout sur vous, agent Tyler. Mais vous verrez, il est d'une exquise délicatesse. Il n'est pas fier de la façon dont nos services de sécurité ont traité l'affaire du wagon ensanglanté. C'est pourquoi il veut tirer les choses au clair avec vous. La Northern Union a toujours joué franc jeu avec le Bureau de la sécurité des transports. Il compte sur votre coopération.

— Ce dont je le remercie d'avance, marmonna Tyler en se remémorant les conseils de son patron à propos de la nécessité de déployer des trésors de diplomatie avec « ces gens-là ».

Il fallait bien admettre que William Goheen avait une sacrée présence. Teint de joueur de golf, cheveux poivre et sel, yeux bleus qui vous vrillaient jusqu'au fond de l'âme. Et pourtant, Tyler devinait chez lui une secrète réticence, une légère hésitation qu'il avait souvent constatée chez les gens qui s'étaient par la suite révélés coupables. Ils échangèrent une brève poignée de main.

— Écoutez, dit-il comme s'ils étaient déjà au milieu d'une conversation, je sais que ce n'est ni le lieu ni l'heure, mais je voulais vous voir au plus vite. J'ai un emploi du temps qui ne me laisse aucune marge en ce moment.

— C'est un honneur pour moi, opina poliment Tyler, se rappelant les ordres de son patron.

— Quelle malheureuse affaire, reprit le magnat des transports ferroviaires. L'agent que nous avions mandaté sur place est en grande partie responsable de ce malentendu. Je voulais vous assurer de vive voix que nous allons tirer tout cela au clair. En d'autres termes, nous vous présentons toutes nos excuses... Si je comprends bien, personne, ni vous ni nous, n'a encore prévenu le FBI. Ils ne vont sûrement pas tarder à me tomber dessus...

Il mettait l'accent sur la similitude de leurs méthodes, mais Tyler n'était pas dupe.

— ... Il paraît que notre suspect serait à New York, poursuivit-il d'une voix presque suave. Si on me pose la question, il faudra que je leur dise la vérité. Au FBI. Il en va de mon devoir. Voilà, il fallait que vous sachiez.

En dépit du charme qui dégoulinait du bonhomme, Tyler tenait bon. Il commença par le remercier de le tenir au courant, puis ajouta :

— J'aimerais, si vous le permettez, rencontrer votre chef de la sécurité, M. O'Malley. En fait, je pensais lui parler avant de vous voir...

Goheen cilla violemment de la paupière gauche. Un tic ? La question le mettait peut-être dans l'embarras ? Tyler eut soudain la sensation que plusieurs hommes en smoking qui, jusqu'ici, s'étaient tenus à distance, se rapprochaient, comme s'ils cherchaient à le cerner. Les gorilles du grand patron ? Tyler sut à cet instant que la conversation était sur le point de s'achever.

— Un de nos détectives a été victime de circonstances indépendantes de notre volonté, murmura presque Goheen.

Tyler réprima un mouvement de recul. C'était la première fois qu'il voyait qualifier un meurtre de « circonstances indépendantes de notre volonté » !

— Maintenant, monsieur Tyler, reprit Goheen, si vous avez besoin de me joindre, n'hésitez pas à m'appeler. Je serai toujours disponible pour vous aider.

— Harry Wells suivait la piste d'un Latino, laissa tomber Tyler à brûle-pourpoint. Il a agressé un pauvre bougre pour lui soutirer des renseignements à propos de ce type. Vous allez aussi raconter ça au FBI ?

Goheen resta de marbre. À croire qu'il n'avait jamais entendu parler d'un quelconque Latino.

— Le Bureau national de la sécurité des transports n'est pas habilité à mener des enquêtes criminelles, je me trompe ? dit Goheen en s'avançant d'un pas vers Tyler. Alors pourquoi vous avoir engagé ?

— Je récolte des faits afin que le Bureau puisse savoir à quel service de l'administration fédérale il doit transférer le dossier.

— Votre explication passera ou ne passera pas la rampe avec le FBI. Quand avez-vous l'intention de les mettre dans le coup ?

— Je préférerais avoir arrêté ce Latino avant, avoua Tyler. Bien sûr, ça ne ferait pas de mal de savoir qui c'est. Mais ce serait mieux que le FBI ne s'en mêle pas...

Baissant la voix, Tyler ajouta :

— Le Bureau n'a pas plus envie que vous d'ébruiter l'affaire. Notre boulot, c'est la sécurité du rail. Ce salopard est pour nous synonyme d'emmerdements.

— Sur ce point, nous sommes d'accord.

— C'est vous qui avez mis le FBI sur le tapis, pas moi.

— On peut les tenir à l'écart encore un ou deux jours, mais pas plus, dit Goheen.

— Et si je parlais à O'Malley ? Ça ferait peut-être avancer les choses ?

Goheen esquissa un geste vers l'autre bout de la salle bruissant de monde.

— Un de nos agents va se faire un plaisir de vous assister, dit-il.

Tyler scruta les visages. Puis il n'en vit plus qu'un : celui de Nell Priest. Leurs regards se croisèrent. Elle hocha gentiment la tête.

L'espace d'un instant, Tyler fut tenté de prendre ses jambes à son cou.

— Bravo ! Vous vous êtes débrouillée comme un chef, Nelly. Vous êtes arrivée avant moi afin de briefer votre patron, dit Tyler à la jeune femme en guise d'entrée en matière.

— Ne m'appelez pas Nelly !

Elle était moulée dans une robe longue noire toute simple, plus élégante que toutes les tenues de haute couture dans lesquelles paradaient les autres invitées.

— C'est moi qui ai demandé à être ici ce soir, ajouta-t-elle. Je tenais à implorer votre pardon pour m'être tue au sujet de Wells. J'obéissais aux ordres. Ça n'a pas été de gaieté de cœur, croyez-moi.

Elle se tenait immobile comme une statue. Seule sa poitrine se soulevait. Tyler ne put s'empêcher de laisser ses yeux glisser vers les rondeurs qu'il devinait sous l'étoffe.

— Vous vous êtes servie de moi, accusa-t-il.

— Pas de mon plein gré, se défendit-elle.

— Vous êtes coupable d'entrave à la justice. Goheen me passe la main dans le dos pour me persuader que ç'a été une erreur. Mais moi je sais que je peux vous mettre le FBI aux fesses, Nell ! Et Goheen le sait.

— Vous avez tort.

— Alors parlez-moi de ce Latino. Qui est-il ? Et pourquoi Wells le poursuivait ?

— Je n'avais pas entendu parler du Latino avant de vous accompagner chez ces clochards.

Tyler haussa les épaules. Il n'était pas convaincu.

— Wells appartenait à l'équipe de O'Malley. Il les appelle ses « mercenaires ». Ils se chargent de virer les clodos quand les flics ne veulent pas bouger. Mais pour rien au monde, ils ne dénonceraient leur patron.

— De vrais hommes de main, on dirait. Combien sont-ils ?

— Dix tout au plus. Je ne sais pas exactement, je ne les connais pas, mais ils existent, ça j'en suis sûre. Ils font tout le sale boulot.

— Et ce Latino ?

— Je n'en sais rien. Un type qui avait contrarié Wells d'une façon ou d'une autre ? Qui sait ? En tout cas, O'Malley ne m'a rien dit à propos de ce Latino. Je pense que nous nous fourvoyons...

— Et moi je pense que les médecins légistes vont trouver des cheveux noirs dans le wagon. Ceux de Wells étaient bruns.

— Bon, et alors ? Il aura rattrapé son fameux Latino. Et c'est pas beau...

— Je voudrais parler à O'Malley, insista Tyler.

— Je vais voir ce que je peux faire. Où êtes-vous descendu ?

— À l'Empire. Mais je préférerais que ce soit maintenant, ce soir. J'attendrai au bar de l'hôtel. Dites à votre patron que s'il accepte de me rencontrer tout de suite, je ferai moins de raffut. Je crois personnellement que notre suspect est venu à New York pour une bonne raison. Il faut penser que votre compagnie est peut-être sa cible, ce que Wells savait. C'est pourquoi il était à ses trousses. Il ne nous reste pas beaucoup de temps : New York est une ville immense et il a de l'avance sur nous.

— Vous exagérez.

— Le type qui a tué Wells n'avait rien d'un clochard. Et vous le savez. Il a volé ces vêtements. Il avait prévu une échappatoire, puisqu'un sac l'attendait dans un casier. Il a pris un avion pour JFK. Vous croyez toujours qu'on a affaire à un SDF ? Ne mésestimez pas Harry Wells.

Après un instant de réflexion, elle inclina la tête et déclara :

— O'Malley vous retrouvera au bar de votre hôtel.

Plus il la regardait, plus elle lui plaisait...

La rumeur des conversations et les bruissements soyeux s'enflèrent soudain derrière eux, les obligeant à se retourner. Gretchen Goheen venait de faire son entrée, plus spectaculaire que celle d'une star de cinéma. Tyler ne fit que l'apercevoir. Un teint de pêche, des traits d'une finesse angélique, et avec ça une force de caractère hors du commun. La foule des convives s'écarta comme pour laisser passer une reine. Elle se dirigea droit sur son père, lequel l'accueillit les bras grands ouverts en déposant un léger baiser sur ses lèvres.

— Vous la connaissez ? susurra Tyler.

Comme Nell Priest ne répondait pas, il se retourna : la jeune femme s'était volatilisée.

Un petit homme trapu au front soucieux et à la démarche rapide fit son entrée dans le bar et passa en revue les clients comme un général inspectant ses troupes. Il n'y avait aucun doute possible : c'était Keith O'Malley. Seul un ancien Marine doublé d'un ancien flic, et ancien joueur de base-ball de surcroît, pouvait avoir un air aussi dur et autoritaire.

Sur les talons de ce despote se tenait Nell Priest, le visage fermé, impénétrable.

— Monsieur Tyler ? dit le petit homme en lui tendant une main large, musclée, calleuse. Je me présente : Keith O'Malley, de la sécurité de la Northern Union.

— Loren Rucker vous envoie ses amitiés, dit Tyler.

— Vraiment ? Il vous a dit aussi qu'il ne savait pas tenir une batte ?

Il s'assit et fit signe au barman qui s'empressa de lui envoyer une serveuse pour prendre sa commande. O'Malley était le genre de client que l'on ne faisait pas attendre. Sa placidité de vieux bulldog ne les trompait pas : ils devinaient chez lui un caractère explosif. Il commanda une bière. Tyler l'imita. Priest, elle, préféra une vodka.

— Loren et moi étions ensemble dans les Marines. Mais il était un peu trop intello pour nous autres, si vous voyez ce que je veux dire...

Il sourit, découvrant une rangée de fausses dents. Tyler esquissa une grimace, de plus en plus mal à l'aise. Pourquoi son patron lui avait-il caché son passé de Marine et surtout la vérité sur ses relations avec le chef de la sécurité de la Northern Union ?

— ... Vous connaissez Nell Priest, continuait son interlocuteur.

Nell sourit à Tyler d'un air gêné, puis se tourna de nouveau vers son patron.

— Bon, on va jouer cartes sur table, Tyler, dit O'Malley. Qu'est-ce qui vous chagrine ? Il paraît que vous n'appréciez pas la façon dont je gère mon petit monde. Pourtant on travaille dans la légalité. Tous ceux que j'ai sous mes ordres sont possesseurs d'une licence reconnue dans nos quarante-neuf États, sauf la Louisiane qui se prend encore pour la France...

Il sourit de nouveau de son sourire de carnassier et jeta un coup d'œil impatient vers le bar. Sa bière se faisait attendre.

— ... Nous coopérons avec les agents fédéraux chaque fois qu'on nous le demande. Mais d'après ce que j'ai compris, à aucun moment vous n'avez interrogé Mme Priest à propos des liens de la victime avec la compagnie. Vous avez pris la direction des opérations. C'est vous qui décidiez de tout. Eh bien, sachez que je n'ai pas encore dit à mes agents de vous fournir *volontairement* des informations à vous autres, les fédéraux. Voyez ce que je veux dire ? Vous avez été flic...

En dépit de son licenciement, Tyler avait toujours l'impression qu'il appartenait à la police. C'était plus fort que lui. Comme un réflexe.

— Harry Wells a fendu le pied d'un SDF à la hache sous prétexte de lui soutirer des renseignements. C'est ça, votre politique ?

— Si Harry a fait un truc pareil, je peux vous assurer que l'autre l'avait provoqué. Vous avez été là-bas. Vous avez vu ces épaves... Harry, lui, les connaissait bien. Dix ans qu'il opérait sur nos lignes. M'est avis que c'était même pas lui, votre mec à la hache. Vous savez, ils sont toujours en train de tirer le couteau pour un rien... Et puis ils ont la mémoire bousillée. Alors, une heure ou une semaine, pour eux, c'est pareil. N'empêche... C'est quoi votre problème ?

— Mon problème ?

— Oui. Harry est mort. Nous, on a perdu un bon soldat. Un frère ! C'est quelque chose que vous pouvez comprendre ! Et vous voulez me passer un savon pour un délit qu'un mort, un de mes p'tits gars, a peut-être, je dis bien *peut-être,* commis ? Vous roulez pour qui, exactement, Tyler ? Et si ç'avait été un des vôtres ?

Tyler glissa un regard à Nell Priest. Elle avait les yeux fixés sur O'Malley. La serveuse s'approcha avec leur commande. O'Malley vida les trois quarts de sa chope d'un trait.

— Vous ne me ferez pas avaler, reprit Tyler quand la serveuse se fut éloignée, qu'un de vos précieux collaborateurs chassait le SDF en pleine campagne au plus gros de l'hiver ! Ça ne vous paraît pas bizarre, à vous ?

O'Malley ne répondit pas tout de suite. Il alluma un gros cigare, puis se pencha vers Tyler et dit à voix basse :

— Vous m'écoutez ?

— Oui.

— Vous avez la tête de quelqu'un qui s'est déjà fait son opinion. Alors ça sert à quoi de discuter ?

— Je vous écoute.

— Parce que c'est pas moi qui ai convoqué cette petite réunion, dit O'Malley en se redressant.

— Vous cherchez quoi ? Que je me mettre à genoux et que je vous supplie ? Vous vous prenez pour qui, enfin ? Pour le général Patton ou George C. Scott ? Si je veux, je peux obtenir un mandat et mettre les médias au courant. Je suis ici pour vous aider, comme je l'ai déjà expliqué à M. Goheen. J'ai suivi à la trace un suspect jusqu'à New York. Mme Priest ne me contredira pas si j'affirme qu'il n'a rien d'un SDF. Il a tué un de vos hommes et il est venu ici, où, je vous le rappelle, se trouve aussi le siège social de votre compagnie. Est-ce qu'à mon avis, il s'agit d'un acte de violence gratuit ? Non. Je ne pense pas que le Latino que Wells poursuivait était un vulgaire pickpocket. Si vous vous obstinez à prétendre que c'est un accident, je remets à Loren Rucker un rapport qu'il ne manquera pas de transmettre à la direction du Bureau de la sécurité des transports...

O'Malley, dont le visage large avait pris une teinte violacée plutôt inquiétante, souffla un énorme nuage de fumée. De nouveau il se pencha en avant pour déclarer presque dans un chuchotement :

— À en croire Mme Priest, vous avez déjà tiré vos conclusions...

Tyler se tut, le souffle suspendu. Il n'avait aucune idée de ce qui allait s'ensuivre.

— ... Toutes les six ou huit semaines, il se trouve qu'un de nos trains de marchandises déraille. Jusqu'ici on en compte six. On a perdu un mécanicien et un conducteur qui resteront handicapés à vie. Nos assureurs, eux, ont perdu des centaines de millions de dollars. On a bien sûr mené une enquête...

— Harry Wells.

— Exactement, Wells a eu vent de l'existence de ce Latino parce qu'un conducteur l'avait aperçu caché dans un wagon à Indianapolis en train de prendre des notes dans un calepin tout en vérifiant l'heure à sa montre. Un manège qui lui avait paru très louche de la part d'un vagabond. Et comme Wells était déjà basé à Kansas City, on l'a envoyé à Terre Haute. Ensuite on n'a plus entendu parler de lui...

— On m'a parlé de cette série de déraillements.

— C'est très mauvais pour nous. On a trouvé quelques têtes de turc à flanquer à la porte, histoire d'avoir l'air de prendre des mesures. Car il faut penser aux actionnaires. On ne peut pas leur avouer qu'un cinglé s'amuse à faire dérailler nos trains, quand même.

— Vous êtes sûr que c'est le même à chaque fois ?

— Nous n'avons pas de preuve. En fait, on n'en sait rien. C'est pourquoi Mme Priest avait ordre de la boucler.

— Des sabotages ? Aux explosifs ?

— Puisque je vous dis que nous n'avons aucune preuve ! Les déraillements ont tous, en apparence, été provoqués par une défaillance mécanique. Vous savez, quand les paliers sont grippés sur un wagon de marchandises, ses axes cèdent. On en voit un sacré paquet par les temps qui courent. Mon boulot à moi, c'est de déterminer s'il y a eu intention de nuire ou pas. Quand Bill Goheen a repris la compagnie, on a passé cinq ans sans déplorer un seul accident. Et maintenant, nous voilà avec six déraillements sur les bras en l'espace de seulement dix-huit mois. C'est pas un drôle de score ?

— Ce pourrait être l'œuvre d'employés mécontents. Des gens que vous n'avez pas voulu engager ou que vous avez mis à la porte à la suite d'une fusion, par exemple. Je suppose qu'il y en a des quantités.

— Tout est possible. Mais imaginez un psychopathe qui n'a pas assez joué au train électrique quand il était petit. L'enquête a été ouverte après le troisième déraillement. Il y a un an. Wells n'arrivait à rien. Je ne crois pas qu'il ait pu blesser qui que ce soit, mais s'il a perdu son sang-froid avec un de ces salopards, je peux comprendre, allez.

— Celui qui a tué Wells est passé entre les mailles du filet, puisqu'il est ici, à New York.

— Mme Priest m'a fait son rapport sur vos méthodes d'investigation. Je vous tire mon chapeau. L'idée des caméras vidéo, génial. Je pourrais avoir une copie des enregistrements ? J'aimerais bien voir la tronche de cet enculé !

— En réalité, l'image est très floue, dit Tyler. Parce que, d'une part, les cassettes sont usagées et que, d'autre part, les objectifs des caméras sont fixés très haut afin de couvrir un champ le plus large possible.

— En tout cas, vous êtes plus avancé que nous ne l'avons jamais été. Racontez ce qui vous chante à Loren, mais je vous en prie, pour le Bureau, je préfère que cette conversation n'ait pas eu lieu. Voilà. Pour le reste, c'est à vous de décider. Et si jamais Loren est trop con pour vous garder et si vous cherchez un boulot, venez donc me voir...

Tyler retint un soupir de soulagement. Non seulement O'Malley venait de lui offrir un emploi, mais il lui avait fourni de précieuses informations, et sans conditions.

— De toute façon, dit-il, je ne compte pas rendre un rapport écrit avant qu'on ait bouclé l'affaire.

— Je dois donc comprendre que vous avez l'intention d'aller jusqu'au bout ? ironisa O'Malley.

— C'est cela, confirma Tyler en se tournant vers Nell Priest. La jeune femme le regarda d'un air vague. Mais cette perspective, il le voyait bien, n'était pas pour lui déplaire.

— Je vous souhaite bonne chance, monsieur Tyler, reprit O'Malley. Je ne sais pas comment vous allez retrouver ce type, alors que nous le recherchons depuis des mois...

Était-ce parce qu'il avait bu sa chope de bière trop vite ? Ou parce que l'assurance de la confidentialité de leur conversation l'avait mis en confiance ? Toujours est-il que le chef de la sécurité de la Northern Union venait de laisser échapper un renseignement de première importance. Cela faisait donc des mois qu'ils avaient repéré le Latino !

Tyler marqua une pause, pour bien montrer à son interlocuteur qu'il avait enregistré l'information. Puis il fit observer :

— À mon avis, ce n'est pas *nous* qui allons le trouver. C'est *lui* qui va venir vous trouver, *vous* !

13

Sous un ciel d'hiver d'un noir grisâtre somnolait la ville de Terre Haute, qui doit son nom à son site : un plateau au bord de la Wabash. Cette ville moyenne de l'Indiana se targue de deux célébrités, l'une humaine, l'autre naturelle : d'une part le socialiste Eugene Debs, fondateur au début du XXe siècle du syndicat des chemins de fer, et d'autre part la Wabash dont les eaux ont inspiré bien des chansons folkloriques. Pour Alvarez, Terre Haute n'était qu'une énorme gare de triage.

Cet enchevêtrement de voies permettait de débrancher et de trier les wagons, et de former de nouveaux convois à des douzaines de transporteurs de fret, au nombre desquels comptait la Northern Union. Le gigantisme de cette gare, la complexité des opérations et le nombre élevé des compagnies malgré les fusions des dernières années, tout cela était responsable d'un fonctionnement chaotique qui avait tout pour plaire à Alvarez. Le temps de réaction après un déraillement, par exemple, ne pourrait être qu'infiniment lent, puisqu'il faudrait multiplier les appels téléphoniques et les réunions de concertation. Cela laisserait à Alvarez tout le loisir de prendre le large. Après la mauvaise rencontre de l'autre nuit, il avait compris que les agents de la Northern Union le serraient désormais de près.

Mais la compagnie opérait sur 50 000 kilomètres de voies. Même O'Malley n'était pas en mesure de fliquer un réseau d'une étendue pareille.

La nuit où il avait été surpris avec sa boîte de *chili* dans le wagon, il s'employait à repérer les lieux. C'est pourquoi il retournait à présent à Greencastle, dans l'Indiana. Les feuilles de fret qu'il avait examinées au siège social de la Northern Union à New York lui avaient fourni tous les renseignements nécessaires sur les horaires et le matériel.

Quelque part dans les ténèbres l'attendait le wagon de marchandises AJ5-6729. Une fois qu'il l'aurait trouvé, quelques minutes seulement suffiraient à garantir son déraillement.

La pensée de Jillian et les images érotiques qui s'imposaient à lui gênaient sa concentration. Il fallait pourtant qu'il garde les idées claires. La chance lui avait souri à New York. Il avait, par l'intermédiaire du site Internet dont l'adresse lui avait été communiquée par le chauffeur de la limousine, réussi à obtenir un « rendez-vous » avec la fille. Alors, il n'avait vraiment pas besoin de Jillian. N'empêche qu'il ne parvenait pas à la chasser de son esprit : sensuelle, compréhensive, un cocktail dangereux pour un homme dans sa situation.

À Greencastle, cinq lignes se branchaient sur un tronçon de la liaison nord-sud Louisville-Nashville, ce qui signifiait que tous les trains de marchandises ralentissaient en abordant cette petite ville, qu'ils traversaient au pas. Certaines lignes interurbaines changeaient de wagons, d'autres débarquaient du fret. Mais, en dépit du trafic incessant, la gare de triage de Greencastle n'était pas considérée comme une propriété mobilière intéressante par les conglomérats qui exploitaient ces voies. Pas un seul agent de la sécurité n'y était posté. Les employés avaient pour ordre de chasser les SDF quand ils en trouvaient, mais seule la police locale avait le droit de les arrêter. Et la police était plus occupée à lutter contre la délinquance juvénile aux alentours de l'université de Depauw que contre les sans-abri rôdant autour de quelques rails rouillés, héritage du boom minier de la fin du XIXe siècle.

À minuit, Alvarez se glissa dans la nuit. Emmitouflé dans quatre couches de vêtements superposés, dont un jean noir et son blouson en cuir, il portait en bandoulière son sac à dos contenant deux crics hydrauliques pesant chacun huit kilos, plus une caisse remplie d'une douzaine de paliers ronds prévus pour des charges inférieures à celles d'un wagon de marchandises. Toutes ces pièces allaient se gripper rapidement et surchauffer. Il se glissa dans la zone d'aiguillage à l'ouest de South Jackson Street. C'était sous un nom d'emprunt qu'il était arrivé jusqu'ici, en prenant deux vols successifs afin d'égarer les éventuels limiers : le premier de Newark à Cincinnati, le second de Cincinnati à Indianapolis. Puis, pour atteindre Greencastle, il avait évité d'emprunter le train, préférant prendre un taxi jusqu'à Putnamville puis parcourir le reste du chemin à pied sur des routes de campagne. Il avait commencé cette randonnée à 22 h 30. Et pas un véhicule ne l'avait dépassé pendant ces quarante-cinq minutes de marche. Umberto Alvarez adorait le côté désertique du Midwest.

Sans réverbère, la gare était plongée dans une obscurité pleine d'ombres. Alvarez était sur le qui-vive, conscient de la présence possible d'un agent de la Northern Union. En arrivant, il s'était tenu longtemps immobile afin que sa vision s'habituât aux ténèbres. Les nuages bas absorbaient les lumières de la ville. Il attendit ainsi une demi-heure, les nerfs à fleur de peau, drogué au café et à l'adrénaline. Rien ne bougeait. Il pouvait y aller. Il enveloppa sa lampe de poche dans un bandana rouge et l'alluma, créant un vague halo qui lui permettait à peine de discerner où il mettait les pieds.

Il longea la longue file des wagons sur la voie de garage. Certains étaient attachés par groupes de trois ou quatre, d'autres solitaires. Il avançait avec prudence, surveillant le moindre mouvement au cas où un SDF ou pire, un vigile, serait tapi dans l'ombre. De temps à autre, il marquait une halte, déchiffrant à la lueur rouge de sa lampe les numéros des wagons.

Voilà. Il y était : AJ5-6729 ! Il posa une main presque affectueuse sur l'acier glacé du wagon, ce wagon qui allait tout à la fois porter à Goheen un message de destruction et le distraire du lancement prochain du F-A-S-T... AJ5-6729. Un wagon plat. D'après sa feuille de fret, il devait quitter Greencastle le jour même. Alvarez était, à l'avance, ivre de son succès. Il n'avait pas pris de notes, toutes les informations se trouvant stockées dans sa mémoire. Il relut une dernière fois le numéro. AJ5-6729. Son branchement était programmé pour le matin. Le convoi au complet, propriété de la Northern Union, devait voyager sur des voies prises en charge par la compagnie CSX pour la traversée de l'Indiana occidental — via Brazil et Seelyville — jusqu'à Terre Haute et Saint Louis.

Sa destination finale était Albuquerque, au Nouveau-Mexique — qu'il n'atteindrait jamais. AJ5-6729 allait en effet perdre son essieu et dérailler quelque part avant Terre Haute, en entraînant les autres wagons à sa suite.

Alvarez fit le tour du wagon. S'étant assuré une dernière fois que l'endroit était désert, il jeta son sac sous le véhicule, puis rampa dessous. Munie des outils appropriés, une équipe d'entretien bien entraînée pouvait remplacer des paliers en quelques minutes. Les axes des wagons ne tiennent que grâce à la gravité. En les équipant de paliers usés et en nettoyant la sciure qui retenait la graisse, Alvarez provoquait un échauffement très rapide après démarrage. Lui-même avait l'intention de sauter à bord d'un autre convoi de marchandises jusqu'à la ville de Brazil. Là, il passerait la matinée à attendre le seul moyen de transport qui lui semblait sûr : Amtrak, la compagnie gouvernementale qui réalise la majeure partie du trafic passager. D'après son étude sur la vitesse du train auquel allait bientôt être rattaché le wagon AJ5-6729, la surprise fatidique aurait lieu avant Terre Haute. Le conducteur ou le mécanicien sentirait une secousse parcourir le train comme un long frisson. Le wagon saboté se mettrait à patiner. Puis, wagon après wagon, le convoi tout entier tanguerait. Un mouvement lent et paresseux qui provoquerait la rupture de l'attelage avant d'affecter les premiers wagons et la locomotive. Des milliers de tonnes d'acier sortiraient des rails pour s'échapper dans la campagne comme un énorme serpent fouettant l'air de sa formidable queue. L'enquête qui s'ensuivrait accaparerait l'attention de O'Malley et du Bureau national de la sécurité des transports, laissant la voie libre à Alvarez.

14

Tyler aurait pu bénéficier d'une bonne nuit de sommeil s'il n'avait été tenu éveillé par la ronde de ses pensées. Sa conversation avec le chef des vigiles de la Northern Union l'avait tout à la fois intrigué et exaspéré. On lui avait caché certains faits, tout autant du côté de la compagnie de chemins de fer que du côté de son propre patron. Et l'arrogance de cet O'Malley lui donnait des démangeaisons. Les doutes qu'il avait eu le culot d'émettre sur la réussite de sa mission tout à la fois l'irritaient et le galvanisaient.

Il se tourna et se retourna dans le lit de la chambre d'hôtel, gêné par la lumière verdâtre de l'horloge murale qu'il percevait à travers ses paupières closes. Sans doute glissa-t-il à un moment donné dans le sommeil, car il se réveilla en sursaut au milieu d'un rêve où il faisait l'amour avec Nell Priest. Elle aussi refusait de le laisser tranquille.

Tyler téléphona à son avocat, Henry Happle, lequel l'informa que la banque refusait de négocier au sujet des impayés de son crédit. Pourtant il ne s'agissait que de quelques mensualités. Ils exigeaient qu'il règle d'un coup la totalité de ses dettes, plus des pénalités s'élevant à 527 dollars, pour accepter de lever l'avis de vente judiciaire. Autant lui demander la lune !

Il encouragea Henry Happle à présenter à la salle des ventes sa Norton 1953 modèle 7, un geste auquel il s'était jusqu'ici refusé de se résigner, à cause de ce que cette moto symbolisait pour lui : tout simplement la liberté. Dans son esprit, s'il perdait sa maison, il pourrait toujours échapper à la triste réalité en roulant droit devant lui jusqu'à ce qu'il n'ait plus de quoi acheter de l'essence.

Petit à petit, l'affaire Chester Washington dévorait tout ce qui avait été cher à son cœur. C'est pourquoi l'enquête sur le wagon ensanglanté prenait chaque jour plus d'importance à ses yeux. Il s'y cramponnait comme si sa vie en dépendait. Cette mission représentait non seulement sa seule source de revenu, mais aussi son seul tremplin vers un emploi stable, soit auprès du gouvernement fédéral soit dans une compagnie privée comme la Northern Union (une perspective déplaisante mais qu'il ne pouvait se permettre de rejeter).

Il prit son petit déjeuner à 8 heures dans la salle à manger de son hôtel. La sécurité de l'aéroport JFK ne l'avait pas encore rappelé. Il craignait d'avoir été oublié ou, pire encore, court-circuité. L'examen des enregistrements de vidéosurveillance avait porté ses fruits au-delà de toute espérance, et il était convaincu que le suspect se trouvait toujours en ville. Il n'avait pas pris un autre vol. Tyler feuilleta distraitement le *New York Times* en se rappelant, non sans une pointe d'angoisse, la remarque de O'Malley à propos du gigantisme de New York.

À 9 heures, de retour dans sa chambre, il regarda CNN en se demandant s'il devait appeler Nell Priest. Vingt minutes plus tard, son portable sonna. Il l'ouvrit d'une main tremblante.

— Salut. C'est moi. Nell.

— Alors ? dit-il avec une feinte indifférence.

— Il s'en est produit un autre... Un autre déraillement.

À l'instant même, sur le petit écran, apparurent des images filmées d'hélicoptère où l'on voyait des wagons couchés sur le côté, montés les uns sur les autres, au milieu des flammes. Tyler avait baissé le son, mais il lut la légende : « En direct de Terre Haute, Indiana. »

— Seigneur ! souffla-t-il. Mais Terre Haute se trouve à moins de cent cinquante kilomètres de l'endroit où on a retrouvé le corps d'Harry Wells !

— Le conducteur et le mécanicien n'ont rien. Mais il y a une fuite de gaz dans un des wagons-citernes. Il faut évacuer la zone. C'est la super merde, Peter. Je pars tout de suite avec O'Malley. Il vous propose une place dans notre avion, si vous voulez. On atterrira à Terre Haute même.

Il y avait dans ses intonations une insistance, une invite qui n'échappa pas à Tyler.

— Vous savez bien que je n'ai pas le droit d'accepter les cadeaux d'une entreprise privée.

— Vous avez bien pris le King Air avec moi pour monter à Chicago !

— Ah, mais ça, c'était un service que vous me rendiez à ma demande, corrigea-t-il.

— Appelez votre patron. Il fera une exception.

— Bon, dites-moi où je dois vous rejoindre, au cas où...

— On décolle de Teterboro...

En dépit du feu vert de Loren Rucker, ce voyage à bord d'un avion privé en compagnie du chef de la sécurité de Northern Union avait mis Tyler mal à l'aise. Cela ne revenait-il pas à pactiser avec l'ennemi ? Nell Priest était confortablement installée dans le siège moelleux en face de lui, ses belles jambes croisées à quelques centimètres des siennes. Pour lui, cette invitation n'avait pas été dictée par la générosité : O'Malley avait une idée derrière la tête. Soit il voulait tenir Tyler à l'œil, soit il souhaitait le voir quitter New York. De sorte qu'il avait pris soin, avant le départ, de réserver son propre véhicule afin de ne pas être obligé de se rendre sur le site dans une des Suburban que O'Malley avait louées pour lui et Nell Priest.

Il était à présent au volant d'un coupé Oldsmobile — décapotable bien entendu — assez grotesque avec son profil aérodynamique et sa carrosserie d'un violet criard.

— Alors, c'est quoi, votre plan ? interrogea la voix de Nell Priest dans l'écouteur de son portable tandis que les trois voitures quittaient le parking de l'aéroport.

— Je n'en sais rien. C'est mon premier déraillement, avoua Tyler.

— Vous n'aimez pas O'Malley, dit-elle sévèrement. Mais puisque je vous répète que...

— Ce n'est pas une question de sympathie, mais de confiance.

Devant lui, il vit Nell hocher la tête au volant de sa Suburban. Elle devait l'épier dans son rétroviseur. Il sourit.

— Et moi, je ne vous inspire pas confiance ?

Après une brève hésitation, il choisit d'esquiver :

— J'ai besoin d'informations. D'informations internes. Et O'Malley refuse de m'en donner.

— Vous cherchez quoi exactement ? À me mettre à l'épreuve ? Je vous rappelle que je travaille pour lui.

— Combien d'hommes a-t-il mis sur le coup ? interrogea Tyler.

— Vous voulez des chiffres ? Bon. On a fait venir six hommes sur le site. Ils sont en route à l'heure qu'il est.

— À mon avis, notre Latino va avoir envie de la voir... Je parle de l'épave.

— Pourquoi ?

— Parce que les images de CNN vont lui sembler insuffisantes. Il voudra se trouver aux premiers rangs. Écoutez, nous savons qu'il a atterri à New York il y a vingt-quatre heures. A-t-il préparé ce déraillement avant sa rencontre avec Wells, ou est-il revenu sur place par la suite ? Les deux scénarios correspondent à des tactiques totalement différentes...

— J'adore votre style, agent Tyler, continuez...

— Je ne connais pas les intentions de O'Malley, mais mon petit doigt me dit que le saboteur est sur place. Sinon il est si loin d'ici qu'autant poursuivre un fantôme.

— Quelles sont ces informations dont vous avez besoin ?

— Je voudrais savoir où ce train s'est arrêté au cours des vingt dernières heures. Où, pourquoi et pour combien de temps ? J'ai besoin aussi de savoir si ce tronçon de voie a été inspecté par vos services dernièrement. Idem pour les wagons. Où se trouvaient-ils ? Quand a eu lieu la dernière inspection pour chacun d'eux ? Toutes choses sur lesquelles O'Malley va se pencher, non ? Sinon...

— Je peux très bien m'en charger.

— Si vous pouviez me fournir des clichés des autres déraillements en plus de celui-ci. Des photos aériennes, si possible. Loren Rucker pourra les transmettre aux services techniques pour qu'ils procèdent à des comparaisons.

— Pas de problème.

— Et je préfère que O'Malley ne soit pas au courant de notre petit accord, dit Tyler en jetant un coup d'œil au paysage campagnard qu'il traversait, sauf si vous me dites que c'est impossible.

— Rien n'est impossible. C'est juste qu'il y a des trucs plus durs que d'autres.

— Vous avez apporté du matériel vidéo pour filmer ?

— Bien sûr.

— Votre opérateur peut aussi filmer la foule. Observez bien les hommes dans la foule, Nell. Quand j'étais à la criminelle, on avait l'habitude de filmer ostensiblement afin de repérer ceux qui se défilaient devant l'objectif. En général, notre coupable était dans le lot.

— Vous me donnez la chair de poule, murmura la voix de Nell à son oreille.

C'était plutôt elle qui lui donnait la chair de poule, ne put-il s'empêcher de penser en se rappelant ses rêves de la nuit dernière. Il n'avait jamais été séduit par une black. Leur culture respective était-elle aussi éloignée l'une de l'autre qu'on le disait ? Il n'en croyait pas un mot...

— Retenez ceux qui essayent de se dérober et tenez-moi informé.

— Et vous ? Qu'est-ce que vous mijotez ?

Tyler serra plus fort son volant d'une main, et répondit d'un ton mystérieux :

— Je pars du principe que notre saboteur est un être humain comme un autre. Et si j'ai raison, c'est peut-être moi qui vous appellerai en premier !

Tyler procéda selon une logique rigoureuse : pour prendre l'avion, il fallait présenter une pièce d'identité. Bon, il est vrai que les employés des compagnies aériennes ne se livraient jamais à un examen approfondi de vos papiers, mais ils vérifiaient quand même que la photo collait bien avec la figure du passager, et que les noms étaient identiques sur le permis de conduire et sur le billet. Le suspect avait pris un vol Chicago-New York sans doute sous une fausse identité. Mais combien de faux papiers possédait-il ? En général, ces gens-là se servaient de la même identité jusqu'au moment où celle-ci les mettait en danger. Ce n'était pas compliqué à prouver. Un coup de fil à Loren Rucker suffisait.

— J'ai du boulot pour vos grouillots, annonça Tyler à son patron.

— J'ai une note de service du FBI sur mon bureau. Ils se demandent si nous menons une enquête criminelle et si oui, pourquoi ? répliqua Rucker.

Mais Tyler n'était pas prêt à se laisser démonter. Il fit la sourde oreille.

— Ils vont s'occuper de comparer les listes des passagers du vol United Airlines que notre suspect aurait pris pour JFK aux listes de tous les vols à destination d'Indianapolis de ces trente dernières heures. Je parie qu'on va tomber sur le jackpot. Ensuite, qu'on visionne les cassettes de vidéosurveillance des consignes, stations de taxi, gares routières, comptoirs de locations de voiture et portes d'arrivée de l'aéroport d'Indianapolis. Et qu'ils n'oublient pas ensuite de faire la même opération pour l'aéroport de départ. Les ordinateurs notent l'heure où sont enregistrés les bagages. Ça peut aider...

— ... À déterminer quelle caméra de surveillance il faut visionner, termina Rucker. Et à obtenir avec un peu de chance un visage à punaiser sur notre panneau...

— Les aéroports ne filment pas en boucle. Ils attendent trente jours avant de réenregistrer sur la même cassette. Mais au cas où, il vaut mieux faire vite... On ne sait jamais, ils ont pu effacer les enregistrements...

Après une pause, Tyler demanda, non sans une pointe d'ironie :

— Au fait, dois-je m'inquiéter pour le FBI ?

— L'affaire du wagon ensanglanté peut être mise en rapport avec le déraillement. Si bien que nous sommes dans notre droit, du moment qu'il s'agit de la sécurité des transports. Alors, pas de souci. Dites-vous que, par une ironie du sort, ce déraillement vient de sauver votre emploi. Je m'occupe du reste.

— Surtout des listes de la compagnie aérienne, lui rappela Tyler.

— C'est comme si c'était fait !

Vêtu d'un coupe-vent NTSB, les dents serrées autour de l'embout du régulateur d'un masque à gaz, Tyler se tenait à l'écart des enquêteurs et des sauveteurs. Le site n'était pas facile d'accès ; il avait été obligé de laisser sa voiture de location au bord de la route et de parcourir à pied un kilomètre dans la boue pour atteindre le lieu du déraillement. Il ne pouvait détacher les yeux de l'enchevêtrement de métal tordu. Certains wagons avaient été projetés par la violence du choc à une quinzaine de mètres du remblai ; les rails brisés avaient volé en éclats comme sous l'effet d'une explosion. La vue de ces décombres lui donnait la nausée, d'autant qu'il avait du mal à respirer dans son masque. Il ne pouvait s'empêcher de se dire que si ce train avait transporté des voyageurs, des dizaines, sinon des centaines de personnes, auraient pu être tuées ou blessées. Ce devait être le principal souci de William Goheen et de la Northern Union : et si ce criminel s'attaquait aux trains de passagers ? Paradoxalement, la sortie des rails de quelques milliers de tonnes d'acier passait presque inaperçue dans les médias. D'ici un jour ou deux, on n'en parlerait même plus au journal télévisé.

Le site grouillait de policiers et de pompiers. O'Malley et Nell Priest exploraient les décombres. Tout le monde portait un masque pour se protéger des émanations toxiques du wagon-citerne qui continuait à fuir sous l'épaisse couche de mousse carbonique des extincteurs. À en croire la National Union of Railwaymen, l'Association nationale des cheminots, il ne s'agissait pas d'un gaz dangereux, mais aucun des intervenants ne souhaitait prendre de risque. Avec cet attirail, Tyler avait l'impression de ressembler à un astronaute. Le seul avantage, c'était que les médias n'avaient pas le droit de franchir le périmètre de sécurité établi à un kilomètre. Ils n'étaient pas en mesure de venir transformer le site en piste de cirque.

Nell Priest s'avança vers lui dans la bruine légère que vaporisaient, sur les côtés, les lances d'incendie des pompiers. En la voyant approcher, Tyler abaissa son masque, imité aussitôt par la jeune femme.

— C'est la première fois que vous voyez un déraillement ? dit-elle en le regardant respirer un grand coup.

— C'est mon premier déraillement, comme c'était votre premier homicide l'autre jour, rétorqua-t-il, un peu vexé d'être traité comme un bleu.

— Chacun de nous ici a une mission bien précise à remplir. Les pompiers, les enquêteurs, l'équipe médicale. Et ce n'est pas commode de coordonner tout le monde. Le plus drôle, c'est que c'est vous le responsable.

— En tant que représentant du NTSB ? s'étonna Tyler.

— Le Bureau national de la sécurité des transports a toute autorité en cas de catastrophe ferroviaire. Même le FBI est sous vos ordres.

Tyler écarquilla les yeux.

— Et quels ordres je vais bien pouvoir donner alors que je n'y connais strictement rien en la matière ? L'équipe d'urgence du NTSB ne va pas tarder. Attendons-les. Eux sauront quelles mesures prendre.

— Vous voulez savoir ce que je vous conseille ? dit Nell. Eh bien, faites confiance à la police locale. Ensuite, quand votre équipe d'urgence arrivera, elle prendra la relève. En tout cas, une chose est sûre, il ne faut pas que vous passiez la main à O'Malley. C'est la raison pour laquelle il vous a proposé une place dans notre avion. Bien sûr, je ne vous ai rien dit...

Elle esquissa une grimace complice. Tyler ne put s'empêcher de sourire en disant :

— Reçu cinq sur cinq !

Elle sortit alors de sa poche une liste des gares d'où provenaient les wagons du train dont les débris défiguraient le paysage. Tyler la remercia tièdement. Pourtant sa liste était manuscrite, ce qui signifiait qu'elle s'était chargée elle-même des recherches, et qu'elle n'avait rien dit à son patron. Un peu froissée, elle rétorqua :

— Écoutez, je n'étais pas d'accord pour qu'on vous cache ce que nous savions sur Wells. J'ai protesté avant même mon départ pour Saint Louis. Avant de vous rencontrer. Mais O'Malley est un grand paranoïaque. Il se méfie des agents fédéraux comme de la peste. Il distille les informations de manière à ce que personne ne puisse visualiser le tableau d'ensemble sauf lui.

— Pour ce Latino ?

— Je parie que O'Malley en sait plus long qu'il ne veut bien le dire. Et puis je trouve très louche qu'il vous ait rendu le service de vous amener sur le site dans l'avion de la compagnie. O'Malley ne rend jamais service aux agents fédéraux. Avec les casseroles que vous traînez après cette affaire Chester Washington, à mon avis, vous faites un bouc émissaire parfait. Et moi je n'ai pas envie de me trouver mêlée à une combine aussi sordide... Vous m'êtes... sympathique.

Tyler l'avait écoutée, atterré d'apprendre que le chef de la sécurité de la compagnie de chemins de fer avait l'intention de se servir de lui. Soit Nell Priest le menait en bateau, soit elle était sincère. Et, dans ce cas, il se trouvait dans de sales draps. Il se contenta néanmoins de la remercier poliment pour la liste.

— Vous me remercierez plus tard, conclut-elle en frôlant son bras du bout de ses doigts gantés. Et n'éteignez pas votre portable. Si jamais j'apprends quelque chose de nouveau, je vous appelle.

Tyler se rendit au dernier arrêt du train avant le déraillement.

L'embranchement de Greencastle avait jadis desservi les mines de charbon des Appalaches, acheminant des millions de tonnes de ce combustible vers les villes, grandes et petites, des États du centre, du nord et d'une partie de l'ouest canadien. Il y avait encore du trafic sur cette ligne, même si on n'y voyait plus ces longs et lourds trains de charbon qui y défilaient un siècle plus tôt. La Northern Union et quelques compagnies rivales se servaient du triage de Greencastle, ce qui leur évitait de passer par le gigantesque nœud ferroviaire d'Indianapolis, qui pratiquait des prix beaucoup plus élevés, expliqua à Tyler un employé en bleu de chauffe malgré le vent glacial qui soufflait par rafales.

— Il y a des wagons difficiles à bouger, lui confia-t-il. On n'est pas bien équipés ici. C'est pas comme à Indianapolis. On dépense des tonnes d'huile de coude, croyez-moi.

— Que savez-vous du 990 ? Le train qui a déraillé ce matin.

— On lui a branché trois wagons pas plus tard que ce matin.

— À quelle heure ?

— Vers le lever du soleil. Il gelait. L'acier, ça vous brûle les mains par ces températures.

— Vous avez vu quelqu'un ? Un étranger ?

— Non, personne, répondit l'homme en découvrant une rangée de dents éblouissantes dans son visage noir.

— Vous avez inspecté les wagons ?

— Bien sûr que oui.

— Vous avez vérifié s'il n'y avait pas de SDF ?

— Non. Un type qui est assez fou pour rester dans ces wagons par ce froid, je dis qu'il y a rien à faire. Faut vraiment être au bout du rouleau. Par ici, c'est l'été qu'on les voit, les SDF, les zonards, les routards, ce que vous voulez. Et puis c'est pas mon boulot de jouer les flics. Moi je suis là pour pousser et tirer ces foutus wagons, un point c'est tout.

— Et s'il y avait eu quelqu'un dans un des wagons. Mettons. Quand est-ce qu'il aurait pu descendre ? À quel moment est-ce que le 990 s'arrête après Greencastle ?

— En général le prochain arrêt est Terre Haute.

— Quelque part avant...

— Où il aurait pu sauter du train, vous voulez dire ? Oh, dans pas mal d'endroits. C'est pas un train à grande vitesse, allez. Le 990 fait la ligne une fois par semaine. Il transporte surtout des disques de freins depuis la fonderie de Chattanooga. Ça, depuis cinquante ans.

Tyler constata avec irritation qu'il était en train de tourner en rond. Le suspect avait tout prévu. Son seul espoir, c'était qu'il ait retardé sa fuite pour venir contempler les dégâts qu'il avait provoqués sur le site du déraillement. Ou bien qu'il ait changé de plan à la suite de sa rencontre sanglante avec Harry Wells l'autre nuit. Subitement, une idée lui vint.

— Et si on n'a pas de voiture, comment on se déplace dans ce pays ? En autocar ? En train ?

— L'un ou l'autre, mais par ici y a rien. Pour prendre le Greyhound, il faut aller jusqu'à Cloverdale. Et pour Amtrak, jusqu'à Crawfordsville. Ici, vous êtes loin de tout. Ici, vous êtes au pays du chemin de fer. Le vrai, le seul.

— Et d'autres trains de marchandises ? Des trains que pourrait emprunter un SDF ?

— Ça, il y a que l'embarras du choix. CSX. Northern Union, Indiana Southern... Tous sur les mêmes voies.

— Mais le déraillement a provoqué la fermeture de 90 % de la ligne, hein ?

— Sauf pour Amtrak au nord, oui. Et tous les trains pour Indianapolis vont devoir être déroutés sur les voies nord. Pour moi, ici, si on m'appelle pas pour donner un coup de main pour déblayer là-bas, au déraillement, je suis au chômage.

Tyler tenta de se mettre à la place du suspect. Il avait six heures d'avance sur eux, beaucoup moins s'il était resté pour admirer son œuvre. Alors ? Vers le sud ou vers le nord ? Par le train ou par l'autocar ? Tyler était convaincu qu'il n'aurait pas loué de voiture.

— Qu'est-ce qui est le plus fréquent ? interrogea-t-il. Amtrak ou Greyhound ?

— Greyhound fait deux voyages par semaine, un le mardi et un autre le jeudi. Et Amtrak a un départ pour Chicago tous les jours.

— Le matin ou l'après-midi ?

— L'après-midi.

Ainsi il y avait une lueur d'espoir, songea Tyler, secrètement soulagé. Le suspect aurait eu le temps de venir voir la catastrophe avant de s'envoler vers d'autres horizons. Il avait déjà une fois pris l'avion à l'aéroport de Chicago. Oserait-il recommencer ?

Tyler remercia l'employé de la gare et partit au pas de course rejoindre sa décapotable.

Tout en essayant de se repérer dans les rues de Greencastle, Tyler, au volant de la voiture de location, s'employait à obtenir des informations du répondeur automatique de la compagnie Amtrak. Quand il eut enfin trouvé l'autoroute 231, il apprit qu'Amtrak offrait en réalité non pas une seule mais trois possibilités : un train pour Bloomington, dans l'Illinois, un deuxième pour Saint Louis, et un express pour Chicago. Ces deux derniers partaient de Crawfordsville à une heure d'intervalle.

Tyler arrêta son choix sur l'express, pour la bonne raison qu'il était le premier à prendre le départ. Il avait d'ailleurs tout juste le temps d'arriver à la gare, constata-t-il en consultant l'heure sur le tableau de bord. Dix-sept minutes pour parcourir trente kilomètres. Il appuya à fond sur l'accélérateur.

Les champs plats de l'Indiana défilaient à toute allure, monotone paysage ponctué seulement par les croisements, avec des routes si droites que Tyler se prenait à les comparer à des voies ferrées. Son téléphone portable se mit à sonner. Comme il avait baissé la capote de la voiture, il dut ralentir pour entendre. C'était la voix de Loren Rucker.

— Depuis quand vous lisez dans les boules de cristal, Tyler ?

Tyler sentit son cœur battre un peu plus fort. Il avait demandé à son patron de faire effectuer une vérification croisée des listes des passagers. Il pensait que l'opération prendrait au moins une semaine.

— Vous avez trouvé un nom ? s'exclama-t-il.

— Vous allez me dire sans doute que c'est ironique, mais ce salopard a... le sens de l'humour.

— Je m'esclaffe à l'avance, rétorqua Tyler, bouillant d'impatience.

— Un certain Kevin Christopher Jones a pris le vol d'United Airlines Chicago-JFK. Le même a pris hier soir un vol ComAir Cincinnati-Indianapolis. Avec un billet acheté à l'aéroport de Newark.

— Je ne vois pas ce qu'il y a d'humoristique là-dedans. Mais au moins, on a un nom.

— Kevin Christopher Jones. K. C...

Loren Rucker marqua une pause. Comme Tyler ne réagissait toujours pas, il ajouta :

— K. C. Jones. Casey Jones ? Vous pigez ?

— Comme le Casey Jones de la chanson ? Le héros du chemin de fer ?

— Oui, mort en 1928, la main sur les commandes de sa locomotive lors d'une collision avec un autre train...

— Grâce à son sacrifice, la vie de centaines de passagers a été épargnée. Il a de l'humour, en effet, le bougre, dit Tyler en redressant le volant de sa voiture après une embardée pour éviter une ornière plus profonde que les autres.

— Les gens de la sécurité vont nous envoyer la photo prise au moment où notre humoriste a passé la sécurité, précisa Loren Rucker.

Non seulement un nom, mais aussi une photo ! Tyler n'en croyait pas ses oreilles.

— Vous avez aussi le pouvoir de retenir un train d'Amtrak à la gare ? questionna Tyler en se disant qu'au fond, c'était plutôt pratique de travailler pour le gouvernement.

— À condition que vous me disiez le nom de la gare, acquiesça simplement Rucker.

Tyler grimaça un sourire. C'était la première fois de sa carrière qu'on retenait un train pour lui !

15

Alvarez sentit son estomac se nouer lorsque l'express de Chicago ne quitta pas la gare de Crawfordsville à l'heure prévue. Si encore le train était arrivé en retard, cela aurait été compréhensible, mais il avait été d'une rigoureuse ponctualité. Sauf qu'à présent, il en prenait, du retard... Ce qui l'obligeait à reconsidérer sa solution de rechange. Il avait déjà abandonné son idée de départ, laquelle consistait à s'échapper en train de marchandises, supposant que les vigiles de la Northern Union allaient passer au peigne fin toutes leurs lignes. Il avait tué ces six dernières heures dans un hôtel miteux de Brazil à surfer sur le net.

Il détenait deux cartes de crédit et deux permis de conduire sous des noms différents, qu'il avait eu un mal de chien à obtenir et avait payés à prix d'or quelques mois auparavant. Jusqu'ici, il ne s'en était jamais servi. Pour ses voyages en avion, il avait présenté un troisième permis de conduire, au nom de Kevin Christopher Jones. Les autres, il les réservait à des circonstances exceptionnelles.

Et celle-ci, lui semblait-il, en était une.

À la Northern Union, ils savaient qu'ils avaient affaire à un saboteur, même s'ils n'avaient jamais rien divulgué à la presse (chaque déraillement avait été attribué à une cause différente). A priori, les gens de la sécurité se figureraient qu'il s'était empressé de quitter les lieux de son forfait. C'est pourquoi il s'était accordé quelques heures de répit. Pour sortir des rails du prévisible... Toute location de voiture dans la région aurait été remarquée. D'où son intention de prendre le train direct pour Chicago afin d'y louer un véhicule.

Alvarez, au long de ces dix-huit mois de cauchemar, avait appris à maîtriser son angoisse. Pourtant, tandis que les secondes s'égrenaient, il fut tenté de descendre du train. Et si c'était justement ce qu'on attendait de lui ? se demanda-t-il. Et si le train était surveillé ? Il ignorait si une compagnie comme la Northern Union avait le pouvoir de retarder le départ d'un express ? Après un déraillement, c'était plausible.

Il se sentit subitement pris au piège. Il n'y avait pas mille moyens de quitter le sud de l'Indiana, si on éliminait les trains et les autocars. Il aurait pu voler une voiture, bien sûr, ou se réfugier dans une ferme abandonnée jusqu'à ce que le calme revînt. Puis il se reprocha sa nervosité. Il devait prendre une décision, et vite !

Retrouvant son sang-froid, il choisit de rester à bord du train. Il scrutait du regard le quai, à l'affût de toute personne montant à bord, de crainte qu'il ne s'agît d'un vigile de la Northern Union. Les contrôleurs n'allaient pas tarder à venir poinçonner les billets des nouveaux venus — trois en tout, dont lui-même. Alvarez était en nage. Il regarda sa montre : onze minutes de retard. Autant dire une éternité.

Il se tordit le cou pour regarder par la fenêtre de l'autre côté de la voiture, puis le quai derrière lui.

Sa voisine l'observait d'un air bizarre.

— Vous croyez qu'il y a un problème ? finit-elle par dire.

— Oui, c'est tout à fait possible, lui répondit Alvarez.

— Que le Ciel bénisse Internet ! s'exclama Loren Rucker.

Son portable collé contre son oreille, Tyler gara sa décapotable dans le parking de la gare. Le flanc en aluminium du train Amtrack avait des reflets ternes sous la pluie glacée qui était en train de transformer la neige en solide plaque de verglas. La tête du long serpent métallique se confondait avec l'horizon brumeux.

Un contrôleur en uniforme se tenait sur un marchepied, frappant ses mains gantées contre ses cuisses pour se tenir chaud. Tyler se prit à regretter de ne pas monter à bord de manière anonyme. Trop tard. Il avait déjà de la chance de ne pas l'avoir manqué, même si les passagers du côté du quai pouvaient voir son visage. Il transportait un sac de voyage contenant son ordinateur portable, un peu de paperasse et du linge qui, hélas, ne demandait qu'à être mis à la machine. Si seulement il avait là-dedans une casquette de base-ball... En rabattant la visière, il dissimulerait ses traits. Mais ses casquettes étaient toutes suspendues à la corde à linge du jardin de sa maison, aujourd'hui sous scellés.

— Je suis pressé, je prends le train, dit Tyler en ouvrant la porte arrière de la décapotable pour saisir son sac.

— On a une photo de notre suspect à son arrivée à Indianapolis, annonça Loren Rucker avec une légitime fierté. Elle n'est pas de première qualité, ni prise d'un angle intéressant. Il porte un blouson en cuir noir et un sac à dos. Son visage est dans l'ombre.

Tyler soupira. Finalement ils n'avaient pas grand-chose de nouveau. Ils connaissaient déjà le blouson en cuir et le sac à dos d'après les images de vidéosurveillance de l'aéroport de O'Hare. Il demanda à Rucker de lui envoyer les photos par e-mail. Il brancherait son ordinateur portable une fois à bord du train.

— J'ai oublié de vous dire, ajouta Rucker à l'autre bout du fil. La compagnie aérienne a récupéré sa carte d'embarquement à Cincinnati. Le labo a réussi à distinguer cinq empreintes.

— Une carte d'embarquement passe de main en main, c'est normal, fit remarquer Tyler.

— Ils ont passé les cinq empreintes digitales au scanner pour les comparer à ce que nous avons dans nos bases de données. C'est pourquoi j'ai béni l'Internet, tout à l'heure... Tout bouge à une vitesse éclair. Ça fait seulement deux heures que ça a démarré. On a déjà éliminé les employés des compagnies aériennes. D'ici quelques heures, on aura cherché dans les systèmes de l'armée et du gouvernement fédéral, y compris les instituteurs et les infirmiers... On finira par l'épingler, Tyler, vous verrez. Tyler ? Vous m'entendez ?

— Envoyez-moi cette photo par e-mail, répéta Tyler qui arrivait à la hauteur du contrôleur et lui signalait que le train pouvait partir.

Alvarez regarda l'homme en trench-coat qui sortait de la décapotable pour se diriger vers le contrôleur, lequel s'empressa de le faire monter à bord. Quelques secondes plus tard, le train s'ébranlait. Alvarez ferma un instant les yeux pour graver les traits de l'inconnu dans sa mémoire. L'ennemi venait de se matérialiser ; il en était convaincu. Ses petites cellules grises se mirent à fonctionner à toute allure. Était-il possible que les sbires de O'Malley fussent parvenus à le traquer jusqu'ici ? Avait-il commis un faux pas quelque part en chemin ? Ou s'agissait-il d'une coïncidence ? En tout cas, cet homme avait une allure de flic... Mais en était-ce vraiment un ?... Tandis qu'il se posait ces questions, il considérait tour à tour les minces coupons de papier de toutes les couleurs que le contrôleur enfonçait dans une fente du siège devant chaque passager afin de tenir le compte de ceux qui étaient en règle ou qui venaient de monter. Il lui suffirait de dérober un de ces tickets pour qu'on ne lui demande rien. Deux éléments jouaient en sa faveur : il y avait beaucoup de monde et il avait trouvé une place au milieu d'une voiture, ce qui lui permettait d'aller en avant ou en arrière comme il lui plaisait.

Le train sortit de la gare. Alvarez se leva et s'excusa auprès de la femme entre deux âges, sa voisine, qui occupait la place au bord de l'allée centrale. Il abandonna son sac à dos sur le porte-bagages au-dessus de son siège ; il ne voulait pas avoir l'air de changer de place ; pas question d'attirer l'attention des autres passagers. Il s'efforça d'éteindre l'incendie qui embrasait ses pensées. Il allait gagner quelques minutes puis, à la première occasion, il reviendrait prendre son sac et sauterait du train en marche. Et avec un peu de chance, sa disparition passerait inaperçue.

Tyler dut se cramponner pour ne pas perdre l'équilibre au moment où le train s'ébranla. N'avait-il pas fait un pari stupide en calculant que son suspect était à bord de l'express pour Chicago ? Il se rassurait en se disant que, de toute façon, il n'aurait servi à rien de traîner sur le site du déraillement où il n'était d'aucune utilité.

Il poussa la lourde porte de la voiture et s'avança dans la travée entre les passagers, nombreux et silencieux. Parmi tous ces visages, il devait y avoir celui d'un Latino. Il les scruta les uns après les autres sous prétexte de chercher une place.

L'inconnu qui ressemblait à un flic étant monté à l'arrière de la voiture, Alvarez se déplaça vers l'avant, d'un pas rapide, sans se retourner. Il ouvrit d'un coup sec la porte de communication, se laissant soudain envelopper par le tintamarre assourdissant du bruit si familier qu'il semblait se déverser directement dans la moelle de ses os : *cha-cha-hoummmm, cha-cha-hoummmm*. Ils fonçaient tout droit sur les rails, des centaines de tonnes de ferraille, des centaines d'êtres humains. Il avait besoin d'un coupon de contrôleur. Il entra dans la voiture suivante et avisa un jeune homme affublé d'une casquette de base-ball verte qui dormait affalé un peu plus loin à gauche. Un étudiant, sans doute. Sur le dossier du siège devant lui était fiché un coupon vert pâle. Cela signifiait-il qu'il était monté à Indianapolis ? Peu importait. Il s'empara du coupon. Il avait choisi ce garçon pour la bonne raison qu'il était d'une banalité affligeante. Dans ce train, il y en avait des dizaines comme lui, vêtus exactement de la même façon. Sans doute rentraient-ils chez eux pour les vacances de Noël. D'autre part, la resquille était une activité à laquelle se livraient volontiers ces gamins. Le contrôleur se rappellerait-il avoir vérifié le titre de transport de celui-ci en particulier ? Il espérait que non. Le garçon avait-il conservé son justificatif ? Peut-être, mais il était tout aussi possible qu'il l'ait jeté. Quoi qu'il en soit, cet imbroglio allait accaparer l'attention du contrôleur pendant quelques minutes. Il ne voulait pas que l'on constate le vol d'un coupon avant que lui, Alvarez, n'ait le temps de sauter du train.

S'avançant dans la travée d'une démarche volontairement vacillante, il se retenait aux sièges, frôlant chaque fois les coupons hérissés sur les dossiers. Arrivé à la hauteur de l'étudiant à la casquette verte, il jeta un coup d'œil autour de lui. À travers la vitre de la porte de communication suivante, il aperçut la silhouette d'un contrôleur. Jetant un regard par-dessus son épaule, il vit qu'un second contrôleur était en train de le rattraper. Il était pris en sandwich ! Il fallait qu'il garde son sang-froid.

Alvarez décida qu'il devait coûte que coûte se procurer ce coupon avant d'être interpellé par un des contrôleurs. Il fit semblant de trébucher, tomba sur un genou. Il avait réussi. Le coupon était au creux de sa main. Il glissa un regard à l'avant et à l'arrière du couloir. Le contrôleur qui se trouvait devant lui avait l'air plus proche que l'autre. Il se glissa dans la première rangée vide et s'empressa de ficher son coupon sur le dossier face à lui. Puis il se ratatina sur son siège et afficha une expression lointaine, les yeux ouverts mais contemplant le vide, tel un voyageur à moitié assoupi.

Le contrôleur de la voiture suivante poussa la porte de communication et se mit à inspecter les coupons pour voir à qui il n'avait pas encore demandé son billet. Alvarez sentit son front se couvrir de gouttes froides. Ses oreilles bourdonnaient. Il se dit que, vu de près, personne n'allait croire à son numéro de voyageur endormi. Le contrôleur se rapprocha d'une rangée. Puis d'une autre. Le cœur d'Alvarez menaçait d'éclater dans sa poitrine.

Derrière lui, il entendit la porte de séparation s'ouvrir : *cha-cha-hoummmm, cha-cha-hoummmm.* Sans doute le second contrôleur, accompagné de l'inconnu monté à la dernière minute.

— Votre billet ?

Le contrôleur abaissa sur lui un regard indifférent.

Alvarez avala sa salive et commença à protester :

— Mais, vous avez déjà...

Alvarez leva les yeux pour s'apercevoir que le coupon vert n'était pas là où il venait de l'insérer. Saisi de panique, il cilla rapidement des paupières.

Le contrôleur se pencha vers lui. Alvarez serra les poings, prêt à lui sauter à la gorge. Puis l'homme en uniforme dit :

— Ça ne fait rien. Désolé de vous avoir dérangé.

Et d'un geste souple, il ramassa le coupon qui était tombé par terre.

Alvarez se dit que, finalement, tout était pour le mieux. L'incident avait même un avantage : le contrôleur se souviendrait de lui.

— Je vous en prie, dit-il tout haut.

Le contrôleur passa à la rangée suivante. La douleur dans la poitrine d'Alvarez diminua.

Des voix s'élevèrent derrière lui tandis que le contrôleur réveillait le garçon pour lui demander son billet. Ce dernier protesta avec véhémence. Le contrôleur exigea son justificatif. Alvarez observa la scène telle qu'elle se reflétait dans un coin de sa vitre. Le garçon tira un papier de son portefeuille. Un justificatif ! La sueur se remit à dégouliner sur son front.

Le second contrôleur et l'homme qui était monté à Crawfordsville se rapprochèrent à l'arrière. Les deux contrôleurs se consultèrent. L'un d'eux s'accroupit pour regarder s'il ne voyait pas le coupon manquant. Alvarez n'entendait pas ce qu'ils disaient. Mais de toute façon, il savait que ce n'était pas bon pour lui.

— C'est l'agent Tyler. Il voudrait parler à tous ceux qui sont montés à Crawfordsville. Pour ma part, j'en ai compté deux.

— J'en ai vu trois, déclara son collègue. J'ai contrôlé les deux premiers dans la voiture 3. J'ai pas encore fait le troisième.

— J'ai commencé par la voiture 5. J'ai trouvé personne à poinçonner. Et je sais que les voitures 6 à 9 n'ont pas été ouvertes.

Tyler avait en effet remarqué que seules trois portières avaient été ouvertes à Crawfordsville.

— Les miens étaient des femmes.

— J'ai aussi vu un homme.

— Vous avez vu à quoi il ressemblait ? interrogea Tyler.

— J'ai pas trop regardé, avoua le contrôleur.

— Bien, alors on a un homme à bord de ce train qui n'a pas encore été contrôlé, énonça Tyler, tout d'un coup excité.

— Il se trouve sans doute dans les voitures 6 à 9, là où il y a de la place.

— Voici ce qu'on va faire, dit Tyler. L'un de vous deux va aller vérifier les voitures 6 à 9. Si vous trouvez notre homme, ne dites rien surtout. Terminez votre tournée comme d'habitude et revenez me voir. Le second va venir avec moi bavarder un peu avec les deux passagères montées à Crawfordsville.

— Qu'est-ce qu'il a fait, le gars que vous recherchez ? interrogea l'employé d'Amtrak qui se proposait d'accompagner Tyler.

Mais son collègue, fronçant subitement les sourcils, marmonna :

— Maintenant que j'y pense, ce type, je devrais quand même vérifier son billet.

— Quel type ? dit Tyler.

Le contrôleur avança de quelques pas et montra un siège du doigt... Il était vide.

La voiture 3 était bondée. Alvarez, son coupon vert serré dans son poing, balayait le plancher du regard en quête d'un billet. Peu de passagers, excepté des hommes d'affaires qui en avaient besoin pour la déclaration de leurs notes de frais, gardaient leur billet une fois ce dernier poinçonné. Le problème consistait à être sûr qu'il était bien d'aujourd'hui.

Alvarez s'accroupit. Non, celui-ci portait l'empreinte d'une chaussure. En plus, il datait d'hier. Car le train, en provenance de la côte Est, roulait depuis au moins douze heures.

La porte se referma derrière lui. Il se trouvait à plus de deux voitures de la place où il avait laissé son sac à dos. Cela bouleversait tous ses plans.

Il s'accroupit de nouveau. Cette fois, c'était un billet double. L'un des deux était propre. Poinçonné après Indianapolis. Il l'empocha.

Comme il ne voulait pas croiser le contrôleur, surtout pas celui qui accompagnait le flic, il franchit une troisième porte de communication, augmentant encore la distance qui le séparait de son sac à dos. À l'instant même, une voix féminine annonça par haut-parleur que le wagon-restaurant était ouvert. Plusieurs personnes se levèrent aussitôt. Alvarez vit une lueur d'espoir : le wagon-restaurant était au centre de la rame. Si seulement il parvenait à se fondre dans le groupe qui s'y rendait...

Tyler avait trois heures devant lui avant Chicago. Assez de temps pour coincer l'homme qui était monté à Crawfordsville.

Le contrôleur qui l'accompagnait s'exclama en entrant dans la voiture suivante :

— Les voilà !

Une des femmes, la moins corpulente, se leva et se mit à descendre la travée en sens inverse.

— Attendez ! s'écria l'employé d'Amtrak.

La femme ne se retourna même pas. Elle se dirigeait avec d'autres vers le wagon-restaurant.

Tyler se dressa sur la pointe des pieds pour ne pas la perdre de vue. En arrivant à la hauteur de la deuxième femme, il dit au contrôleur :

— Suivez-la. Je vais interroger cette dame.

Il s'écarta courtoisement pour laisser passer le groupe de passagers se dirigeant vers le wagon-restaurant. Juste à cet instant, son téléphone portable se mit à vibrer dans sa poche. L'homme qui baissa la tête dans le groupe de passagers passant près de lui n'était autre qu'Umberto Alvarez.

— Rien de neuf de mon côté, lui déclara Nell Priest dont la voix profonde le fit doucement frissonner. On ne saura pas ce qui a fait dérailler ce train avant des semaines. Mais ce pourrait bien être un échauffement dû à des paliers défectueux.

— La même chose que la dernière fois ?

— Oui.

Tyler hésita à lui communiquer ce qu'il avait appris, puis il se décida :

— Rucker a une photo de notre saboteur prise par la police de l'aéroport. Plus un faux nom...

Un silence. Puis elle demanda :

— Où êtes-vous ?

— Sur l'express de Chicago.

— On sait à quoi il ressemble, alors ?

Tyler était sur le point de répliquer que pour l'instant, on en était toujours au blouson en cuir noir et aux boots quand il avisa deux hommes de dos en blouson de cuir noir qui se dirigeaient vers le wagon-restaurant. Certes, ils ne devaient pas être les seuls à être habillés de cette manière à bord de ce train, mais tout de même, ils avaient l'air de le narguer.

— Si vous voulez venir, rendez-vous à Chicago ce soir. Il faut que je raccroche maintenant.

Il rempocha son téléphone et emboîta le pas au groupe de gens parmi lesquels se trouvaient les deux hommes en blouson de cuir noir. Il interrogerait plus tard la passagère.

Il trouva le contrôleur en train de tambouriner sur la porte des toilettes.

— Madame ! Madame ! S'il vous plaît. On aimerait vous dire un mot.

L'angoisse de Tyler monta encore d'un cran. Il accéléra le pas. Dans le passage bruyant entre les deux voitures, il regarda le groupe s'éloigner de l'autre côté de la porte vitrée. Il n'osait cependant pas courir, de peur de se faire remarquer. Il arriva à l'autre bout de la voiture pour voir le groupe passer dans la suivante.

Un des deux hommes en blouson de cuir noir était grand, carré d'épaules. Costaud mais élégant, pensa Tyler. Des cheveux d'un noir de jais. Et tout d'un coup, le voilà qui se tournait avec vivacité et, sans ralentir son allure, agrippait quelque chose sur un porte-bagages... un petit sac à dos noir !

Cela collait au signalement.

Bien sûr, le sac à dos était d'une banalité navrante. Mais tout de même, le flic en Tyler pressentait qu'il avait levé un lièvre.

Il le suivit. Il avait seulement l'intention de lui parler. Rien de plus. Ni violation de droits, ni violence. Un blouson en cuir, un sac à dos noir, une double coïncidence. C'était possible. Après tout, le sabotage avait peut-être été préparé des semaines plus tôt et le suspect envolé depuis longtemps... Pourtant, Loren Rucker ne lui avait-il pas dit que le fameux K.C. Jones figurait à la fois sur les listes du vol pour JFK et sur celles du vol pour Indianapolis à des dates concordantes ?

Il se remémora alors l'état du cadavre d'Harry Wells. Cet homme était dangereux... Pas le genre qu'il fait bon rencontrer dans le compartiment d'un train... Tyler ressentit ce mélange d'anxiété et de sensation d'étouffement, comme un creux au milieu de sa poitrine, qui précédait ses attaques de claustrophobie. Ah ! Mais ce n'était pas le moment ! Le wagon continua à se rétrécir, comme un boyau cherchant à l'avaler. Ses tempes battaient. À l'instant même, un train filant en sens inverse les croisa, provoquant un craquement sonore et prolongé qui rompit le sortilège. Il ouvrit la porte de communication et pénétra dans cet entre-deux assourdissant qui séparait les voitures. Un homme se tenait devant la portière. Il portait un blouson noir. Une mince volute de fumée s'élevait devant son visage détourné. Mais le blouson était en nylon, pas en cuir. Et il n'y avait pas de sac à dos en vue. Tyler passa son chemin.

La porte automatique du wagon-restaurant se referma derrière lui dans un soupir. Les gens se tenaient au bar, ou autour de petites tables hautes, munis de boissons et de sandwichs. Pas un seul blouson en cuir noir en vue. Pas un seul sac à dos noir.

Il n'est plus là, se dit Tyler. *Il m'a repéré, il me fuit...*

Le train, soudain, se mit à ralentir. *Pourquoi ?* se demanda Tyler. C'était un express. Aucun arrêt n'était prévu après Crawfordsville. Il s'agissait d'un simple ralentissement, sans doute à l'abord d'une ville. *Un ralentissement !* Il joua des coudes pour se frayer un passage à travers la cohue du wagon-restaurant.

Il va sauter en marche ! pensait-il.

Le flic en lui n'avait désormais aucun doute : il s'agissait bien de leur suspect. Et il était sur le point de le laisser filer.

Il se rappela le corps d'Harry Wells après sa chute du train.

Tyler faillit de nouveau perdre l'équilibre.

Le train se traînait à présent à une allure d'escargot.

Tyler ouvrit la porte de communication suivante.

Du bruit. Du vent. Il aperçut une portière ouverte à gauche. Les champs bruns défilaient derrière un rideau de pluie oblique.

— Agent fédéral ! hurla-t-il en posant sa main sur son pistolet.

Le sac à dos se rapprocha de lui comme un mur noir. Il tomba. Sa tête heurta un objet en métal. Il perdit à moitié connaissance. Son doigt serra une gâchette imaginaire ; rien ne se passa. Il avait lâché son pistolet. Il se pencha en avant, ouvrit tout grand les yeux pour essayer de localiser son arme. Quelque chose heurta son menton. Sa tête fut projetée en arrière. Il entendit un grand crac. Et puis... On aurait dit le bruissement d'ailes d'un oiseau prenant son envol : le suspect avait sauté.

Après une nouvelle secousse, le train reprit de la vitesse.

Tyler retrouva son arme et la serra dans son poing. Il passa la tête dehors, gardant les yeux ouverts dans le vent chargé de pluie.

— Seigneur, souffla-t-il, sachant que son devoir était de sauter, qu'il ne devait pas lâcher sa proie.

Il abaissa alors son regard vers l'image floue et brune de la campagne qui filait à ses pieds. Son visage était glacé, trempé, il ne voyait presque rien. Il se pencha encore et encore, persuadé qu'il n'avait pas le choix...

Le train accéléra.

Saute ! Il ferma les yeux puis les rouvrit. Le paysage n'était plus qu'un très long ruban vaporeux. Ses doigts de pied se crispèrent au bord du gouffre ; il recula d'un pas : il ne pouvait pas.

Alvarez se releva, puis nettoya ses vêtements du plat de la main. Il posa son pied droit par terre. Sa cheville n'était pas cassée, ni foulée. Juste un peu tordue. Il aperçut la forme noire de son sac à dos à vingt mètres de lui. Il l'avait jeté dehors avant de sauter. Il regarda le train, s'attendant plus ou moins à voir le flic sauter à son tour, redoutant de se trouver face à un homme armé.

Puis il ramassa son sac et courut. Courut, courut... à perdre haleine.

16

Le tapis de neige immaculée indiqua à Alvarez que la ferme était inhabitée. Soit les propriétaires étaient partis pour les fêtes avant la tempête de la semaine dernière, soit ils passaient l'hiver au soleil. Toujours est-il qu'il n'eut aucune hésitation. La porte de la grange n'était d'ailleurs même pas fermée à clé. Un énorme tracteur en occupait la partie centrale. Dans un coin avait été aménagé un atelier. Il finit par découvrir, dans une remise annexe, une vieille Buick à la carrosserie bleu turquoise qui avait l'air en état de marche. Personne ne remarquerait son absence avant un bon moment.

L'incident qui s'était produit sur le train de Crawfordsville était le signe annonciateur de la phase finale de sa folle équipée. Depuis dix-huit mois, il avait réussi à toujours garder l'avantage de la surprise. Ce temps était désormais révolu. Un sentiment d'urgence l'étreignait à présent. Si seulement il était en son pouvoir d'avancer la date de l'essai du F-A-S-T.

Son coude droit et sa cheville droite l'élançaient. Heureusement, son poursuivant n'avait pas sauté. Dans ce vaste paysage de champs plats, il aurait présenté une cible facile.

Il s'achemina vers Rockford, dans l'Illinois, en prenant bien soin de n'emprunter que des routes secondaires, et sans jamais commettre d'excès de vitesse. Ce n'était pas le moment de se faire arrêter par la police de la route ! Passer par Rockford était un détour certes, mais un détour indispensable.

La Bennett House, à quelques rues de l'hôpital de Rockford, offrait au regard des passants une imposante façade de brique rouge. Alvarez emprunta la rampe pour handicapés qui doublait les marches du perron. Il se servit du heurtoir en cuivre.

On lui ouvrit la porte. Mme Dundell était dotée d'une énergie qui n'avait d'égale que sa compassion. Infirmière de formation, elle était tout à la fois la fondatrice, la directrice et l'âme du centre de soins.

— Ah !... Monsieur Alvarez. Comme c'est gentil de passer nous voir... Mais... vous avez mal au genou ?

— J'ai glissé sur une plaque de verglas... Comment va Miguel ? interrogea-t-il.

— Vous auriez dû téléphoner, dit-elle en le conduisant dans un petit salon encombré de bonbonnières, de bouquets de fleurs séchées et de vieux magazines. Votre frère ne se sent pas très bien aujourd'hui. Peut-être la grippe. Il est resté au lit... Mais je suis contente que vous soyez venu. Vos visites lui font toujours tellement de bien.

— Ses poumons ?

— Un peu mieux. Il a eu plutôt bon moral dernièrement. J'espère que c'est un simple rhume.

— Et son travail ?

— Tout le monde l'adore, à la bibliothèque. Il est plein de bonne volonté. Je ne reçois sur lui que des compliments.

Une chambre minuscule, décorée d'un papier peint fleuri de style victorien, sur lequel les couleurs criardes du dessin animé qu'il regardait détonnaient.

À dix-neuf ans, Miguel avait de la peine à suivre jusqu'au bout le *Muppet Show*. On avait expliqué à Alvarez que l'alcool bu par sa mère à l'époque où elle attendait son petit frère avait affecté le système nerveux de ce dernier, d'où son retard généralisé. On pouvait seulement remercier le Ciel d'avoir fait de lui un bienheureux. Il riait, souriait et, quand tout allait bien, il était capable de soutenir une conversation limitée. Mme Dundell, avec l'aide de son équipe, avait détecté chez lui des capacités exceptionnelles en arithmétique. Ainsi, il était parvenu à maîtriser la classification décimale de Dewey qui sert à classer livres et périodiques. Miguel avait donc été engagé à la bibliothèque pour remettre les ouvrages à leur place dans les rayons. Mais il avait les poumons fragiles. Il avait eu cinq pneumonies dans le service hospitalier où il était avant que Juanita se débrouille pour le transférer dans cet excellent établissement privé. Depuis, ses défenses immunitaires s'étaient renforcées. Dans l'esprit d'Alvarez, si son frère était encore en vie, c'était grâce à la Bennett House et à sa directrice.

L'ironie de cette histoire, c'est que les mannes de la Northern Union allaient sans doute permettre à Miguel de recevoir les meilleurs soins jusqu'à la fin de sa vie. Pour la bonne raison qu'Alvarez avait placé de l'argent en bourse au nom de son frère. Et que rien n'était plus simple, la veille du jour où il devait commettre son attentat sur le train à grande vitesse, de commettre parallèlement un délit d'initié... et de rafler ainsi des millions de dollars.

Miguel, allongé dans son lit, ne quitta pas des yeux le petit écran tandis que son frère aîné entrait dans la chambre.

— Bert ! s'exclama-t-il avec un grand sourire.

Il avait les lèvres gercées, le nez qui coulait, les yeux larmoyants.

— Qui gagne, le lapin ou le renard ? demanda Alvarez, toujours bouleversé de voir son frère dans cet état.

— Le lapin, répondit Miguel d'une voix nasillarde, imitant le personnage du dessin animé.

— Tu as un rhume.

— Tu vas voir, le lapin va descendre dans le trou...

Il n'est pas en forme aujourd'hui, se dit Alvarez. Pourtant il ne regrettait pas d'être venu. Cette visite serait peut-être la dernière, si les choses tournaient mal pour lui.

Il tira le fauteuil au chevet de Miguel et, pliant le bras, il posa le coude sur le bras du fauteuil, la main en l'air. Au bout d'un moment, alors que tous deux regardaient toujours la télévision, les doigts froids et moites de son frère vinrent se nouer aux siens.

— Oh, Miguel, ta main est glacée.

Et, la gorge nouée, il la serra très fort dans la sienne.

17

En guise de dîner romantique, Tyler et Nell Priest se firent livrer deux pizzas dans la chambre d'hôtel de Nell pendant que leurs deux portables et le téléphone de la chambre sonnaient sans discontinuer. La chasse à l'homme qu'ils s'employaient à organiser pour retrouver le fugitif de l'express de Chicago prenait des proportions phénoménales parce que plusieurs États étaient concernés.

Le chef de la sécurité de la Northern Union, O'Malley, était retourné à New York pour s'entretenir avec William Goheen. De son côté, Loren Rucker avait, comme promis, envoyé par e-mail à Tyler la photo du suspect obtenue auprès de la police de l'aéroport d'Indianapolis.

— Ce salaud est une véritable anguille, dit Tyler qui se chargeait d'envoyer à son tour la photo à toutes les stations-service des autoroutes I-70 et I-74 — un travail long et laborieux.

— On a fait des progrès, observa Nell.

— Dommage que je n'aie pas pu voir son visage, à ce salopard. Il a été trop rapide pour moi, répéta Tyler pour la énième fois.

— Tous les cibistes sont priés d'ouvrir l'œil, continua Nell. Pour le public, Kevin Jones est un dangereux détenu qui s'est échappé pendant son transfert entre l'Indiana et l'Illinois.

Tout en maintenant d'une main un sac en plastique rempli de glaçons sous son menton tuméfié et marbré de bleu, Tyler avait réussi à imprimer la photo en la faxant à la réception de l'hôtel. Il avait dû descendre la chercher puis, une fois de retour dans la chambre, il l'avait scotchée sur le miroir.

Ils avaient allumé la télévision sur la chaîne CNN. Nell remonta le volume en voyant apparaître les images d'une chasse à l'homme, et en particulier la photo. Ils n'avaient pas grand-chose : une oreille, un bout de front, des cheveux noirs. Seuls le blouson de cuir noir — bien coupé, sans couture apparente — et le sac à dos noir constituaient de véritables signes distinctifs.

Nell baissa le volume quand le présentateur enchaîna sur la maladie du panda du zoo de San Diego.

— J'aurais dû sauter en marche, se reprocha de nouveau Tyler.

— Bonne idée ! Comme ça vous auriez eu deux jambes cassées en plus de votre menton en marmelade.

— Mais je le tenais, dit Tyler en serrant le poing. Et je l'ai laissé filer.

— Mais vous n'avez pas sauté, et vous êtes là...

Elle se tourna vers lui, son visage si près du sien que, comme s'il avait été attiré par un aimant, il se pencha pour l'embrasser. Se rendant compte de leur proximité, elle se recula légèrement. Il se pencha encore, s'empara de sa bouche. Elle répondit à son baiser, ses grands yeux noirs plongeant dans ceux de Tyler avec une intensité à lui couper le souffle. Elle avait l'air de lui demander : « Tu es sûr ? »

— Oui, murmura-t-il, je suis sûr.

Un sourire plissa les paupières de Nell qui gloussa.

— Moi aussi, dit-elle en posant les mains sur les boutons de son chemisier.

Ils glissèrent tous deux sur la moquette. Tandis qu'il déboutonnait sa chemise, elle ouvrit son chemisier, révélant un soutien-gorge au tissu chatoyant du même ambre chaud que sa peau.

Il embrassa ses seins à travers l'étoffe. Elle lui arracha presque sa chemise, planta ses ongles dans son dos.

Un tourbillon de sensations s'empara de Tyler. L'odeur de sa peau l'enivrait. Il s'imbibait de sa chaleur, de sa moiteur. Ils s'arrêtèrent juste avant de conclure ; ils avaient joui tous les deux.

En nage, souriant au plafond, ils restèrent allongés côte à côte. Il ne portait plus qu'une chaussette ; elle avait son slip entortillé autour de sa cheville.

— Mmm, dit-elle enfin.

— Faut-il que je m'excuse ?

— Il vaut mieux pas ! Ce n'est pas dans mes habitudes... ça ne m'arrive jamais à moins que... Mais je n'ajouterai rien.

— Bonne idée.

Elle commença par pouffer, puis fut prise d'un véritable fou rire. Elle enfouit son visage dans ses mains. Tyler s'allongea sur elle, attendit qu'elle se calme.

— Pas une allusion au sucre brun, s'il te plaît, dit-elle en riant encore. C'est la première fois ?

D'abord interloqué, il comprit qu'elle faisait allusion à la couleur de sa peau.

— Oui, avoua-t-il, la première fois.

Il couvrit ses belles mains fines de baisers. Il s'allongea auprès d'elle. Quelques minutes s'écoulèrent dans un silence rompu seulement par le ronron de l'ordinateur portable de Tyler. Leurs yeux en disaient assez long. Puis elle prononça :

— Parle-moi de *lui*. Il faut que je sache.

Tyler comprit à demi-mot.

— Tout ce dont je me souviens, c'est de ses énormes mains. Ses mains qui tenaient la fillette et lui fracassaient le crâne contre le mur. Ses mains qui ensuite me serraient la gorge, m'empêchaient de respirer, me tuaient moi aussi. Quand je me suis rué dans la pièce, il a lâché l'enfant, comment te dire ? Il l'a jetée... Comme si elle avait été un tableau accroché au mur, un simple objet bon à mettre au rebut. C'était un colosse. Il s'est tourné vers moi, et moi je...

Tyler marqua une pause et se redressa sur un coude pour mieux observer l'expression du visage de la jeune femme avant de poursuivre :

— ... Ce n'était pas la première fois que je me trouvais dans une situation semblable. C'est peut-être à cause des cris de l'enfant recroquevillée par terre. Je ne sais pas. Peut-être aussi parce qu'il me faisait peur. Il m'a frappé. Je suis tombé sur le côté. J'ai dû lâcher mon arme. Les techniciens l'ont retrouvée sous une chaise. Je n'avais pas tiré une seule balle, bien sûr. Et s'il avait été moins soûl, s'il avait eu de meilleurs réflexes, je n'aurais pas réussi à lui donner ce premier coup de poing. Ni le deuxième. Ni le troisième. Ni tous les autres. Il m'a frappé dans les côtes et dans le ventre, puis il a mis ses grosses pattes autour de mon cou. Et il y avait aussi ses yeux, des yeux horribles... Des yeux morts. Je ne sais pas ce qui m'a pris. Ou plutôt si. Les psys ont prononcé le mot d'*état maniaque.* Mais moi, je dis que j'ai acquis une sorte de rythme, comme une ritournelle, un air, toujours le même qui me berçait, me réconfortait. Je n'arrivais pas à m'arrêter. J'étais trop terrifié. C'est pourquoi ils ont été obligés de me maîtriser... Ne te méprends pas, je n'éprouvais aucun plaisir, quoi qu'ait raconté le procureur. Sans oublier les journalistes. On a raconté n'importe quoi. Un flic blanc qui tabasse un pauvre black. C'était pas ça du tout. Rien à voir.

— Mais il y a eu un procès. Si la légitime défense avait été reconnue...

— Mon avocat n'a pas voulu plaider la légitime défense. C'était mauvais pour moi, paraît-il. Je ne vais pas me plaindre, il m'a fait acquitter, non ? Il s'est concentré sur le fait que ce monstre était en train de battre un enfant. Selon le principe qu'un jury ne peut gérer qu'une seule idée à la fois, et que cette explication suffisait. Et il ne s'est pas trompé.

— Mais au prix du sacrifice de ta carrière ! protesta-t-elle, outrée.

— J'ai été acquitté. C'est pour ça qu'il était payé. Nous avons gagné le procès criminel, maintenant, il nous reste le procès civil.

— Mais c'était pourtant bien de la légitime défense !

— Oui, et ce qui s'est passé dans ce wagon l'autre jour, c'était peut-être aussi de la légitime défense. Et dans ce cas, qui est coupable ? Qui est innocent ? Le saboteur ou le vigile ?...

La sonnerie du téléphone portable de Tyler les interrompit. Nell se leva pour se rhabiller en toute hâte. Tyler répondit tout en enfilant tant bien que mal ses vêtements.

— Vous êtes sûr ? Sûr et certain ? dit-il enfin en griffonnant un nom sur un bout de papier.

Après avoir raccroché, il se tourna vers Nell. Ils étaient tous les deux rhabillés.

— C'était Loren Rucker, annonça-t-il. À propos des empreintes sur la carte d'embarquement...

— Il y en avait cinq, n'est-ce pas ? On a trouvé quelque chose ?

— Quatre d'entre elles appartiennent à des employés de la compagnie aérienne. C'est normal. La dernière correspondrait à celle d'un fonctionnaire de l'État de l'Illinois. Plus précisément un enseignant en sciences et informatique. À Genoa, Illinois. Tu te rends compte, un prof de sciences !

— Genoa, n'est-ce pas la ville où s'est produit un affreux accident de passage à niveau ?

— C'est à toi de me le dire.

— Son nom ? demanda-t-elle presque dans un murmure.

— Umberto Alvarez, dit-il en la regardant droit dans les yeux. Un nom hispanique... Un Latino... Harry Wells recherchait un Latino, non ? O'Malley avait sans doute déjà une description de notre suspect.

— O'Malley savait donc de qui il s'agissait depuis le début, articula Nell Priest, abasourdie.

Tyler acquiesça en silence.

— Ils m'ont menti, gémit-elle.

— Ils nous ont menti à tous...

Tyler attendait le résultat d'une recherche sur Internet lancée sur le moteur Northern Light avec deux mots seulement « Alvarez + chemin de fer ». Il obtint une douzaine de sites.

— Fais-moi un résumé, dit Nell.

— Il y a deux ans et demi, une Juanita Alvarez et ses deux enfants, des jumeaux de quatre ans, ont été tués dans leur voiture à un passage à niveau...

— À Genoa, Illinois.

Tyler acquiesça :

— La ville où Umberto Alvarez enseignait les sciences et l'informatique. Un train de marchandises a aplati la voiture et l'a traînée sur cinq cents mètres avant de la laisser dans un fossé. Devine qui était le propriétaire du train ?

— Oh, Seigneur ! La Northern Union ! chuchota-t-elle, collant sa joue contre la sienne pour regarder l'écran.

— Un des articles mentionne un appel au 911, le service des urgences de la police, par un homme non identifié dans un état de panique extrême, prétendant que la barrière ne s'était pas abaissée à temps et que le feu ne marchait pas. Mais le même article précise que la police a trouvé la barrière baissée et tout en ordre, suggérant que le véhicule avait dû tomber en panne au milieu de la voie. Ce qui rejette évidemment la faute sur l'automobiliste. L'appel au 911 a dû être enregistré, mais personne n'a jamais pu remettre la main sur la cassette. Le nom du mari n'est pas mentionné.

— Mais on a ses empreintes digitales sur cette carte d'embarquement, n'est-ce pas ? Clique sur les autres articles, dit Nell en posant une main brûlante sur l'épaule de Tyler dont le cœur se mit aussitôt à battre plus fort.

Le dernier de la liste fit apparaître enfin le nom d'Umberto Alvarez. Nell Priest avait dû prendre des cours de lecture rapide, car elle résuma l'article avant que Tyler n'ait terminé le premier paragraphe.

— Il a intenté un procès à la Northern Union, pour négligence criminelle. Mais en l'absence de l'enregistrement de cet appel au 911...

En se penchant, elle appuya sa hanche contre son épaule. Tyler retint son souffle. Sa vue se brouillait. Il ne voyait plus les mots qui défilaient devant lui sur l'écran.

— Tu sais ce que cela signifie ? dit-elle. O'Malley a essayé d'enterrer cette affaire. Alvarez attaque la compagnie en justice. Le procès traîne depuis environ un an. O'Malley tente sans doute de trouver un arrangement...

Elle fit défiler un article du *Chicago Sun* à une vitesse époustouflante. Tyler n'avait pas pu en déchiffrer un mot !

— Non, c'est pas possible ! s'exclama-t-elle.

— Quoi ?

Elle se redressa à demi, et montra du doigt un gros titre : « L'avocat dans l'affaire du passage à niveau de Genoa retrouvé assassiné. »

L'avocat d'Alvarez, Donald Andersen, avait été retrouvé mort dans son bureau, la nuque brisée. La dernière personne à avoir eu rendez-vous avec lui, Umberto Alvarez, devait être interrogée. Du coup, Tyler fit défiler le texte plus vite que Nell. *Agression... nuque brisée... mandat d'arrêt...*

La vue de Tyler se brouilla. Les mains énormes et noires de Chester Washington cognaient la petite tête contre le mur. Il eut l'impression que la chambre se rétrécissait. Il étouffait. Il entendit Nell prononcer d'une voix faible, comme si elle lui parlait à l'autre bout d'un tunnel :

— Six mois plus tard, le premier déraillement a eu lieu. Défaillance mécanique. Abus d'alcool. Je ne sais quoi. O'Malley a inventé toutes les excuses possibles. Mais il savait, il devait savoir, qu'il s'agissait d'Alvarez.

Tyler se ressaisit. Il était en nage, mais la pièce retrouvait peu à peu ses proportions normales.

— Bien sûr qu'il savait. Et il a envoyé Harry Wells régler ce petit problème.

— Et moi il m'a envoyée trouver Wells avant que tu puisses le voir.

— Ah oui ? Eh bien, ça s'est finalement retourné contre lui, non ?

Elle s'appuya un peu plus contre lui. Il se retenait de la prendre dans ses bras.

— Ils ne m'ont rien dit.

— Il y a une question qu'il ne faut pas oublier : pourquoi, quand un type vous coûte des centaines de millions de dollars, voulez-vous éviter de mettre tous les flics du pays sur sa trace ?

Silence de plomb. Puis elle dit timidement, comme si elle n'y croyait pas vraiment elle-même :

— Peut-être pour éviter un scandale dans la presse. Au sujet du drame du passage à niveau.

— À mon avis, Umberto Alvarez est innocent. La Northern Union est entièrement responsable de cet accident de passage à niveau ! Mais ils ne peuvent se permettre de lui laisser exprimer son point de vue... Et si Alvarez n'a pas tué son avocat ?... Après tout, ça les a bien arrangés que les flics mettent ce meurtre sur son dos.

— Accuser la Northern Union de meurtre ? Tu ne vas pas un peu trop loin ?

— Tu trouves ? Cet Alvarez est devenu leur cauchemar. Harry Wells était sans doute chargé de les en débarrasser.

18

— Je ne m'attendais pas à te revoir, chuchota Jillian à l'oreille d'Alvarez en lui versant un verre de pinot noir.

Après avoir quitté Miguel, Alvarez avait fait six heures de route jusqu'à Toledo, Ohio, pour attraper de justesse l'Amtrak de 0 h 33 pour New York. Ce train partait en fait de Chicago, mais Alvarez craignait que la gare ne fût infestée de flics. Il avait troqué son blouson en cuir, qu'il avait fourré dans son sac à dos, contre un pull et une veste en laine. Il dormit d'un sommeil léger dans le train et débarqua à New York, frais et dispos, à 15 heures.

L'essai du F-A-S-T était programmé pour dans quatre jours, au départ de Pennsylvania Station, à New York, et à destination de Washington.

Le restaurant français en face de l'hôtel Powell bruissait du brouhaha des conversations et du cliquetis des couverts contre la faïence bretonne. L'air embaumait un mélange de romarin et de gâteau au chocolat. Jillian se tenait devant lui presque au garde-à-vous, le stylo en l'air : elle attendait sa commande.

— Je voulais te revoir, lui dit-il en abaissant son regard sur son ballon de rouge dont il faisait tourner le long pied mince entre ses doigts.

Jillian jeta un coup d'œil autour d'elle pour s'assurer que personne n'écoutait, mais elle garda un maintien un peu raide, strictement professionnel.

— Je voulais te présenter des excuses, dit-il. Je ne sais pas exactement pourquoi, mais j'ai l'impression que je ne me suis pas très bien conduit avec toi.

— Je suis majeure et vaccinée. Tu n'as pas besoin de t'excuser. J'avais envie de toi depuis mes treize ans... Une petite victoire personnelle, tout simplement, conclut-elle avec un sourire un peu crispé.

S'ensuivit un bref silence. Comme elle se taisait, il passa commande :

— Une sole en papillote aux épinards, ce sera parfait.

C'est alors que Jillian lui demanda à brûle-pourpoint :

— Qui était cette fille que tu suivais ?

— Je te l'ai déjà dit.

— Je ne te crois pas.

— Je n'aurais pas dû revenir.

— Alors pourquoi l'as-tu fait ?

— J'aimerais une tranche de foie gras pour commencer.

— Arrête, tu veux !

— Du foie gras d'oie, précisa-t-il. Je ne crois pas à toutes ces conneries végétariennes...

— Si tu as besoin d'une chambre, tu peux venir chez moi, lui souffla-t-elle.

— J'ai un appartement, mais merci quand même.

Elle se pencha et murmura d'une voix furieuse :

— D'abord, tu couches avec moi, puis tu te sens coupable et tu reviens. Tu boites. Je vois bien que tu es blessé. Tu as des emmerdes, c'est évident. Et maintenant, tu veux que je prenne ta commande, un point c'est tout ! Tu te fiches de moi ?

Là-dessus, elle tourna les talons et se dirigea à grands pas vers la cuisine. Alvarez jugea plus sage de filer avant son retour. Ça se corsait. Il avait commis une erreur en revenant ici. Mais elle avait dû deviner son intention, car elle revint presque aussitôt, avec son sac à main.

— Tu n'as jamais eu de ces éclairs où tout te semble clair d'un seul coup ? Ne me demande pas pourquoi, mais quand j'ai vu ça dans le journal... J'ai pensé à toi.

Elle sortit de son sac une coupure de presse qu'elle étala sur la table. Une photographie aérienne du déraillement de Terre Haute.

— Ta famille... La façon dont tu t'es comporté avec moi... Tellement nerveux. Tellement mystérieux. Et puis ça...

Elle se pencha et baissant le ton au point d'être à peine audible, elle murmura :

— Qu'est-ce qui se passe ?

Alvarez froissa la coupure dans son poing.

— Je n'ai rien à voir avec ça.

— Ah, bon ?

— Ne dis plus rien !

Quelques clients commençaient à leur jeter des regards intrigués. Alvarez se sentait au pied du mur.

— Explique-moi ! continua-t-elle d'une voix suppliante.

— Il n'y a rien à expliquer.

Et presque d'un seul geste, il la repoussa pour se précipiter vers la sortie, la rue, l'anonymat de la foule new-yorkaise... Il l'entendit qui s'écriait dans son dos :

— Si, tu me dois une explication !

Mais déjà il était dehors, il courait.

Une heure plus tard, Alvarez ajusta les portes de l'armoire en maintenant l'une d'elles entrebâillée au moyen d'un dossier de chaise. Un air d'opéra sortait des haut-parleurs de la radio. Il tenta de se détendre un peu ; mais il devait bien l'admettre : sa rencontre avec Jillian l'avait secoué.

Cette chambre de l'hôtel Plaza lui coûtait 380 dollars, et pourtant il avait l'impression que ce n'était pas cher payé. Il avait plus de 3 000 dollars en billets dans ses poches et sa chaussette droite. Tout était prêt. Il était aussi impatient et nerveux qu'un adolescent avant son premier rendez-vous amoureux.

Si son plan fonctionnait comme prévu, il tiendrait enfin de quoi écraser William Goheen, qu'il réussisse ou non à faire dérailler le F-A-S-T.

En bon scientifique, Alvarez tenait l'information pour la meilleure des armes. C'est parce qu'il misait là-dessus qu'il avait pris tous ces risques afin de pénétrer dans les bureaux de la Northern Union. Pour la même raison, il avait espionné William Goheen et sa fille, la ravissante Gretchen dont le visage angélique figurait dans toutes les rubriques mondaines. Il connaissait par cœur leurs habitudes, leurs lieux de vacances, leurs amis... Alvarez consulta sa montre : elle était en retard. Son euphorie se mua en un sentiment d'angoisse. Il avait rompu toutes les amarres qui le retenaient au passé, sauf celles qui le liaient à Miguel. Il n'avait même plus de logement, car on ne pouvait guère qualifier ainsi le loft sinistre qu'il louait au sud du Flatiron Building. Jusqu'ici, aiguillonné par sa soif de vengeance, cette existence de nomade lui avait semblé tolérable. Mais depuis qu'il avait rencontré Jillian, tout était changé...

La sonnerie du téléphone le fit sursauter. Il décrocha immédiatement.

— Monsieur Córtez ?

Une voix féminine.

— Lui-même.

— Ici Gail. Je peux monter ?

— Chambre 1217.

— 1217. Bien. À tout de suite.

Alvarez raccrocha. Son pouls battait à cent à l'heure. Gail. Le son de sa voix lui donnait des frissons. Il avait souvent joué la comédie au cours de ces dix-huit derniers mois, mais jusqu'ici, aucun rôle ne lui avait paru aussi excitant. Il repoussa Jillian de ses pensées et examina la chambre : il ne fallait pas qu'il oublie de garder le dos tourné à l'armoire et à la caméra vidéo qui y était dissimulée.

Son œil se fixa un instant sur le reflet que le miroir lui renvoyait de son visage où se peignait une immense tristesse. Son nez était encore tuméfié par une ecchymose bleuâtre, souvenir de sa mauvaise rencontre dans le wagon. Qu'importait ? De toute façon, l'ancien Umberto Alvarez n'existait plus.

On frappa à la porte. Alvarez regarda par le judas. Son cœur se mit à battre à tout rompre. Même déformée par le grand-angle, elle était d'une beauté à couper le souffle. Des cheveux noirs coiffés en deux longues couettes encadraient son visage à l'ovale parfait. Elle portait des verres de contact bleus. Son maquillage, excessif, aplatissait ses pommettes saillantes. La rectitude impeccable de son petit nez contrastait avec la sensualité pulpeuse de sa bouche. Quand il ouvrit tout grand la porte, elle lui sourit.

— Gail, dit-elle d'une voix sensuelle, légèrement voilée.

À 1 500 dollars l'heure, elle avait l'intention de mériter son salaire.

— Fernando, mentit Alvarez.

Elle posa une main délicate et légère dans la sienne et l'embrassa sur la joue. Son parfum lui fit un peu tourner la tête. Elle était vêtue d'une veste rouge sang cintrée sous laquelle on sentait palpiter ses seins et d'une jupe plissée noire d'écolière qui bougeait gracieusement sur ses hanches.

Elle posa son sac sur la table de chevet.

— Vous êtes à New York pour combien de temps ? interrogea-t-elle vivement.

— Deux jours seulement.

— Vous venez d'où ? enchaîna-t-elle distraitement.

— J'ai pris le train, dit-il absurdement.

D'abord un peu surprise, elle lui sourit.

— Moi aussi, je raffole des voyages en chemin de fer.

— C'est plus romantique.

— Comme vous dites.

— Je vous paye tout de suite ? demanda-t-il.

— Ce n'est pas la peine. Votre carte de crédit a été débitée dès l'instant où je vous ai téléphoné de la réception pour voir si vous étiez bien au rendez-vous. Vous êtes un habitué de notre site ? demanda-t-elle, soudain soupçonneuse.

— Je suis un ami de M. Takimachi.

— Ah, bon, dit-elle, l'air rassuré.

— Vous voulez boire quelque chose ? s'enquit-il en se dirigeant vers le mini-bar.

— Non, merci. J'en ai pour une minute, enchaîna-t-elle en indiquant la salle de bains d'un mouvement de son joli menton.

— Pendant que vous y êtes, vous pouvez laisser tomber la perruque. Et aussi enlever toute cette peinture sur votre visage. J'aime les femmes au naturel. Mais je voudrais vous déshabiller, si vous êtes d'accord ?

— Je suis là pour vous, Fernando. C'est comme vous voulez.

Elle ne semblait pas le moins du monde outragée ; sans doute entendait-elle des choses bien pires. Elle opina docilement de la tête. Sa confiance était presque touchante.

— Laissez la porte de la salle de bains ouverte, lui dit-il.

Comme elle haussait des sourcils étonnés, il ajouta :

— Je veux regarder. Et ne vous déshabillez surtout pas.

— J'ai besoin d'être seule un tout petit peu.

— Eh bien, faites, mais la porte ouverte...

— Mais, comment ?...

Elle paraissait troublée.

— Écoutez, je ne pense pas que ça vous gêne qu'on vous voie sur les toilettes, si ? Il y a des tas de malades qui demandent à regarder.

Son front lisse se plissa, mais elle esquissa un sourire que l'on ne pouvait qualifier que de commercial.

— Et si c'est pour la défonce, sachez que j'adore les femmes désinhibées. Personnellement je n'y touche pas...

Elle haussa les épaules :

— Alors, je n'ai pas besoin de la salle de bains.

S'asseyant au bord du lit, elle sortit de son sac un petit flacon en verre et une minuscule cuillère en argent. Elle sniffa une bonne quantité de cocaïne, une cuillerée dans chaque narine, sans le quitter un instant des yeux.

— Ôtez votre perruque, ordonna-t-il, et vos verres de contact.

Tandis qu'elle rangeait son attirail, il la prit par les hanches, la fit se lever et pivoter sur elle-même de manière à ce qu'elle se trouve face au miroir... et à l'objectif de la caméra cachée. Elle enleva délicatement sa perruque et secoua sa chevelure. Voulait-il la peigner ? En guise de réponse, Alvarez l'aida à ôter sa veste. Puis il défit sa jupe et la fit glisser sur ses cuisses, révélant un porte-jarretelles et un string en dentelle rouge. Il ne ressentait chez elle aucune tension. Une femme habituée à être déshabillée. Son propre cœur cognait dans sa poitrine.

— Je vais la suspendre à un cintre, dit-il en soulevant la jupe.

— C'est très gentil de votre part, répondit-elle sans s'étonner. Je veux bien, oui.

Après avoir rangé la jupe dans l'armoire et vérifié que la caméra fonctionnait, il revint se poster derrière elle. Il prit ses seins dans ses paumes puis déboutonna avec lenteur son chemisier.

— Je préfère garder mon maquillage, dit-elle. Je me suis faite belle pour toi, Fernando.

— Et si moi je préfère voir ton vrai visage, murmura-t-il en lui enlevant son chemisier.

Je tiens à ce que la vidéo ne se trompe pas sur ta véritable identité, se dit-il.

— Parce que ce n'est peut-être pas mon vrai visage ? protesta-t-elle. C'est une insulte ?

— Une insulte ? Un compliment plutôt. Toute cette peinture, ce n'est pas toi, n'est-ce pas ? Tu es cent fois plus belle au naturel. Tu as besoin de quoi ? D'eau chaude ou d'eau froide ?

— Ce n'est pas négociable. Je reste comme je suis.

— Tu mets combien de temps à te remaquiller ? Une heure ? Je la paye... En liquide.

Elle parut se résigner :

— Il me faut une serviette chaude et une serviette froide.

Alvarez revint quelques instants plus tard avec ce qu'elle avait réclamé. Toutes les couleurs de l'arc-en-ciel maculèrent bientôt le tissu-éponge blanc.

— Vous êtes bizarre, marmonna-t-elle quand elle eut terminé.

— On ne vous a jamais demandé ça ?

— Jamais. Parfois, au contraire, ils veulent que j'ajoute quelque chose. Ils veulent un certain look.

— Moi, je te préfère telle que tu es. Ma femme ne se maquillait jamais, sauf peut-être quand on allait à une soirée habillée, ce qui arrivait très rarement.

Il marqua une pause, s'attendant à ce qu'elle manifeste de la curiosité. Mais elle continua à se taire. Manifestement, elle avait été bien dressée.

— Si j'ai parlé au passé, c'est que je voulais t'intriguer, ajouta-t-il tout en faisant glisser le satin noir des bretelles de son soutien-gorge sur ses bras ronds.

— Vraiment ? prononça-t-elle, sur la défensive.

— Vraiment.

— Dis tout de suite que je te déçois. Si c'est le cas, je m'excuse. Alors, pourquoi au passé ?

— Elle est morte, tu vois... Ils ont dit que c'était un accident, mais moi je maintiens qu'il s'agissait d'un meurtre.

— Un meurtre ?

Elle tourna vers lui un visage dont tout semblant de sourire s'était évanoui. Alvarez s'agenouilla pour faire glisser le porte-jarretelles et le string sur ses hanches, la positionnant pile devant l'objectif de la caméra. La call-girl à 1 500 dollars de l'heure avait disparu, remplacée par Gretchen Goheen dans le plus simple appareil.

Il savait presque tout ce qu'il y avait à savoir sur elle. Elle avait reçu la meilleure des éducations, d'abord à Choate, puis à l'université de Princeton. Une jeunesse ballottée entre jets privés, suites de grands hôtels, limousines, gouvernantes, femmes de chambre, etc. Sa mère était morte des suites de son alcoolisme, même si la presse avait évoqué un cancer. Gretchen venait d'avoir quinze ans. Alvarez supposait que Keith O'Malley, l'homme de confiance de Goheen, le chef de la sécurité de la Northern Union, avait veillé à ce que les cures de désintoxication de la pauvre Leslie Goheen ne s'ébruitent pas hors des murs des cliniques où elle était soignée. Dans sa rubrique nécrologique, le *New York Times* avait publié l'éloge d'une « grande dame » et d'une « grande philanthrope ». Alvarez avait dû effectuer de longues recherches pour découvrir que son époux l'avait arrachée à un âge encore très tendre au confort d'une riche famille bourgeoise du Middle West pour la jeter dans les tourbillons d'une vie mondaine à laquelle elle n'avait pas été préparée, tandis que lui poursuivait ses hautes ambitions et courait les filles. C'était sans doute son infidélité qui avait poussé Leslie Goheen à noyer tristement son chagrin dans l'alcool.

Quant à Gretchen, elle avait commencé à prendre de la drogue dès l'époque du lycée, comme en témoignait son renvoi de deux semaines, renvoi qui avait été aussitôt suivi d'un séjour de quinze jours à Amsterdam... Alvarez se figurait la ronde des garçons autour d'elle. Elle était si jolie, si riche, si gâtée : ils devaient tous être à ses pieds. Peut-être leur désir était-il devenu une sorte de drogue pour elle ? Elle avait dû coucher avec des dizaines de garçons, de préférence plus vieux qu'elle, plus expérimentés. Elle avait appris tous les trucs sexuels. Mais dès qu'ils se mettaient à avoir avec elle un comportement de propriétaire, elle les plaquait.

Qu'est-ce qui avait joué le rôle de catalyseur dans sa transformation en call-girl ? Avait-elle, au cours d'une de ces élégantes soirées données par son père, été séduite par un vieil ivrogne qui lui avait acheté son silence à prix d'or ? À moins que ce ne fût ses dépenses excessives en cocaïne ? Ou son goût du plaisir qui avait tourné à la perversion ? Alvarez n'avait aucune envie de jouer au psychologue. Quoi qu'il en soit, une chose était certaine : le fait d'avoir un père absent et très riche avait pesé lourd dans la balance.

Alvarez estimait que Gretchen Goheen avait débuté dans la « carrière » l'été avant sa rentrée à l'université de Princeton. Tout de suite elle était devenue la call-girl la plus recherchée de tout New York. Et cinq années plus tard, à l'âge vénérable de vingt-trois ans, elle avait déjà « séjourné » dans une clinique, en Arizona, sans doute pour guérir de sa cocaïnomanie. Alvarez était convaincu que, comme pour la mère de la petite, O'Malley avait tout arrangé de main de maître. Peut-être couchait-il avec elle par la même occasion, d'ailleurs. En tout cas, il n'y avait pas de preuve du contraire. O'Malley se débrouillait pour protéger son patron de tous ces petits ennuis familiaux qui empoisonnent une existence. Mais s'il y avait une liaison entre Gretchen et le vieux O'Malley, Alvarez comptait bien s'en servir.

Devant Gretchen Goheen entièrement nue, Alvarez fut l'espace d'un instant sur le point de prendre ce qu'elle avait à offrir. *Quel homme n'aurait pas été tenté ?* se dit-il, furieux de sa propre faiblesse. Posant ses mains sur les hanches larges, somptueuses de la fille, il l'obligea à s'asseoir au bord du lit.

— Comme tu voudras, ronronna-t-elle, câline.

Alors il se redressa, se tint debout entre elle et la porte, lui bloquant volontairement le passage. Il la dominait de toute sa hauteur. Cela lui donnait un avantage psychologique. Il se racla la gorge, conscient que les mots qu'il allait prononcer pouvaient sauver des centaines de vies.

— Mademoiselle Goheen, dit-il en posant aussitôt la main sur son épaule pour l'empêcher de s'enfuir. Rassurez-vous : je ne suis pas un flic.

Comme elle se débattait, il s'écarta d'un pas et la laissa se lever.

— Si vous partez maintenant, je ne pourrai pas vous aider à sauver votre père, lui dit-il tandis qu'elle arrachait sa jupe à l'armoire, exposant sa nudité à l'œil caché de la caméra.

Il avait obtenu son attention. Elle avait l'air encore plus sexy, avec sa jupe toute de travers autour de sa taille, les seins à l'air. Sa respiration était haletante. Ses lèvres tremblaient. Elle essayait de lui dire quelque chose. Mais le moment était malvenu pour discuter. Il reprit :

— Je m'appelle Alvarez. Je suis celui que recherchent votre père et O'Malley. Je suis celui dont la femme a été tuée au passage à niveau de Genoa, Illinois. Vous êtes au courant, non ?...

Elle le regardait avec une expression abasourdie.

— ... Votre père et O'Malley doivent confesser publiquement les torts qu'ils ont envers ma famille. C'est tout ce que je demande. La vérité, c'est tout. Pas l'argent, rien que la vérité... J'ai tenté de me faire entendre de votre père. En vain. Il a beau avoir perdu des millions avec ces déraillements, il s'obstine à ne pas m'écouter. Mais vous, il vous écoutera.

— Oh, mon Dieu, souffla-t-elle, comme si elle venait de se réveiller d'un rêve.

— Moi, j'écouterais ma petite fille. Sauf que ma petite fille est morte. À cause de la politique de votre père et des agissements de O'Malley. Il faut qu'il vous écoute, vous ! Vous comprenez ? Sinon il lui en cuira. Avec tout le monde, la presse, les politiques, tout le monde à bord ! Je provoquerai sa ruine !

Alvarez s'excitait. Il s'était mis à parler à tort et à travers.

— Qui êtes-vous ? prononça-t-elle d'une voix soudain plus grave et vibrante.

Avait-elle seulement entendu tout ce qu'il venait de lui dire ? Le choc de voir soudain révélée sa véritable identité l'avait-il rendue sourde à toute autre chose ? Il se pencha vers elle, son visage si près du sien qu'il sentait son haleine. Et, pour la première fois, il haussa le ton :

— On ne joue pas avec moi !

Comme elle gardait la même expression et ne semblait pas vouloir bouger, il ouvrit en grand la porte de l'armoire et en sortit une petite caméra vidéo numérique qu'il brandit sous son nez :

— Vous voyez ça ?... La chute de votre père sera aussi la vôtre ! Alors que je ne vous veux pas de mal, croyez-moi. Vous me faites pitié. Mais le sort du F-A-S-T, avec tous ses passagers, est entre vos mains, mademoiselle Goheen. En échange, je veux simplement ce à quoi j'ai droit : la vérité. Genoa, Illinois. Parlez-lui.

Sur ces paroles, plongeant sa main dans sa poche, il en sortit 1 500 dollars en billets qu'il lança à ses pieds. Mais elle, elle continuait à le regarder droit dans les yeux. Des larmes roulaient sur ses joues. La peur, se dit-il, pas la compassion.

— S'il vous aime, il fera ce que vous demandez.

Sur ces paroles, Alvarez lui tourna le dos.

— Attendez ! s'écria-t-elle alors qu'il ouvrait la porte pour sortir.

Mais il n'avait rien à ajouter. Il s'élança dans le couloir et se mit à courir, au cas où elle donnerait l'alarme.

19

L'avion de Chicago était plein. Tyler regrettait de ne pouvoir boire un petit verre d'alcool pour lutter contre sa claustrophobie grandissante. Mais comme il avait rempli tous les papiers l'autorisant à garder son arme et ses munitions à bord, la loi lui interdisait de consommer même de la bière. Nell qui, en revanche, transportait une arme sans munitions, put siroter une délicieuse vodka, ce qui le mit bien entendu à la torture.

— Je ne suis pas sûre que cette idée va marcher, déclara-t-elle avant même d'avoir vidé son verre.

— Quelle idée ? La nôtre ou la mienne ?

— Ton idée... Elle ne me plaît pas.

— Pourquoi ? S'il y a eu toutes ces manigances, il y a forcément eu des employés qui ont été mutés...

— Ou licenciés, ou mis en retraite anticipée, termina-t-elle. J'ai très bien compris la première fois que tu m'as expliqué.

— Dans une compagnie aussi gigantesque, on ne peut pas imaginer qu'un événement de cette importance passe inaperçu. Il faut bien qu'il y ait des gens qui aient été au courant, d'une façon ou d'une autre.

— Cette compagnie a été bonne pour moi, Peter. Ils m'ont donné de l'avancement. Ce que d'autres n'auraient peut-être pas fait.

— Tu as déjà choisi ton camp, lui rappela-t-il. Ils avaient envoyé Harry Wells éliminer Alvarez. Ils t'ont menti.

— Ils ont peut-être des excuses. Peur des fuites auprès des journalistes, par exemple. Ou ils ne voulaient pas me mettre dans l'embarras en m'obligeant à te mentir...

Il n'avait pas envie d'entamer une discussion sur la définition du mensonge. Pour lui, c'en était un, un point c'est tout. Les explications de O'Malley dans le bar de l'hôtel avaient été concises et claires, mais largement insuffisantes.

— Tout ce que je te demande, c'est de m'ouvrir la porte de votre service du personnel.

— Service des ressources humaines, corrigea-t-elle.

— Je me charge de poser les questions.

Comme elle n'avait pas l'air convaincue, il précisa :

— Je n'ai aucune envie de te voir perdre ton boulot.

— Non, repartit-elle d'un ton sec, tu veux seulement que je t'aide à démolir la compagnie.

Bon sang ! Il avait le gosier tellement sec ! Si seulement il pouvait avaler rien qu'une gorgée de whisky !

La Northern Union Railroad était propriétaire d'un gratte-ciel Art déco de soixante étages au milieu de Manhattan. Le haut plafond du hall d'entrée avait été peint par la WPA, la Works Projects Administration, un organisme fédéral qui, pendant la grande crise des années 30, avait donné du travail aux chômeurs : une fresque à la gloire du Seigneur Tout-Puissant et des travailleurs. La compagnie occupait vingt étages et louait le reste.

Tyler passa la sécurité en qualité d'agent fédéral et d'invité de Nell Priest. Il attendit en buvant un café que celle-ci termine sa série d'appels téléphoniques.

Il aurait voulu interroger O'Malley à propos de l'identité d'Alvarez. Mais comme il savait qu'il n'obtiendrait aucune réponse de sa part, il s'était rabattu sur une enquête discrète dans les fichiers des ressources humaines de la compagnie. Qui sait ? Il retrouverait peut-être la trace de changements de situation brutaux à l'époque de l'accident de Genoa, Illinois ?

Lorsque Nell raccrocha, il s'exclama presque :

— Si jamais ils découvrent que tu m'as aidé, et si j'ai raison...

— Je sais, coupa-t-elle.

— Cela mérite réflexion quand même. Soit ils t'offrent une promotion pour acheter ton silence, soit ils te virent comme une malpropre.

Tyler se rappelait sa propre expérience douloureuse à la brigade criminelle.

— Ils m'ont offert une promotion.

— Déjà ?

— Une augmentation de salaire, plus d'avantages...

— Mais ils t'ont enlevé l'affaire Harry Wells.

— Tu n'y es pas du tout ! J'ai été mise au courant cet après-midi même par M. O'Malley en personne. Il m'a engagée dans le commando chargé de coincer Alvarez.

— Un commando ?

Il avait sous-estimé O'Malley.

— Je ne t'ai pas parlé de ceux qu'on appelle ses « mercenaires » ?

— Bien, ce qui signifie qu'il ne faut pas que je traîne de mon côté...

Puis, devinant sa réticence, il ajouta :

— ... Tu ne vas pas m'aider ?

— J'ai besoin de savoir d'abord ce que dira O'Malley.

— Eh bien, moi pas, décréta Tyler. Il te manipule, comme il manipule aussi sans doute mon patron Loren

Rucker. Ce dernier doit croire qu'il fait équipe avec lui. Pfft ! Tu parles d'une équipe avec un salaud pareil.

— Tes soupçons sont injustifiés. À mon sens, le coupable est la bureaucratie. Nous sommes une très grosse boîte, tu sais. Après l'arrestation du tueur du rail, on était en train de se refaire une santé, comme toutes les autres compagnies de chemins de fer. La cote en bourse est tout ce qui compte de nos jours. Et elle dépend de quoi ? De l'image qu'a l'opinion publique de ton entreprise. Les marchés financiers ne sont plus seulement le moteur de l'économie, ils sont absolument tout ! Les meurtres de ce psychopathe nous ont fait beaucoup de tort. Nos titres avaient perdu 26 %. Plus le fait qu'on a misé le gros lot sur le F-A-S-T. Plus de 100 millions de dollars. Goheen a vidé sa tirelire et parié sa chemise sur la reprise d'un transport de passagers à grande échelle. Et qui aurait pu imaginer qu'un veuf complètement fou était derrière ces déraillements ? D'ailleurs, on n'a aucune preuve, ce sont juste des suppositions. Tout ce que je veux, Tyler, c'est que tu me laisses consulter O'Malley d'abord.

— Au moins tu es claire, répliqua Tyler d'un ton sec. Mais s'il y a eu négligence criminelle de la part de la compagnie lors de ce tragique accident de passage à niveau, il est possible que vous ayez cherché à sauver la face pour ne pas voir chuter le prix de vos actions. Alors quoi ? Le malheur du pauvre Umberto Alvarez fait le bonheur du reste du pays, hein, c'est ça ? Non, je ne pense pas que ce raisonnement tienne la route.

— Mais ce sont seulement des suppositions !

— Alors prouve-moi le contraire. Fais-moi entrer aux ressources humaines et montre-moi qu'aucun changement de personnel n'a eu lieu après l'accident. Ou, mieux encore, retrouve le dossier de l'enquête. Je suis convaincu qu'il a disparu. O'Malley l'a retiré de la circulation avant même qu'il ne trouve sa place dans un classeur ou sur le disque dur d'un ordinateur. Tu peux toujours m'accuser d'être sceptique. Mais d'abord, prouve-moi que j'ai tort. C'est tout ce que je te demande.

— Bon, d'accord... Mais après ma réunion avec O'Malley.

— O'Malley va se débrouiller d'une façon ou d'une autre pour me faire retirer l'affaire, Nell. Il va organiser son commando de mercenaires et m'écarter. Ta promotion est la première étape. Moi je ne vais pas tarder à gicler. Je t'en prie, j'ai besoin de cette information... Maintenant !

Après mûre réflexion, elle soupira :

— Bien, tu es prêt ? On y va...

Les étages inférieurs du siège social de la Northern Union ressemblaient à un immense labyrinthe de bureaux serrés les uns contre les autres pour former des galeries tortueuses. Ordinateurs. Téléphones. Casques audio. Calendriers muraux. Tasses en plastique. Photos de gosses. Bannières aux couleurs des Yankees, l'équipe de foot de New York. Un environnement d'une lugubre banalité dont la seule originalité consistait dans le nombre impressionnant de photos de trains, de modèles réduits de trains et de posters de trains, disséminés çà et là.

Nell Priest s'efforçait de passer inaperçue des caméras de surveillance en baissant la tête. Elle n'avait aucune raison de se trouver là, et aucune envie d'avoir à répondre à des questions embarrassantes le jour même de sa promotion. Elle expliqua à Tyler que O'Malley avait sans cesse sous les yeux non seulement un écran de télévision branché sur CNN, mais aussi six moniteurs transmettant en alternance les images de vidéosurveillance de dizaines de caméras.

— Ce n'est pas comme s'il pouvait légalement quelque chose contre toi, fit observer Tyler qui marchait à côté d'elle.

— Non, mais il peut me virer. Et à toi, il peut t'en cuire...

— Physiquement ?

— Oui.

— Tu fais allusion à son fameux « commando » ? dit Tyler. Pour qui il se prend, ce nabot ? La CIA ?

— Disons que je me garderais de le pousser dans ses retranchements, dit Nell.

C'était elle qui avait raison. Peut-être O'Malley cherchait-il, en jouant les gros bras, à compenser le fait de n'être qu'un vulgaire vigile, et un vilain petit bonhomme qui plus est.

Aux ressources humaines, Nell s'arrêta dans le bureau d'une certaine Selma Long, une femme sans âge aux allures de sumo noir.

Tyler s'assit sur une chaise tandis que Nell se calait sur une fesse au coin du bureau, exposant ses longues jambes gainées de bas noirs, des jambes dont il avait du mal à détacher le regard. Nell donna à la dénommée Selma un bout de papier où elle avait inscrit la date de l'accident de passage à niveau de Genoa, Illinois.

— Selma, je te présente Peter Tyler, du Bureau national de la sécurité des transports...

Tyler se pencha en avant pour serrer la main charnue du sumo en jupon.

— ... À la Northern Union, continua Nell, nous sommes fiers de collaborer avec non seulement la police locale, mais aussi les agences fédérales, et comme l'agent Tyler m'a posé certaines questions auxquelles je suis incapable de répondre, je me suis dit que j'allais vous consulter.

La grosse femme se tourna gentiment vers Tyler :

— La petite Nell vous a-t-elle dit que toutes les deux nous fréquentons la même église ?

— Non, elle ne m'a rien dit.

— Elle ne vous a pas dit qu'elle chante dans la chorale ? Une voix d'ange...

— Ça ne m'étonne pas, opina Tyler, amusé de voir que Nell rougissait jusqu'aux oreilles. Oui, merci de bien vouloir répondre à quelques questions. Le Bureau voudrait savoir s'il y a eu parmi vos employés des promotions, des mutations ou des mises à la retraite anticipée dans le mois suivant cette date.

Selma le contempla pensivement. Tyler avait les nerfs à fleur de peau. Cette information était la pierre de touche de son enquête, et jamais il ne réussirait à avoir un mandat lui permettant de l'obtenir dans les formes.

Puis elle se mit à taper sur son clavier. Tyler retint un soupir de soulagement. Et croisa le regard de Nell : souriant, lumineux, plein d'espoir. Mais Selma, qui n'avait pas l'œil dans sa poche, les questionna en laissant ses mains en suspens au-dessus des touches :

— Qu'est-ce que vous mijotez, vous deux ?

Puis, se tournant vers Tyler :

— Je n'ai pas demandé à vérifier vos papiers !

Elle fixa ensuite Nell avec une moue désapprobatrice. Tyler lui présenta sa carte du Bureau national de la sécurité des transports.

— Et c'est à quel propos ? demanda-t-elle à Nell en posant la main sur son téléphone.

Nell Priest regarda tour à tour le téléphone et le visage de Selma. D'une voix basse et rauque, elle lui confia :

— C'est important, Selma. C'est tout ce que je peux te dire. Et il vaut mieux que tu n'en saches pas plus, pour ta propre sécurité.

— Je pourrais avoir des ennuis ? C'est ça que tu es en train de me dire ?

Tyler intervint :

— On s'efforce de rester le plus discret possible, pour éviter qu'une délicate affaire ne vienne chatouiller les oreilles des journalistes.

— Et pour préserver la cote de nos actions, ajouta Nell.

Ce dernier argument sembla la convaincre. Elle les considéra tous les deux l'un après l'autre, puis s'adressant à Nell :

— Tu n'es pas en train d'abuser de mon amitié pour toi ? Ne me mens pas !

Après un instant d'hésitation, Nell avoua :

— Si.

— Bon, dit la grosse femme, au moins maintenant on joue cartes sur table.

Nell et Tyler retinrent leur souffle. Mais elle se remit à taper. Au bout d'une minute, elle redressa le front et considéra Nell en penchant la tête de côté :

— J'en ai trois qui remplissent vos conditions. Trois hommes. Ils ont quitté la compagnie un mois après cette date. Deux Blancs. Plus un conducteur noir.

— Un conducteur de locomotive ? s'enquit Tyler.

— Un conducteur, un mécanicien de locomotive et un comptable, dit Selma. Milrose, Stuckey et Markowitz.

Tyler et Nell Priest notèrent les noms.

— Ils s'en sont bien tirés. Presque trop bien, ajouta Selma, si vous voyez ce que je veux dire. Milrose et Stuckey touchent encore la totalité de leur salaire. Ben ça alors, on aura tout vu. Et Markowitz, non content de son salaire, a reçu un paquet d'actions qui va bientôt faire de lui un homme riche...

Elle sourit à Nell Priest avant d'ajouter :

— Grâce au F-A-S-T, on va tous être riches bientôt, hein, Nell ?

C'était la troisième fois que Tyler entendait parler de ce pari technologique de Goheen. L'allusion de Selma déclencha une association d'idées qui le mena à se demander si le F-A-S-T n'était pas l'ultime cible d'Alvarez. Quelle plus belle vengeance, en effet, que l'échec de cet ambitieux projet dans lequel Goheen avait tout misé ?

— Tu as les adresses de ces hommes ? s'enquit Nell.

Après s'être fait un peu prier, Selma déclara :

— M. Markowitz est parti en vacances prolongées. M. Milrose... Tout ce qui le concerne est classé à présent sous le prénom d'une femme : Louise. Louise Milrose. Sans doute la veuve du conducteur de locomotive...

— Et Stuckey ? dit Tyler.

— Il a quitté Pittsburgh pour Washington peu de temps après sa mise à la retraite.

— Washington, marmonna Tyler en fixant sur Nell un regard songeur. Comme c'est intéressant.

— Tu disais qu'il est mécanicien de locomotive, dit Nell à Selma. Alors qu'est-ce qu'il fabriquait à Pittsburgh ? C'est un centre de maintenance ! Tu ne peux pas vérifier ses qualifications, s'il te plaît ?

En maugréant, Selma obtempéra. Après une minute au clavier, elle se racla la gorge :

— Excuse-moi. C'est un électricien. Et il bossait en effet au service de maintenance de Pittsburgh.

Nell Priest déplia ses longues jambes noires et se leva d'un bond en lançant à Tyler :

— Ce sont les électriciens qui sont chargés de l'entretien des passages à niveau !

Tyler se leva à son tour et serra la main de Selma en la remerciant chaleureusement pour son aide avant d'emboîter le pas à Nell, qui déjà enfilait les couloirs à toute allure.

20

Tyler se rendit à Washington par le train de nuit. Il avait envie de revoir sa maison, mais le temps allait lui manquer. Il avait beau n'être parti que depuis quelques jours, cela lui semblait des siècles. Son voyage avait un double objectif : d'une part soutirer des informations à ce Sam Stuckey, cet électricien curieusement mis sur la touche par la Northern Union après l'accident du passage à niveau, et d'autre part s'entretenir avec Loren Rucker, au Bureau de la sécurité.

Deux bières avaient réussi à juguler une nouvelle crise de claustrophobie. Nell Priest dormait à côté de lui, sa jolie tête contre son épaule. Il avait été stupéfait de la voir surgir sur le quai de Pennsylvania Station avec son sac de voyage.

— Une demi-heure après ton départ, lui avait-elle expliqué, O'Malley m'a convoquée dans son bureau. Avant d'y aller, j'ai téléphoné à Selma qui m'a confirmé qu'il l'avait appelée pour l'interroger à propos de notre petite visite.

— Et Selma lui a tout raconté ?

— Elle tient à son boulot.

— Et... ?

— Je ne suis pas allée le voir. Je suis venue tout droit ici te rejoindre.

— Qu'est-ce que tu lui diras ?

— Que j'ai appris à la dernière minute que tu allais à Washington interroger Stuckey et que j'ai pensé qu'il valait mieux avoir un œil sur toi...

— Nell, tu sais que c'est dangereux de jouer les agents doubles.

Après une légère hésitation, elle admit :

— Tu avais raison, l'accident de Genoa ne figure ni dans les dossiers ni dans les fichiers informatiques. Tu as besoin de moi. Écoute, si je ne lui montre pas ma carte de la Northern Union, Stuckey n'acceptera même pas de t'ouvrir sa porte.

La gare de Washington, Union Station, avait été transformée vers la fin des années 80 en un ensemble architectural ultramoderne en marbre et granit comprenant tout à la fois la gare elle-même, un immense centre commercial et des restaurants de grand standing. Il y avait encore foule à 20 heures lorsque Tyler et Nell prirent l'escalator pour sortir.

Tyler regarda autour de lui en se demandant si O'Malley n'avait pas envoyé quelques-uns de ses sbires pour les surveiller. Si Selma lui avait vraiment donné tous les détails, non seulement ils étaient surveillés, mais encore ils allaient peut-être avoir du mal à trouver l'ancien électricien de la Northern Union. À un moment donné, Nell se pencha vers lui pour murmurer à son oreille :

— Sur ta droite, je suis presque sûre que c'est une des nôtres. Elle s'appelle Sumner.

— Elle fait partie du « commando » ?

— Je t'ai déjà dit que je ne savais pas qui appartenait à ce commando. Je ne connais pas la moitié des employés de la compagnie.

— Bon, alors on se sépare.

Dehors, il faisait froid et humide. Tyler tressaillit en voyant la longue file qui pataugeait dans la neige fondue devant la station de taxis.

— Tu n'as qu'à rester ici et tenter de retenir Sumner pendant que j'essaye d'attraper un taxi.

— Mais tu as besoin de moi pour mettre en confiance Stuckey, protesta Nell.

— Et surtout préviens-moi s'il y en a d'autres, répliqua Tyler. Si tu peux, rendez-vous chez Stuckey... Tu as l'adresse. Mais prends garde de ne pas être suivie, si tu tiens à ton salaire.

— Je n'aime pas ça.

— Tu as une autre solution ?

Nell se tut.

— Sumner va te jouer la comédie du « Oh ! quelle coïncidence ! » Elle attendait justement quelqu'un d'autre. Profites-en pour te faire déposer en ville et viens me rejoindre dans l'entrée de l'immeuble de Stuckey. Elle va sûrement prévenir les autres que j'ai filé. Observe-la bien quand elle passera un coup de fil sur son portable. Je compte sur toi.

— Et tu m'attends, promis ?

— On verra. J'attendrai jusqu'à la dernière minute.

Tyler vivait à Washington depuis douze ans, et pourtant il ne s'y sentait pas vraiment chez lui. Trop de mauvais souvenirs restaient attachés à cette ville, songeait-il en suivant du regard le ballet des essuie-glaces qui chassait les flocons de neige du pare-brise du taxi. L'affaire Chester Washington avait définitivement fait de lui un étranger.

Il vit approcher l'immeuble avec une vague nostalgie. Il connaissait chaque ruelle de ce quartier où les maisons vétustes avaient par endroits été rasées pour être remplacées par des résidences modernes sans charme. Ayant pris soin d'appeler Stuckey de New

York en se faisant passer pour le représentant d'une société de téléphonie à prix discount, il s'était assuré que leur homme était bien à la maison. Une fois dans l'entrée, il vérifia si son nom figurait à côté des boutons de l'interphone. Oui, Stuckey, 5B. Mais il s'abstint de sonner. Il attendrait Nell, comme promis.

Cinq minutes s'écoulèrent, puis dix. Il commençait à trouver le temps long quand un livreur de pizza entra dans l'habitacle vitré. Le jeune homme appuya sur un bouton.

— Vous pensez qu'elle se grouillerait en sachant que je me gèle en bas, pesta Tyler. Eh bien, non. Je parie qu'elle est encore dans la salle de bains en train de se pomponner.

La porte d'entrée s'ouvrit pour le livreur. En riant, ravi de la plaisanterie, ce dernier tint la porte pour Tyler.

Tyler, qui, lorsqu'il avait le choix, à cause de sa claustrophobie, préférait toujours l'escalier à l'ascenseur, arriva essoufflé au cinquième étage. Il s'engagea dans le couloir, passa devant les appartements F, E et D, puis tourna un coin avant d'arriver enfin au B. Il se dégageait de la moquette une forte odeur de cigarettes. Une natte en caoutchouc tenait lieu de paillasson. Il lui sembla qu'il marchait sur quelque chose de spongieux. De l'eau ? Une inondation ?

Tyler souleva son pied et regarda. Du sang ! Il fit un bond en arrière. Simple réflexe de flic. Sur le lieu d'un crime, on ne touchait à rien. L'empreinte sanglante de ses chaussures maculait à présent le sol. Le cœur battant, il sortit un mouchoir de sa poche et tourna la poignée. La porte s'entrouvrit, laissant le passage à une odeur qu'il eût reconnue entre toutes... L'odeur de la mort. Et ce n'était pas un hasard s'il y avait du sang sur le pas de la porte. Nell avait eu raison de redouter les sbires du chef de la sécurité de la Northern Union. Ils savaient que Tyler allait rendre visite à ce pauvre diable.

Son téléphone portable à la main, Tyler ouvrit la porte. Devait-il appeler ses anciens collègues de la criminelle ? Ou bien Nell Priest et Loren Rucker ?

J'aurais dû l'attendre ! Attendre Nell, se reprocha-t-il.

Des traces rougeâtres partaient du seuil pour se prolonger, selon un tracé prévisible, jusqu'à une lampe renversée et un corps. Il y avait du sang partout, sur les murs, les meubles, la moquette. Le cadavre était une masse de chair crue. Un spectacle somme toute familier à l'ancien inspecteur. Le nez rentré dans la face, le globe oculaire éclaté. C'était sans doute ce coup au visage qui l'avait tué. Ce n'était pas la peine de vérifier son pouls. Machinalement, Tyler reconstitua la scène : une attaque brutale au moment où la victime répondait à la porte. Stuckey avait été violemment repoussé à l'intérieur de l'appartement et frappé à la tête. Tyler chercha du regard l'arme du crime. Il n'eut aucun mal à la trouver : de couleur foncée, de forme oblongue et arrondie. En bois ou en métal. Elle était couchée à côté de la jambe gauche du mort. Tyler se pencha de côté afin de laisser la lumière du couloir mieux éclairer la scène.

Oui, c'était bien ce qu'il pensait : le bâton noir se terminait par un pommeau et une courroie en cuir. Aucun doute possible : il s'agissait d'une matraque, d'une matraque de flic. Sa vue soudain se brouilla. Pourtant il devait savoir. S'accrochant d'une main au battant, il se rapprocha pour déchiffrer les initiales sur le pommeau. Il sentit sous ses doigts une substance gluante : du sang — il venait de déposer ses empreintes. Et là, sous ses yeux, gravés dans le cuir, s'étalaient deux lettres : P.T.

Deux lettres qu'il avait lui-même tracées avec la pointe de son couteau à l'époque où il n'était encore qu'un bleu dans la police.

— Où es-tu ?

Tyler entendit Nell marmonner quelque chose au chauffeur de taxi, puis elle lui répondit qu'elle n'était plus qu'à un kilomètre.

— Tu avais raison à propos de O'Malley et de son commando, reprit-il.

Jusqu'à quel point devait-il la mettre au courant des derniers développements ? Désormais, en effet, Tyler se trouvait personnellement concerné. Quoi ? O'Malley le prenait comme bouc émissaire ? Il était fou de rage. Une rage dirigée en partie contre lui-même : comment avait-il été aussi aveugle ? Quel imbécile ! Ne pas avoir eu conscience de sa propre vulnérabilité et de l'usage qu'un homme de la trempe d'un O'Malley pouvait en faire ! Tout avait été calculé pour l'accuser, sachant qu'après l'affaire Chester Washington, il aurait grand-peine à se défendre.

— Peter ?

La voix de Nell lui parvint comme étouffée à travers un brouillard épais. Debout sur le palier du cinquième étage de l'escalier de secours extérieur, il hésitait toujours à appeler la brigade criminelle.

— Peter, qu'est-ce qui se passe ? répéta-t-elle d'une voix pleine de chaleur et d'inquiétude.

Finalement, il se décida :

— Stuckey est mort. Ma matraque est couchée à côté de lui. Voilà ce qui se passe. Ils savaient que j'allais venir le voir. Ils ont tout mis en scène pour qu'on croie que je me suis de nouveau laissé aller à cogner un peu trop dur. Je ne sais pas si leur intention était de le tuer, peu importe, ce qui est fait est fait. Mais une chose est sûre : cette matraque m'appartient.

— Sors de là tout de suite !

— Fuir le lieu d'un crime ? Avec tous les indices me montrant du doigt ? Tu te fiches de moi ? Ce serait une erreur fatale. C'est exactement ce qu'ils attendent de moi.

Il s'efforçait de mettre de l'ordre dans son esprit. Son instinct lui disait que la décision qu'il allait prendre maintenant était déterminante pour la suite. Il amorçait un nouveau tournant.

— Quoi que je fasse, je suis foutu. Si j'appelle les flics et que je reste, ils gagnent. Si je me tire, ils vont me poursuivre et je deviendrai un fugitif. En tout cas, il y a un truc qui ne fait pas l'ombre d'un doute, Nell : ils nous cachent quelque chose d'important !

— Prends cette matraque et tire-toi ! Tu as encore des amis dans la police. Appelle-les. Explique-leur...

Elle s'interrompit pour dire un mot au chauffeur. Puis :

— ... Je suis là. Où es-tu ?

— Dans l'escalier de secours. Il y a un interphone en bas. Tu ne peux pas entrer.

— Retourne dans l'appartement. Prends la matraque. Ouvre-moi.

Il ouvrit la porte du couloir. Ses chaussures avaient laissé des empreintes qui partaient du seuil de l'appartement de Stuckey. Il regarda la poignée de la porte : encore des empreintes, digitales cette fois. Sa gorge se noua. Il avait l'impression d'être pris dans des sables mouvants : plus il se débattait, plus il s'enfonçait.

Son portable encore collé contre son oreille, il entendit la sonnerie de l'interphone dans l'appartement. Et dans l'écouteur de son téléphone, la voix de Nell :

— Ça y est, j'y suis. Ouvre-moi. Je vais t'aider.

— Ne touche à rien, ordonna-t-il. Essuie le bouton de l'interphone. Éloigne-toi, je serai descendu dans une minute. Je te retrouve en bas. Je te rappelle.

— Ouvre-moi !

— Non. Ce n'est pas la peine qu'on soit deux dans cette galère. Je te retrouve dans une minute.

— Mais, Peter !

— Il n'y a pas de « mais » !

Il raccrocha. Il réfléchissait à cent à l'heure. Le bon sens lui soufflait d'emporter la matraque, d'effacer ses empreintes et de filer en vitesse. Mais d'un autre côté, il laissait forcément des traces. Ils allaient vite découvrir qu'il avait téléphoné à Stuckey de New York, et qu'un taxi l'avait déposé devant l'immeuble. Avec un soupir, il appuya sur une touche. Son portable composa automatiquement le numéro qu'il n'avait pas pris la peine d'effacer de son répertoire.

— Inspecteur Vale à l'appareil.

— Eddie, c'est moi, Tyler.

— Bon Dieu ! Peter !

Tyler ne tourna pas autour du pot :

— Il y a un macchabée qui refroidit au 14-20 R Street, Northwest, cinquième étage, appartement B. Il a été roué de coups. Ma matraque a été placée à côté de lui. J'ai laissé mes empreintes traîner un peu partout. Je suis bon pour la tôle, après ce qui m'est arrivé avec Chester Washington.

— Où es-tu ?

— À l'adresse que je t'ai indiquée.

— Restes-y.

— Non, je regrette. Vous serez obligés de me coffrer. Il y a trop de preuves contre moi. Et le but de l'opération est de me retirer l'enquête que je mène pour Loren Rucker au Bureau de la sécurité des transports. Je vais filer. Mais je voulais t'avertir avant, pour que les choses soient bien claires entre nous.

— Évite le délit de fuite ! Attends-moi, j'arrive ! Ne te précipite pas.

— Tu verras, il y a une flaque de sang sur le paillasson, alors qu'il n'y en a pas autour de la porte et que le corps est sur la moquette à l'intérieur. Ah ! Ils ont bien monté leur coup. Il fallait que je marche dans le sang, il fallait que je laisse mes empreintes. Même si je n'ai pas une tache de sang sur mes vêtements, il y a ces traces.

Il s'exprimait lentement, laissant à Vale le temps de prendre sa déposition en note.

— Et cette matraque ? Où l'ont-ils trouvée ? Tu as été cambriolé récemment ?

— Je n'ai pas mis les pieds chez moi depuis une semaine. Je n'en sais rien.

— Qui sont ces types dont tu parles ?

— Les vigiles de la Northern Union Railroad.

— Tu plaisantes ?

— Si seulement c'était vrai...

— Appartement 5B. 14-20 R Street, Northwest, répéta l'inspecteur.

— Tu es un pote, Eddie.

— Fais pas le con, Peter, mon vieux.

Tyler parcourut douze blocs à grandes enjambées. Comment allaient s'y prendre ses anciens collègues pour le retrouver ? Car même si Vale était son ami, ils voudraient au moins l'interroger. Il prit le temps de s'arrêter à un distributeur pour retirer, avec trois cartes différentes, la somme totale de 1 200 dollars : 400 par carte, le maximum autorisé. Ce geste allait sans doute jouer contre lui, mais peu lui importait. Ce qui comptait, c'était d'avoir assez d'argent en poche. Car maintenant, il était sûr qu'ils allaient lui bloquer ses comptes.

Pour téléphoner à Nell, qu'il avait chassée de l'immeuble de toute urgence, il préférait utiliser un téléphone public afin de ne pas laisser de trace de cet appel sur les relevés. Il n'avait pas envie de la voir poursuivie pour complicité. Un plan s'échafaudait déjà dans son esprit : elle devait retourner au sein de la compagnie. Car, à son avis, c'était là qu'on découvrirait le secret de toute cette affaire.

Avec un peu de chance, Eddie Vale lui laisserait volontairement de l'avance. Quoique le lieutenant Bridlesman, qui était chargé du secteur, ne permettrait pas à Vale de s'occuper d'une enquête dont le principal suspect était son vieux copain Tyler. Il regrettait d'avoir commis l'erreur de téléphoner sur son portable à Vale chez lui et à Nell dans le taxi. Nell serait forcément interrogée. À Vale, on allait demander pourquoi il avait été le premier flic sur le lieu du crime.

Si le chef de la sécurité n'avait pas reculé devant l'assassinat, c'est que la Northern Union était coupable. Quel qu'ait été le rôle de ce malheureux Stuckey dans la tragédie de Genoa, il ne méritait pas de mourir ainsi. Il devait en savoir assez long pour inculper O'Malley et peut-être même Goheen.

En attendant, il était devenu un fugitif, se dit-il en se remémorant les trois axes directeurs de la chasse à l'homme : communications, dépenses, transports. Il avait réglé le problème des deux premiers en se munissant de liquide et en cessant de se servir de son portable. Restait le troisième. Comment se déplacer en restant invisible ? Il ne pouvait pas louer de voiture sans présenter sa carte de crédit, par exemple. Prendre l'avion était hors de question parce qu'il fallait montrer une pièce d'identité. Ce qui lui laissait quoi ? Le vol de voiture, l'auto-stop, le train et le car. Les gares Greyhound et les gares ferroviaires étaient équipées de vidéosurveillance : Tyler s'en était bien servi lui-même pour traquer Alvarez... Il se demanda jusqu'où irait la police pour le retrouver. Et jusqu'où irait O'Malley, de son côté.

Une idée lui vint : l'embouchure du Potomac. Les quais au bord du fleuve. Un endroit où il avait jadis patrouillé, où personne ne vous demandait jamais rien. Surtout qu'il connaissait une ou deux personnes à bord des cargos...

Tandis que ce plan prenait forme, il songeait qu'ils n'avaient peut-être pas eu l'intention, au départ, de tuer le pauvre Stuckey. O'Malley aurait seulement donné l'ordre de l'amocher assez pour l'envoyer à l'hôpital en guise d'avertissement. Mais alors, pourquoi la matraque ? Et le sang visqueux répandu sur le paillasson ? Toute cette mise en scène qui l'accusait, lui, Peter Tyler ? Restaient les deux autres « témoins gênants » de la tragédie de Genoa : Milrose et Markowitz. Il devait se mettre d'urgence en communication avec eux... À moins que O'Malley ne leur ait déjà rendu une de ses petites visites amicales ?

21

— Que c'est beau, soupira Nell Priest en s'appuyant au bastingage du cargo le *Nannuck*.

La beauté de l'océan était bien le dernier souci de Tyler. Il lisait sur la carte les noms qui jalonnaient leur itinéraire : Goose Island, Fox Ferry Point, Fort Fotte Park, Mount Vernon, Gunston Cove, Hallowing Point. S'il levait les yeux, il voyait l'horizon teinté de rose au-delà de Craney Island.

— Tu es sûre de vouloir venir avec moi ? demanda-t-il à Nell encore une fois.

— À ma place, tu resterais la fidèle servante de O'Malley ?

— C'est dangereux, tu sais.

— Ce type a donné l'ordre de fracasser le crâne d'un ancien de la compagnie. Et moi, je suis quoi là-dedans ? Une salariée sur le point d'être licenciée ? Mais ce n'est pas tellement ça, Peter. Ce n'est pas parce que j'ai peur. J'ai choisi mon camp, voilà tout. Je ne veux plus travailler pour ce criminel. Je me sens encore liée par le devoir à la compagnie, mais pas à lui, ça, non.

Tyler fronça les sourcils. Si seulement ils pouvaient trouver un moyen d'empêcher O'Malley de nuire.

— Ne démissionne pas. Si tu continues à travailler pour lui, on aura plus facilement accès à certains renseignements.

— Si ça peut t'être utile, alors, d'accord, c'est entendu, Peter.

Il caressa sa joue du bout de ses doigts, s'efforçant de lui exprimer à la fois sa reconnaissance et sa tendresse.

Sur le pont du cargo, dans la lumière de l'aube et le vent chargé d'embruns, Tyler et Nell pouvaient parler sans crainte d'être entendus par le capitaine ou les hommes d'équipage. Tyler referma le portable de Nell et le rendit à sa propriétaire. O'Malley allait-il surveiller aussi ses appels à elle ? Il était capable de tout, non ? Il saurait alors qu'il avait téléphoné à l'étranger.

— Je l'ai réveillé, dit-il à Nell. Markowitz. Le seul des trois anciens de la Northern Union à avoir quitté le territoire américain.

— Et il a accepté de te parler ?

— Markowitz ne s'est pas mouillé, il m'a laissé poser mes questions. J'ai évoqué l'accident et lui ai annoncé que Melrose était sans doute mort, et que nous avions la certitude que Stuckey avait bel et bien été assassiné. Je lui ai rappelé au passage que mentir à un agent fédéral était un délit. Il m'a écouté attentivement.

Nell se tut. Elle portait une veste en ciré vert bouteille qui, malgré sa simplicité, avait l'air d'avoir été taillée sur mesure par un grand styliste.

— Puis il a tenté de me soutirer une garantie d'immunité au cas où il accepterait de me parler. Ce n'est pas lui qui a réclamé une mise à la retraite anticipée. Ça t'étonne ? On la lui a offerte sur un plateau. Mais à sa connaissance, personne n'a commis de meurtre proprement dit. Une négligence, peut-être, d'un point de vue légal en tout cas. Mais pas un meurtre.

— Ce qui signifie ?

Tyler la contempla un instant en silence. Elle était si belle. Il se retint de poser sa main sur la joue de la jeune femme, de la prendre dans ses bras, de la serrer contre lui.

— Il prétend qu'il ne sait rien, mais je pense que chacun doit détenir une pièce du puzzle. Maintenant, est-il encore possible de rassembler toutes ces pièces, c'est une autre affaire. Quand ils l'ont mis sur la touche, il a récolté autant d'informations que possible. La comptabilité était apparemment truquée. Il a seulement réussi à mettre la main sur certains listings qui, d'après lui, ne pourront jamais constituer une preuve suffisante...

Nell croisa les bras, la mine soudain renfrognée.

— Autrement dit, tout cela ne mène à rien.

Pensant, à tort, qu'elle regrettait de l'avoir suivi dans cette équipée, il soupira :

— Aussitôt qu'on aura débarqué, tu pourras rentrer et oublier toute cette affaire...

— Ne dis donc pas de bêtise, Peter. Ce n'est pas ça du tout. Tu es trop susceptible. J'ai pris ma décision, je ne reviendrai pas dessus...

Tyler esquissa une grimace. Il n'aimait pas les disputes.

— Il va nous falloir un mandat du juge pour inciter Markowitz à présenter ses fameux listings.

— Quel est le rapport entre cette comptabilité truquée et l'accident du passage à niveau ? A-t-on tenté d'acheter le silence d'Alvarez ?

— Ils ont peut-être graissé la patte de l'avocat d'Alvarez, suggéra Tyler. Hélas, l'avocat n'a pas fait long feu. Je te rappelle qu'il est mort.

Un silence. Tyler reprit :

— Markowitz a comparé cette falsification des documents comptables avec celle qui se pratique parfois à la NASA quand il y a un problème imprévu sur un programme, qui nécessite des sommes gigantesques pour être réglé. Comme dans l'histoire des Viking Landers sur Mars. Si la NASA avait réclamé une rallonge au

Congrès, il leur aurait fallu attendre le vote, ce qui les aurait retardés de plusieurs mois...

— Donc ils ont pioché dans l'enveloppe budgétaire des autres programmes, termina Nell avec un sourire en coin. Et c'est ce genre de procédé qu'a employé la Northern Union, c'est ce que tu es en train de me dire ?

— C'est ce qu'avait l'air de suggérer Markowitz. Mais il ne savait pas si l'ordre venait du conseil d'administration ou de Goheen en personne.

— Et quel rapport avec l'histoire du passage à niveau ?

— Goheen est obsédé par le futur train à grande vitesse.

— Le F-A-S-T. Oui, c'est vrai, je peux en témoigner, opina Nell.

— Pour lui, il représente l'avenir des transports.

— On ne parle que de ça dans les couloirs de la compagnie. C'est notre seul projet, en fait.

— Eh bien, à entendre Markowitz, ce projet est un gouffre financier depuis le départ.

— Oui, à cause de la ligne.

— La ligne ? Qu'est-ce que cela veut dire ? Tu peux avoir l'obligeance de me traduire ?

— Oui, tu comprends, en Europe, les trains roulent sur des rails soudés.

— Et dans notre pays, la plupart des voies ne sont pas encore soudées, c'est ça ?

— Pire, nos voies ne sont pas assez inclinées pour la grande vitesse. Il est impossible d'incliner des voies existantes sans débourser des milliards. C'est pourquoi Goheen a eu la bonne idée de refaire la voie du Metroliner, l'express Washington-New York, avec des rails soudés, puis il a imaginé un programme de guidage destiné à incliner chaque voiture avant les virages.

— C'est donc là que l'argent a été dépensé.

— Oui. Sans cette technologie, les voies non inclinées éjecteraient les voitures dans les virages à grande vitesse. Le train se redresse ensuite sur les sections droites. Tout est guidé par satellite, avec la technologie GPS militaire, pour assurer une meilleure précision. Mais je parle de cette technologie comme si j'étais au courant, alors que je ne fais que répéter des rumeurs. À part quelques individus du sérail, personne ne sait grand-chose. Ils ont gardé le secret pour protéger les brevets.

— Bon, eh bien, voilà où la comparaison de Markowitz avec les programmes de la NASA se justifie. Lorsque le programme de la navette spatiale a eu besoin d'argent, le projet du voyage sur Mars a dû être abandonné. C'est comme pour la Northern Union. Où est-ce que Goheen est allé chercher tous ces milliards ? Il ne pouvait pas mettre la main sur les fonds de pension, parce que ces derniers sont contrôlés par les syndicats, alors il a pioché dans l'enveloppe consacrée à l'entretien et la maintenance, pardi !

Nell se détourna pour offrir son visage à la caresse salée du vent. Elle prononça d'une voix sourde :

— Ce qui expliquerait les déraillements. La maintenance représente une énorme part du budget global. Ce service s'occupe de l'entretien des wagons, des voies, des...

— Passages à niveau ?

— Mon Dieu, souffla-t-elle.

— Je te rappelle que Stuckey était électricien sur un chantier ferroviaire. Markowitz connaissait son nom parce que Stuckey s'était plaint de ne pas avoir assez d'argent. Le boulot de Markowitz consistait à le bercer de fausses promesses. La vérité, c'était que l'argent de la maintenance passait dans le projet de train à grande vitesse. Et le jour où, à cause de ce défaut de maintenance, le passage à niveau de Genoa n'a pas fonctionné, entraînant la mort d'une femme et de ses enfants, Stuckey s'est vu proposé une somme qu'il n'aurait pas rêvé de gagner, sauf au loto. À condition qu'il la boucle et qu'il prenne sa retraite bien gentiment.

Tyler se dit qu'il tenait là toute l'explication. Il lui suffisait à présent de se faire envoyer les listings truqués — les seules preuves tangibles — par l'ancien comptable, et d'aller trouver son patron, Loren Rucker. Mais un doute soudain le saisit : et si Loren était complice ? Et si Loren avait été l'agent du Bureau chargé de l'enquête après l'accident de Genoa ? Après tout, il connaissait O'Malley depuis des années. N'avaient-ils pas été ensemble sous les drapeaux ? L'armée, c'est bien connu, scelle de solides amitiés.

La voix douce et affectueuse de Nell lui parvint, assourdie par le bruit du vent.

— Peter ? Qu'est-ce qu'il y a ?

La gorge nouée d'angoisse, il énonça :

— Rucker m'a engagé sur cette affaire parce que O'Malley lui a demandé de trouver quelqu'un qu'il pouvait facilement faire sauter.

Nell rapprocha tendrement son visage du sien.

— Si je les menais jusqu'à Alvarez, continua Tyler, ils le tueraient, comme ils ont tué Stuckey — en le rouant de coups. Leur vilain petit secret serait enterré en même temps que le Latino. Et tout ce que je pourrais dire serait mis sur le compte du désespoir d'un forcené.

— Tu n'es pas un peu parano ?

— Tu crois ? Alors pourquoi est-ce que Rucker m'a offert ce job ? Moi, un paria de la police...

— À cause de ton expérience à la criminelle.

— Vraiment... Je me demande.

Elle posa sa main sur son bras.

— Ne nous affolons pas, surtout. Voyons. À ton avis, Markowtiz accepterait-il de témoigner ?

— J'en doute, dit Tyler. Il a trop peur.

— Alors, quelle est la prochaine étape ?

— Alvarez. Tant qu'il est en vie, l'accident de Genoa ne peut pas être effacé.

— Si je comprends bien...

— Il va falloir trouver Alvarez avant O'Malley.

Sous un ciel plombé et une pluie serrée, Baltimore ressemblait étrangement à une ville fantôme. Le refrain d'une chanson revenait à la mémoire de Tyler : *Ain't no one in Baltimore no more.* Il n'y a plus personne à Baltimore, répétait une petite voix dans sa tête tandis que le cargo s'apprêtait à mouiller dans le port. Nell Priest replia son portable en annonçant :

— On aura un taxi dans dix minutes. Que fait-on maintenant ?

— On trouve un hôtel, on dort, on prend une douche...

— Je ne voudrais pas jouer les oiseaux de malheur, mais O'Malley va remuer terre et ciel pour te mettre en garde à vue.

— Qui va-t-il envoyer à mes trousses ? Tes collègues ou mes anciens amis ?

— Les deux. Une fois que tu seras sous les verrous, ils n'auront plus qu'une personne à craindre : Alvarez.

— Et *toi,* lui rappela Tyler.

— S'il me soupçonne d'être au courant, il essayera soit de m'acheter soit de me discréditer. Dans les deux cas de figure, je démissionne.

— Je préfère quant à moi que tu restes dans la boîte. C'est beaucoup mieux pour nous.

— Tu plaisantes ?

— Tu pourrais porter un micro. Il va peut-être se trahir devant toi... Bon sang ! Il doit bien y avoir des preuves quelque part de la négligence de la compagnie dans cet accident de passage à niveau. Sinon, ils ne seraient pas allés si loin...

— En général, ce genre de chose se règle à coups de millions de dollars... Ça leur coûterait quoi ? Dix, quinze millions pour la femme et les enfants d'Alvarez ?

— À mon avis, plutôt cent.

— Non, c'est impossible.

— Et si Alvarez exige un procès en bonne et due forme ? Et des excuses publiques ? La presse s'en mêle... Tu peux être sûre qu'ils ont détruit tous les dossiers suspects.

Après une pause, Nell avança :

— Et si on allait plus loin dans les suppositions. Et si on disait que la compagnie était au bord de la faillite ?

— Un procès de ce genre dévoilerait le pot aux roses. Il y aurait des questions, les actionnaires exigeraient un audit.

Le portable de Nell grelotta dans son sac à main. Elle ne répondit pas. Sans doute la Northern Union qui réclamait sa présence. Elle lui prit la main et, le regardant droit dans les yeux, murmura :

— Je voudrais me persuader que Bill Goheen est un homme honnête. C'est un visionnaire. Il a du charisme. C'est le genre de type qu'on acclamerait volontiers. Je le vois tellement mal donner l'ordre de battre à mort un innocent. Non, c'est O'Malley le coupable. Et il ne voulait pas sa mort. Il voulait une nouvelle affaire Chester Washington. Que le pauvre type ressorte du tribunal avec la tête comme un ballon de foot. Mais ils sont allés trop loin. O'Malley est coincé. Si Goheen est intelligent, il dénoncera son chef de la sécurité et se lavera les mains de toute cette histoire.

— S'il était aussi honnête que tu le dis, il l'aurait déjà fait, observa Tyler. Un type comme O'Malley doit avoir des dossiers sur tout le monde.

— Décidément, tu es parano.

Tyler serra doucement sa main.

— Le taxi est arrivé. Tu sais, mon boulot, ce n'est pas d'empêcher Alvarez de provoquer le déraillement du F-A-S-T, car je sais que c'est de cela qu'il s'agit. Je dois le protéger. Il est notre témoin. S'il disparaît, personne ne saura jamais la vérité sur l'accident du passage à niveau de Genoa. Tu sais ce que je pense : O'Malley a envoyé Harry Wells à la poursuite d'Alvarez pour l'éliminer. En lui collant l'étiquette de « terroriste », ils auront rendu service à la patrie. On les décorera.

L'escalier du perron de l'hôtel était flanqué de deux ancres prétentieuses. Pourtant, le Maritymer ressemblait plutôt à un motel miteux avec son hall d'entrée tapissé de faux miroirs un peu crasseux. Quarante chambres sur deux étages. Tyler en choisit une au rez-de-chaussée, à cause des portes-fenêtres à glissière qui donnaient sur la piscine couverte pour l'hiver.

Nell ressortit presque immédiatement : pour lui acheter une nouvelle paire de chaussures. Pas question de garder celles dont les empreintes sanglantes parsemaient l'appartement et les couloirs de l'immeuble de Stuckey. Elle revint près de deux heures plus tard avec des chaussures légèrement montantes en cuir fin. Tyler s'exclama :

— Mais je ne t'avais donné que 80 dollars !

Nell esquissa un petit sourire :

— Je ne pouvais pas t'acheter des baskets avec toute cette gadoue qu'il y a dehors. Et puis j'ai bien le droit de t'offrir un petit cadeau.

Et elle lui rendit ses quatre billets de 20 dollars.

— Comment as-tu payé ? s'enquit-il d'un ton sec, les nerfs à fleur de peau.

Comme elle ne répondait pas, il la pressa :

— Tu sais ce que j'ai dit à propos des cartes de crédit... Si O'Malley n'arrive pas à te joindre au téléphone, il va chercher à te retrouver autrement.

— Ce n'était pas exactement une carte de crédit, protesta-t-elle, l'air penaud. Je me suis servie de ma carte de cliente Nordstrum. J'ai mis les chaussures sur mon compte...

— Oh, non ! s'exclama-t-il en plissant les yeux, affolé soudain par l'impression que la pièce se rétrécissait, que les murs et la baie vitrée bougeaient, se rapprochaient de lui, menaçaient de l'étouffer.

— Je sais que tu as été flic, mais à mon avis ils sont moins malins que tu ne le penses, dit Nell.

— Je te parle pas des flics, voyons ! hoqueta-t-il en avançant la main vers son sac à main.

Elle se recula. Il lui arracha son sac. Il réussit cependant à en extraire le portable. Il l'éteignit.

— Quand t'en es-tu servie pour la dernière fois ?

— Avec toi, pour appeler un taxi, sur le bateau.

Il jeta le portable au fond du sac et le lui rendit en soupirant :

— Je suis trop con. Un appel à une société de taxis de Baltimore ! On est cuit...

Jetant un coup d'œil à sa montre, il ajouta :

— Ils sont peut-être déjà dehors.

— Bon, il va falloir filer d'ici au plus vite, déclara Nell, sans se laisser démonter.

— Comment ? En appelant un taxi ? ironisa-t-il.

— Elite. Location de voitures. Ils peuvent venir nous chercher ici pour nous amener à l'agence...

— Et tu leur présenteras gentiment ta carte de crédit ?

— Oui. Je loue une voiture et je rentre à New York. Je te dépose où tu veux. Je leur dirai que tu m'as volé mon portable et que tu as profité d'un arrêt dans une station-service pour t'enfuir.

Il opina. C'était une bonne idée. Les murs autour de lui reprirent leur place. Il prit une grande inspiration et s'assit au bord du lit pour feuilleter les pages jaunes de l'annuaire.

Tyler surveillait la cour de l'hôtel à travers les stores vénitiens des portes-fenêtres. À la nuit tombée, une chape grise avait recouvert la ville. Dans quelques minutes seulement, le chauffeur de l'agence Elite allait leur amener leur pick-up de location. Il commençait à s'impatienter quand il vit surgir une voiture de patrouille de la police de Baltimore. Elle se figea devant la porte de la réception. Un policier en tenue en sortit et entra dans le bâtiment. Tyler sentit un frisson glacé descendre le long de sa colonne vertébrale. O'Malley avait dû localiser l'appel de Nell et avertir les autorités.

Il prit aussitôt Nell dans ses bras, la serra contre lui tout en lui maintenant le poignet dans le dos.

— Le nom de ton teinturier, susurra-t-il.

— Quoi ?

Leurs lèvres étaient proches. Les yeux de Nell, agrandis par l'étonnement, semblaient immenses.

— Le nom de ton teinturier, répéta-t-il.

— Ming Ling.

— Bon, eh bien, si tu reçois un message de Ming Ling sur ton répondeur, sache que le numéro de ton reçu correspondra au code de la zone du numéro de téléphone où tu peux m'appeler. La somme due à la suite des chiffres.

— Entendu, souffla-t-elle, le visage teinté d'ombre.

— Et n'oublie pas : appelle-moi d'une cabine. Et prends soin de déposer du linge chez le teinturier.

Sur ces paroles, sans la lâcher, il arracha la prise téléphonique du mur, puis le fil de l'appareil téléphonique tout en lui expliquant malgré ses protestations :

— Je t'ai fait embarquer de force à bord de ce cargo. J'ai quitté l'hôtel il y a vingt minutes...

— Peter !

Il l'obligea à s'asseoir sur une chaise et lui attacha les mains dans le dos avec le fil téléphonique.

— Et fais attention, tu dois avoir l'air furieuse contre moi, surtout, dit-il en déposant un baiser sur sa joue.

— Ça, ce sera pas difficile !

— Désolé si ça fait mal.

— Oui, ça fait *très* mal.

— Je me suis excusé.

S'emparant de la couverture d'appoint dans l'armoire, il sortit par une des portes-fenêtres en jetant un dernier regard à Nell.

Tyler était allongé sur la couverture qui le protégeait de la morsure de la glace qui recouvrait la piscine. Il s'était glissé sous le couvercle de protection en contreplaqué et s'efforçait de compter le nombre de flics d'après les voix : trois, quatre ? En tout cas, c'est bien lui qu'ils cherchaient. Mais ces flics-là, ceux des patrouilles, n'étaient pas du genre obstiné. Ils se décourageraient vite. Ils aimaient trop la chaleur de leur voiture.

Une voix grave d'homme s'exclama soudain :

— Il y a beaucoup trop d'empreintes par ici ! On n'y voit rien.

En fait, s'ils s'étaient donné la peine d'observer, ils auraient remarqué que la plupart étaient de petite taille, laissées par des enfants jouant dans la neige. Et ils auraient aisément retrouvé ses pas depuis la baie vitrée derrière laquelle ils avaient trouvé Nell attachée jusqu'au bord de la piscine.

— Rien par ici non plus ! hurla un deuxième flic.

— Il est peut-être sorti par-derrière ! suggéra un troisième. Jimmy ! Appelle pour demander que toutes les patrouilles ouvrent l'œil au cas où un type se promènerait à pied dans le quartier.

Parfait, ainsi toute la police motorisée de la ville de Baltimore allait avoir sa description. Il ferma les yeux. Chaque respiration était un supplice dans l'atmosphère renfermée du minuscule espace où il était caché. Oppressé par une foule de sensations angoissantes, il ferma les yeux, dans l'espoir que le noir atténuerait sa claustrophobie. Mais le froid intense le fit encore plus souffrir. Le piège resserrait son étreinte sur lui.

Les voix policières continuaient à résonner dans la cour, indistinctes à présent. Comme il tendait désespérément l'oreille, il entendit soudain un bruit, comme si quelqu'un donnait un coup de marteau dans le contreplaqué. Un deuxième coup. Crack ! Puis un troisième. Crack ! Au début, il se crut découvert. Mais une détonation plus forte que les autres lui fit comprendre que cela venait d'en dessous : la glace... elle était en train de fondre sous la chaleur de son corps. Crack ! Encore une fois.

Tyler lutta de toutes ses forces contre l'impression d'être happé par une mâchoire géante et, comme un mort-vivant sortant de son tombeau, il repoussa des deux mains le couvercle et après avoir rampé vers le bord, se mit debout, pâle, tremblant, trempé de sueur.

Le policier était plus proche de lui qu'il ne pensait. Il pivota sur lui-même en posant la main sur son pistolet. Tyler bondit tête baissée, lui arracha l'arme, le poussa vers la piscine à moitié ouverte. Le flic trébucha sur le rebord, dérapa et glissant sous le couvercle à demi relevé, disparut dans l'eau glacée dans un craquement. Tyler, se tournant vers l'hôtel, aperçut Nell entre les deux autres flics en tenue qui, manifestement, l'interrogeaient. Il s'immobilisa soudain, fasciné par la vue de cette femme, qu'il trouvait soudain d'une beauté irréelle. Nell... Il l'avait bel et bien dans la peau. Et il n'avait aucune envie d'être en cavale, réduit à mener la vie d'un de ces pitoyables fugitifs, un de ces êtres pathétiques dont la tête était mise à prix. À cet instant, il croisa le regard de la jeune femme, et aussitôt, ce fut plus fort que lui, il prit la fuite. Il entendit des cris mais ne ralentit pas sa course. Il savait que les agents de police n'ont pas le droit de tirer à moins de se trouver en légitime défense. Et puis ils devaient s'occuper d'extraire leur collègue de la piscine.

Arrivé au bout du parking, il bifurqua vers la gauche et courut sur un trottoir défoncé le long d'une palissade en bois. Il entendit le bruit avant de l'identifier : *cha-cha-boummmm, cha-cha-boummmm.* Un train de marchandises traversait lentement les quartiers Nord de Baltimore.

Il jeta un coup d'œil par-dessus son épaule : un flic en uniforme était encore à ses trousses. Tyler prit la première allée à gauche, traversa un terrain vague recouvert de neige et se mit à courir à côté d'un wagon. Vite. Plus vite. Il se saisit d'une barre d'acier. Se cramponna. Se hissa à bord.

Quand le policier arriva au bout de la palissade, le train avait pris de la vitesse — il n'était plus question de monter en marche.

Tyler reprit son souffle, étonné lui-même par son exploit, et se disant que désormais la frontière était mince entre lui et l'homme qu'il poursuivait. Alvarez. Celui qu'il devait coûte que coûte arrêter... avant qu'il ne soit trop tard.

Le train roulait à présent au milieu des bois touffus du Maryland. Il attendait avec impatience l'occasion de sauter. À l'heure qu'il était, la police s'était renseignée sur le parcours et les horaires du convoi de marchandises. À plusieurs reprises, il avait été tenté de lâcher prise, mais chaque fois le souvenir du corps de Harry Wells l'avait retenu. Finalement, il avisa une main courante sur le coin arrière du wagon. Il profita d'un ralentissement pour se pencher au maximum et agripper la barre. Son pied glissa. Il resta un instant suspendu au-dessus du ballast qui défilait à toute allure en contrebas. Puis ses doigts serrèrent quelque chose de dur et de froid. Il s'aplatit contre la paroi d'acier puis, dans un ultime sursaut, il ferma les yeux en pensant à Nell et se projeta dans le vide — *cha-cha-boummmm, cha-cha-boummmm...*

Il s'écrasa sur la terre glacée, roula sur lui-même, rebondit sur un talus pour s'enfoncer aussitôt dans un buisson de ronces qui lui déchira la peau.

Quand il s'immobilisa enfin, il avait mal à toutes les articulations. Sa respiration était rauque et sifflante. Il bougea doucement ses membres, l'un après l'autre. Rien de cassé.

Le bruit du train se perdit au loin — *cha-cha-boummmm, cha-cha-boummmm.*

Il n'avait aucune idée de l'endroit où il se trouvait. Mais il savait où il voulait aller.

22

— Tu es photographe, dit Alvarez.

— Je ne suis qu'une crève-la-faim. Mais il faut bien commencer quelque part, dit Jillian.

Il n'avait pas remarqué la décoration de l'appartement lors de sa première visite, aveuglé par sa propre fatigue et la sensualité de sa rencontre avec Jillian. Mais à présent, les photographies noir et blanc de New York accrochées dans tous les coins lui sautaient aux yeux. Des sans-abri, des scènes dans le métro, des chauffeurs de taxi, des vendeurs de rue. Elle avait un talent fou. Il ramassa un des nombreux livres de poche qui s'empilaient sur les quelques meubles bon marché, sans doute récupérés sur les trottoirs ou achetés dans des vide-greniers.

Jillian avait un air à la fois étonné et boudeur.

— Comme tu es parti sans un mot, je m'étais dit...

Elle laissa sa phrase en suspens. Le regard dans le vague. Puis elle reprit :

— Je suis folle. Ta femme et tes enfants... Quand on s'est rencontrés au restaurant, tu m'as fait pitié. Mais après la nuit qu'on a passée ensemble, je me sens autre... vraiment. Je ne sais pas quoi penser.

Elle se laissa tomber au bord de son lit. Alvarez se tenait debout devant elle, confus lui aussi. Il ne s'attendait pas à la trouver aussi désespérée.

— Je ne te demande pas de comprendre, dit-il.

— Comprendre quoi ? On a baisé. C'était super. Non ? Tu reviens pour ça ?

— Non !

— Qui es-tu ? Qu'est-ce qui se passe ?

Il s'assit doucement à côté d'elle.

— Ils ont tué les trois personnes qui m'étaient le plus cher au monde. Un accident, d'après eux. Mais moi j'accuse l'avidité et l'ignorance. Et eux, que font-ils ? Ils blâment ma femme.

— Tu m'as menti.

— Oui, admit-il. Mais pas sur tout.

Un long silence.

— Qu'est-ce qui se passe ? répéta-t-elle.

Il lui raconta l'accident par le menu, décrivant la panne du passage à niveau.

— Quand tu perds un enfant, quand tu en perds deux, tu ne peux pas expliquer ce que cela te fait. Tu dois vivre avec, mais tu peux en mourir. Dois-je avoir honte de ne pas ressentir la même chose pour ma femme ? Elle me manque terriblement, oui. Mais, d'une certaine façon, j'accepte de l'avoir perdue, alors que les enfants...

— Tu devrais partir.

— C'est compliqué.

— Tu aurais dû me dire, dit-elle tristement.

Il secoua la tête, incapable d'exprimer les sentiments qui l'habitaient, déçu de ne pouvoir partager sa colère avec elle. Il fit mine de se lever.

— Je suis censée te pardonner ? questionna-t-elle en le retenant par le bras.

— Tu m'as demandé de partir, souffla-t-il.

— Je me suis trompée. Écoute, tu es bien tombé pour moi. Je n'ai aucun homme dans ma vie en ce moment. Et je m'emmerde au boulot. Je m'emmerde même au night-club. Avec toi, j'ai l'impression de revivre... Reste. Je t'en prie. Pour cette nuit.

— Tu veux me sauver, je le vois dans tes yeux.

— Comment peux-tu en être si sûr ? Rien que cette nuit, allez.

— Pourquoi crois-tu que je suis revenu ?...

Il sortit de sa poche une cassette vidéo qu'il lui tendit : l'enregistrement de la chambre d'hôtel.

— ... Tiens, s'il m'arrive quoi que ce soit, envoie ça au *New York Times*. Et surtout, ne la regarde pas. Tu me promets.

— C'est promis.

Il s'allongea sur son corps souple, huma son parfum, s'abreuva à sa chaleur. Puis il murmura dans ses cheveux :

— Je ne peux pas.

— Encore un mensonge ?

Mais il roula sur le côté et, couché sur le dos, regarda le plafond.

— Encore un mensonge, confessa-t-il.

Elle posa une main sur sa joue pour l'obliger à tourner son visage vers elle.

— Rien que pour cette nuit... Pour le souvenir.

— Encore un... J'en ai trop, des souvenirs.

— Tu n'as qu'à t'en fabriquer un neuf pour effacer l'ancien.

Elle parlait de leur première nuit. Ses yeux lui souriaient. Elle lui offrait un moment d'oubli. Il accepta son offre.

23

Georgetown, Washington. Tapi dans l'ombre devant chez Loren Rucker, Tyler contemplait d'un air dubitatif la maison en brique aux volets noirs et à la porte peinte en rouge. La rue tranquille, bordée de belles demeures du XVIIIe siècle, lui rappelait tout ce qu'il aimait dans cette ville : l'histoire, le pouvoir politique, l'architecture, les arts, les musées gratuits, les festivals de musique l'été et les feux d'artifice les jours de fête nationale. Il avait l'impression d'avoir été exilé. Une sourde rancœur lui donnait presque la nausée.

Loren Rucker symbolisait désormais pour lui tout ce qui était détraqué dans le système. Et surtout, dans l'esprit de Tyler, son patron péchait par excès de prudence. Si Rucker avait, comme il le soupçonnait, contribué à enterrer l'affaire du passage à niveau de Genoa, il avait dû se constituer un dossier suffisant contre O'Malley pour ne pas se retrouver à la botte de ce dernier.

Tyler se frotta les bras en dansant d'un pied sur l'autre. Il gelait à pierre fendre. Il lui semblait qu'il avait froid depuis une éternité. Il avait à peine eu le temps de se réchauffer pendant ses deux trajets en autocar, le premier juste après avoir sauté du train, dans un Greyhound qui l'avait ramené à Baltimore, le second dans la navette Baltimore-Washington. Il n'avait plus que 800 dollars dans son portefeuille après son voyage en cargo avec Nell. Il avait acheté un sandwich dinde-mayonnaise dans une boutique à la gare routière Greyhound. Deux gobelets de café pris au comptoir d'un Starbuck l'avaient brièvement rechargé en énergie. Trop brièvement, hélas.

À un moment donné, une grosse voiture se gara un peu plus haut dans la rue. Tyler se renfonça dans les buissons. C'était Loren Rucker. Il le reconnaissait à sa démarche d'ours, à ses épaules tombantes. Il portait un vieux cartable en cuir.

Était-ce l'effet du café ou d'une décharge d'adrénaline ? Toujours est-il que Tyler crut que son cœur allait exploser dans sa poitrine. Il sortit de l'ombre pour apostropher son patron :

— Bonsoir, Loren !

Loren Rucker sursauta puis se retourna et, d'un air consterné, lui dit :

— Vous êtes dans un de ces merdiers, Tyler.

— Ah bon, alors nous sommes deux.

— La police veut vous interroger.

Comme Tyler se taisait, Loren Rucker s'exclama :

— Mais que se passe-t-il, enfin ?

— Et si vous m'invitiez à entrer ? Je suis gelé.

— Vous avez une sale mine, Tyler.

— Vous commencez à comprendre.

— Dois-je en déduire que vous avez besoin de mon aide ?

— Vous savez bien que je n'ai pas tué Stuckey.

— Ah, bon ?

Tyler décida que le moment était venu d'abattre son seul atout. Il prononça d'une voix neutre :

— Vous allez m'inviter à entrer chez vous pour la bonne raison que vous avez été chargé de l'enquête sur l'accident du passage à niveau à Genoa, Illinois.

Il marqua une pause, pour laisser le temps à Rucker de digérer cette information. Puis il ajouta :

— Si je suis bien informé, l'essai du F-A-S-T est programmé pour après-demain... William Goheen acceptera peut-être de donner une conférence de presse avec moi...

Rucker le considéra un instant d'un air pensif, puis se tourna pour gravir les marches du perron.

— Je vous offre un café, dit-il par-dessus son épaule en glissant sa clé dans la serrure.

Tyler lui emboîta le pas, content d'avoir fait mouche.

Loren Rucker n'avait pas acheté cette belle maison à crédit avec son salaire d'agent fédéral. Il l'avait gardée à la suite de son divorce : sa femme était riche. Avait-elle emporté une partie des meubles ? Tyler constata que des traces de commodes et de tableaux étaient encore visibles sur les murs.

Rucker désactiva le système d'alarme et posa d'un geste machinal son cartable par terre, dans un coin. *Un homme d'habitudes*, se dit Tyler en regardant son patron suspendre son manteau à une patère. Mais quelques instants plus tard, quand il enclencha la machine à café, Tyler observa qu'il était nerveux.

— Vous êtes suspendu en attendant l'issue de l'enquête sur le meurtre de Stuckey. C'est la routine dans un cas comme celui-ci. Je peux cependant continuer à vous faire verser votre salaire...

La machine à café continuait à émettre des bips. *Tout est électronique ici,* se dit Tyler.

— Vous n'allez pas me suspendre, déclara-t-il. Pas avec ce que je sais sur vous...

Rucker blêmit.

— Je pense qu'on vous a mal informé, Tyler, articula-t-il. De quoi me croyez-vous donc coupable ?

— L'accident mortel à Genoa, Illinois. Le passage à niveau.

— Je connais cette affaire, oui.

— Les voies sont prises en charge par la Northern Union.

— En effet.

— Le territoire de Keith O'Malley.

— Cela va sans dire.

Un étau glacé serra la nuque de Tyler. Soit Loren Rucker était un menteur de premier ordre, soit il se trompait du tout au tout sur son compte.

— Vous avez rendu service à O'Malley.

— Je n'ai rien eu à voir avec cet accident. Je me suis récusé en qualité d'enquêteur à cause de ma vieille amitié avec O'Malley. Vous êtes sur la mauvaise voie, Tyler.

Tyler leva sa tasse d'une main qui tremblait légèrement.

— Vous avez été mêlé aux déraillements, en revanche. Vous ne vous êtes pas récusé pour ça.

— C'est exact.

— Quelle différence ?

— Entre-temps, j'ai eu une promotion. À l'époque de Genoa, j'étais enquêteur. Maintenant, je suis dans l'administration. Voilà la différence. Je chapeaute l'ensemble des investigations. Je suis un fana du rail, Tyler. J'adore les trains.

— Ils ont étouffé l'affaire. La Northern Union était responsable de cet accident. Une famille de Latinos ne faisait pas le poids dans la balance face au *bullet train*.

— Le F-A-S-T ? dit Rucker en posant sa tasse sur le bar, subitement intéressé.

— J'ai encore des idées un peu vagues sur la question, confessa Tyler. Mais ce dont je suis sûr, c'est qu'ils ne pouvaient pas se permettre de se voir accusés de négligence après ce qui s'était passé à Genoa. Ils économisent sur la maintenance. Voilà ce que Stuckey s'apprêtait à nous dire avant qu'*ils* ne le retrouvent.

— Vous avez des preuves de ce que vous avancez ?

— Un ancien comptable aujourd'hui à l'étranger prétend qu'ils trafiquaient les comptes. Il détiendrait quelques listings. En tout cas, après Genoa, trois employés ont pris leur retraite anticipée avec un joli magot.

Rucker le considéra avec une expression si consternée que Tyler ne put s'empêcher de lui demander :

— Qu'est-ce que vous avez ?

— C'est à cause de moi que vous êtes dans ce merdier.

— Stuckey ? demanda Tyler, sidéré à son tour de voir son patron aussi penaud.

— C'est O'Malley qui m'a parlé de vous pour l'enquête sur le wagon ensanglanté. Et moi, j'ai donné droit dans le panneau.

— Comment ça il « vous a parlé de moi » ?

— Il trouvait que c'était une bonne idée d'engager quelqu'un avec une expérience à la criminelle. On a discuté de l'éventualité d'un second tueur du rail. Il avait lu dans la presse le récit de vos déboires et m'a vanté les compétences des anciens de la police en disant que lui-même les employait volontiers comme vigiles. C'est comme ça que je vous ai téléphoné et que vous avez été mis sur le coup.

Le visage de Tyler s'empourpra de rage, une rage contenue.

— Ah ! C'est clair ! O'Malley m'a choisi à cause de Chester Washington. Si jamais il retrouvait Alvarez, c'était facile. Ses sbires le réduisaient à l'état de boursouflure et c'est moi qui prenais. Bravo ! Bien pensé, O'Malley !

Puis, après une pause, il soupira :

— Stuckey n'était pas censé mourir. Ils voulaient l'envoyer à l'hôpital pour se garantir son silence et me mettre dans l'embarras. Je parie que la cause de la mort est un arrêt cardiaque.

— Il faut que vous partiez maintenant, dit Rucker, le front couvert de gouttelettes de sueur.

Comme pour appuyer ses paroles, il sortit son téléphone de derrière le bar.

— J'ai appelé le 911 pendant que je préparais le café.

Tyler se rappela les bip-bip de la machine et sa réflexion stupide sur le tout-électronique.

— Alors, vous me croyez ? dit-il en se rendant compte que Rucker lui offrait la possibilité de s'enfuir.

Rucker acquiesça de la tête.

— Cela fait un certain temps que je me doute de quelque chose. Le jour où on a trouvé les empreintes d'Alvarez sur ce billet d'avion et que j'ai appris qui était cet homme, je me suis senti très mal. De toute évidence, O'Malley nous cachait, à moi et au Bureau, cette information depuis des mois. Il devait obligatoirement soupçonner Alvarez au sujet des déraillements. Alors pourquoi ne nous avait-il pas demandé de l'aider à l'arrêter ?

— Vous lui avez posé la question ?

— Je n'arrive pas à le joindre au téléphone. Il ne répond pas à mes messages.

O'Malley avait trahi son amitié ; Rucker ne lui devait plus rien.

— Il faut partir, maintenant, répéta Rucker.

— Le Bureau est-il en mesure d'annuler l'essai du F-A-S-T ?

— Techniquement, oui. Mais le feront-ils dans des délais aussi brefs ? À ce niveau, vous savez, cela devient l'affaire des politiques.

Une lueur clignotante bleuâtre inonda le hall d'entrée. La seconde d'après, le carillon retentit. Puis on se mit à cogner contre le battant. Ils n'allaient pas défoncer la porte, pas si vite, pas dans ce quartier...

— Je viens ! hurla Rucker.

Tyler décida de rester.

— O'Malley savait que vous alliez être obligé de me suspendre. Il a tout prévu. Il veut que je me mette hors la loi.

Cela faisait seulement vingt-quatre heures qu'il était en cavale, mais il avait l'impression que cela durait depuis déjà une semaine. Rucker approuva d'un signe de tête en disant :

— Bien, on ne lui donne pas ce qu'il veut. Croyez-moi, je préfère.

Tyler prit sa veste, en sortit son arme et en présenta la crosse à son patron. Comme s'il se rendait, songea-t-il avec terreur.

— Prions pour que ça marche.

— Amen, fit Rucker en se dirigeant vers l'entrée.

L'inspecteur Eddie Vale était trop beau garçon et surtout trop élégant pour un policier. L'année précédente, il s'était privé de deux semaines de salaire pour se payer un costume Armani gris anthracite ; il le portait tous les jours. La manche droite était usée jusqu'à la corde, mais peu lui importait. Il investissait en outre 50 dollars par mois dans une coupe de cheveux « Hollywood ». Les visiteurs qui le croisaient dans les couloirs du commissariat le prenaient en général pour un ancien entraîneur de foot. Vale abusait aussi de l'eau de Cologne, ce qui pouvait devenir pénible dans un espace exigu comme celui d'une salle d'interrogatoire. Surtout quand, du bout des doigts, il battait sur le formica de la table le rythme d'une mélodie qu'il était seul à entendre.

Ils amorçaient la deuxième heure. Tyler n'avait pas une fois dévié dans son récit de ce qui s'était passé la nuit du meurtre. Il avait aperçu Rucker à plusieurs reprises dans le couloir à travers la porte. L'affaire se présentait plutôt bien. Vale ne l'avait encore accusé d'aucun crime.

— Quelqu'un est-il allé voir chez moi ? demanda Tyler.

— Bien sûr.

— Alors, il y a eu un cambriolage ?

— Pourquoi tu crois que tu n'es pas inculpé ?

— Réponds-moi, Eddie.

Vale pinça les lèvres. À croire que les rôles s'étaient inversés, et que c'était à présent Vale qui se trouvait sur la sellette.

— Ton alarme s'est déclenchée à 17 h 45.

— J'étais dans le train !

— C'est ce que tu dis. Mais on n'en est pas sûr.

Tyler aurait pu citer Nell Priest pour témoin, mais il préférait ne pas la mêler à cette histoire. Il ne voulait pas qu'ils l'embêtent.

— Et que s'est-il passé quand l'alarme s'est déclenchée ? insista Tyler.

— Le service est intervenu. Ta porte était bien fermée. Tout était en règle. Ils ont pensé à une fausse alerte. C'est ce qui arrive dans 90 % des cas, tu sais.

— Je connais les statistiques, allons, Eddie !

— Ç'aurait pu être toi. Tu aurais pu faire croire à une effraction.

— Sauf que je me trouvais dans le train pour Washington.

— À ce que tu dis.

— L'enregistrement vidéo à Union Station parlera de lui-même. Et puis je t'ai donné mon billet.

— Il y a partout des billets qui traînent par terre, dans les gares.

— Tu sais très bien que ce n'est pas moi.

— Tu t'es bien débarrassé des chaussures, non ? Ça joue en ta défaveur.

— Je ne sais pas de quoi tu parles.

Tyler n'allait pas en démordre. Ils ne pouvaient pas prouver qu'il était l'auteur des empreintes sanglantes dans l'appartement. Il connaissait trop bien la chanson.

— Tu ne peux pas m'inculper, dit-il.

— Tu as décampé du lieu du crime.

— Ça vaut une amende de 25 dollars.

— Tu m'emmerdes !

Tyler se pencha pour boucher le trou du microphone avec le gras de son pouce.

— Pourquoi est-ce que je t'ai appelé en le trouvant, hein, Eddie ? souffla-t-il. Pourquoi j'aurais fait une chose pareille ?

— Là n'est pas la question, lui répondit Vale en chuchotant.

D'aussi près, l'odeur d'eau de Cologne souleva le cœur de Tyler. Ce dernier détacha son pouce du micro et se redressa pour prendre une profonde inspiration.

— Reprenons, dit Vale.

— Pour la quatrième fois ? Tu veux que je réclame mon avocat ? C'est ça que tu veux, Eddie ?

— Tu accuses des suspects sans les nommer. Tu parles d'un complot que tu refuses de me décrire...

— C'est trop tôt encore.

— Et nous sommes supposés te faire confiance.

— J'ai l'appui de mon patron, lui rappela Tyler. Nous sommes censés travailler ensemble, non ? Tu crois que je vais me volatiliser dans la nature, peut-être ? Mais ce n'est pas mon intention. Je vais empêcher la vente de ma maison. Et mon patron, Loren Rucker, saura à tout moment où me joindre.

À l'adresse du miroir sans tain et des supérieurs de Vale, il ajouta :

— Quand vous avez besoin de moi, il vous suffit de tirer sur la laisse.

— Tu aurais dû te présenter pour témoigner hier soir.

— Je bossais ici jadis, aurais-tu oublié ? T'aurais appelé Secor Security, la société qui s'occupe de gérer mon système d'alarme, hier soir ? T'aurais pu vérifier mon alibi ? Et puis je te rappelle que je me suis présenté de moi-même.

— Ah... Il est écrit ici que ton arrestation a fait suite à un appel au 911. Comment tu expliques ça ?

— Un détail technique. Loren Rucker peut donner sa garantie là-dessus.

— Tu as de la chance de l'avoir de ton côté.

— Je sais.

En fait, il se sentait stupide d'avoir soupçonné Rucker des pires trahisons. Toujours face à la glace, il déclara abruptement :

— Si vous me gardez, vous n'obtiendrez jamais de réponses à vos questions... Le Bureau de la sécurité des transports veut me savoir sur le terrain. Vous croyez que vous allez débrouiller l'affaire Stuckey en me gardant ici ?

Un léger tapotement fit vibrer la glace. Comme mû par un ressort invisible, Vale se leva aussitôt en lissant sa veste du plat de la main et en rajustant son nœud de cravate.

— T'as l'air en pleine forme, lui dit Tyler.

— Va te faire foutre ! s'exclama Vale avec un large sourire que Tyler jugea de très bon augure.

24

Quarante heures.

Il restait quarante heures avant l'essai du F-A-S-T. Alvarez regardait dans la glace le reflet de son visage fatigué. Dix-huit mois de chagrin et d'angoisse avaient laissé leur empreinte autour de ses yeux et de sa bouche. Son front était à présent sillonné de rides profondes. Jillian, qui était partie travailler, avait laissé derrière elle comme un parfum de bonheur. Mais cette chaude intimité qu'elle lui avait fait partager ne saurait durer. De grands bouleversements se préparaient. William Goheen, le grand patron de la Northern Union, allait bientôt être démasqué. Ce n'était pas une consolation et il savait qu'il n'en ressortirait pas meilleur pour autant. Mais une volonté plus forte que la sienne l'obligeait à aller jusqu'au bout. Pour sa femme et, surtout, pour ses enfants...

Quarante heures. Autant dire le jour le plus long de sa vie — après celui de l'accident. À partir de maintenant, il n'était plus question de songer à dormir.

La première étape consistait à introduire son sac dans le dépôt de la gare de Newark, Meadows rail yard, où, d'après les documents de la Northern Union, était stationné le *bullet train*. Il avait trouvé les horaires des trains de marchandises pour la côte Est, dont les heures de départ et d'arrivée de Meadows.

Alvarez procéda à une ultime vérification du contenu de son sac à l'aide d'une check-list. Il ne fallait rien laisser au hasard. La réussite de son plan reposait sur la rigueur des préparatifs. Il tenait bien là vingt-sept articles : certains de petite taille, comme une lampe de poche stylo, une carte à puce, des pinces... D'autres plus encombrants tels un store customisé ou des « sabots » électromagnétiques inventés par la Navy pour retenir les soudeurs à la cale des navires quand ils travaillent sous l'eau. Pour la troisième fois de la journée, il remit un à un ces objets dans le sac. Un seul oubli et c'était le désastre.

Il s'habilla d'une combinaison beige, d'un blouson en laine polaire, de bottes et d'un bonnet de laine bleu qu'il enfonça jusqu'aux oreilles. Ainsi vêtu, il prit le métro jusqu'au Bronx et se glissa dans un petit dépôt, son sac à dos en bandoulière. Il chercha la rame 717 : cinq wagons plats vides destinés à être acheminés le lendemain vers Meadows yard. Une fois là-bas, ils devaient être déroutés.

Il épingla au revers de son blouson sa carte plastifiée de la New York Central Railroad, qu'il avait fabriquée à partir d'un logo sur leur site. La température était au-dessous de zéro. Il soufflait un vent glacé. Mais il n'en avait cure : il passa par un des nombreux trous de la clôture. La sécurité était un mot inconnu au vocabulaire dans le Bronx. Il longea quantité de voitures de métro abandonnées. Il y avait six voies de garage, chacune s'étendant sur plusieurs centaines de mètres. Des wagons plats, des fourgons, des wagons-citernes. Quelques-uns avaient l'air prêts pour la casse. D'autres, les portes grandes ouvertes, venaient d'être déchargés.

Par cette obscure nuit d'hiver, la lune jetait un pâle halo de lumière derrière les nuages. Alvarez résistait à la tentation d'allumer sa lampe de poche.

Quand il localisa enfin la rame 717, il commença par marquer le wagon qui l'intéressait : le treizième en partant de la queue du train. Puis il se glissa dessous avec son sac, en prenant soin d'enfoncer dans son oreille gauche l'écouteur de son récepteur C.B. Le scanner marquait une pause de cinq secondes sur toutes les fréquences utilisées. Alvarez fut vite soûlé par les conversations des chauffeurs de limousine et de taxi. Le soir, la circulation était le principal sujet de conversation des cibistes. Mais quand une voix d'une clarté surprenante (indiquant que cette personne se trouvait à proximité) demanda : « Quelqu'un a vu un mec passer sur la voie quatorze ? », Alvarez arrêta le balayage sur cette fréquence en se disant qu'il s'agissait peut-être de lui : il ne savait pas sur quelle voie se trouvait la rame 717. « Tu veux qu'on vérifie ? » fit une deuxième voix. « Je prends par le nord de la quatorze, Billy, toi, tu prends par le sud. » Une troisième voix confirma que l'ordre avait été bien reçu.

Alvarez jura tout bas. Le but de l'opération consistait à lui permettre d'entrer le lendemain dans Newark Meadows yard sans son sac à dos. Il devait le fixer à la voiture 13 de la rame 717, comme une tique sur un chien.

Mais devant le risque de se faire pincer par les agents de sécurité, il regrettait de n'avoir pas envisagé au moins une solution de rechange.

Atteignant le milieu de la voiture, il repéra un renfoncement où le sac pourrait échapper à la vigilance de tous, sauf, naturellement, s'il venait à ces abrutis l'idée de ramper sous le wagon. Il attacha le sac à l'aide de sangles en nylon.

Des faisceaux de lumière se mirent à tournoyer sur le sol de chaque côté du wagon. les gardes se rapprochaient de part et d'autre de la rame. Il allait être pris au piège. Inutile de songer à s'enfuir. Même s'il réussissait à leur échapper, il aurait attiré leur attention sur le wagon ; ils trouveraient le sac. En observant la lumière, il s'aperçut que les deux gardes regardaient sous chaque wagon.

Il leva les yeux vers son sac, tira sur les sangles afin d'éprouver leur solidité. Puis il se hissa dans l'espace exigu entre les entretoises. Le visage pressé contre son sac, les muscles des bras tremblants, il attendit.

Une lueur l'éclaira. Il s'agrippa de plus belle. L'éclairage devint plus puissant. Il s'interdit tout mouvement, suspendit sa respiration. Le faisceau passa sur le sol en contrebas, faisant jaillir des ombres inquiétantes de tous les coins. Il transpirait tellement que de la sueur lui coulait dans les yeux.

Les pas s'éloignèrent. L'obscurité revint. Alvarez prit une profonde inspiration et relâcha les muscles de ses bras, pour se remettre aussitôt en position en entendant de nouveaux éclats de voix tout proches.

— Rien ! disait l'un.

— Moi non plus, disait l'autre.

— Vérifions quand même qu'ils sont tous bien verrouillés.

— Tu veux qu'on regarde sous les autres ?

— Pourquoi pas ? Pendant qu'on y est.

De chaque côté de la rame, les gardes continuèrent leur inspection. Un nouveau faisceau — celui du deuxième garde — vint balayer le sol sous son wagon. Alvarez se hissa de nouveau dans sa cachette. Puis les pas s'éloignèrent. Il n'était pas question de bouger avant d'être certain que les gardes étaient loin. Puis il se reposa un instant allongé sur les cailloux du ballast, rampa de nouveau vers son sac et vérifia une dernière fois s'il était bien en place.

Il n'eut aucun mal à trouver un trou dans la clôture pour sortir du dépôt.

25

Tyler laissa un message sur le répondeur de Nell Priest, lui annonçant que ses vêtements étaient prêts et qu'elle pouvait passer les prendre à la teinturerie. Il précisait son numéro de client et la somme due. Et comme les téléphones publics de New York n'acceptaient pas d'appel, il patienta au comptoir du Murphy's Bar, sur la 23e Rue, à quelques blocs du Flatiron Building.

Le barman de chez Murphy, un certain Chuck, était un costaud au visage rubicond, aux yeux bleu vif et à la barbe poivre et sel. À 20 heures, il n'y avait que trois clients au bar. Tyler buvait du café. Les autres carburaient manifestement à la bière. Chuck avait empoché sans ciller un des billets de 20 dollars de Tyler en échange de son double emploi en qualité de standardiste.

Tyler lisait pour la cinquième fois le dossier du Bureau de la sécurité des transports sur le tragique accident survenu dix-huit mois plus tôt à Genoa, Illinois. Loren Rucker le lui avait tendu avant le décollage du jet privé qui les avait débarqués tous les deux sur le tarmac de Teterboro, près de New York. Son patron avait l'intention de décliner l'invitation à l'essai du *bullet train,* mais il tenait à rencontrer O'Malley au préalable. Tyler doutait que ce dernier accepte un rendez-vous.

D'après le dossier, l'enquête était limpide. Le véhicule en question s'était arrêté au milieu du passage à niveau et n'avait pas eu le temps de se dégager. Un accident somme toute banal, concluait le rapport. Plus de mille personnes par an étaient happées par des trains. Sur les photographies, les deux barrières du passage à niveau étaient abaissées, suggérant que la voiture se trouvait sur la voie quand le signal avait retenti à l'approche du train de marchandises. Rien n'indiquait qu'il aurait pu se produire une panne électrique. La seule allusion à un appel au 911 figurait dans les notifications. Dans l'esprit de Tyler, cela indiquait qu'il n'y aurait sans doute jamais de preuve que l'enregistrement de cet appel, perdu depuis longtemps, contenait quoi que ce soit impliquant la Northern Union. Il se demandait d'ailleurs si Milrose, le conducteur de la locomotive mis sur la touche en même temps que l'électricien et le comptable, et aujourd'hui décédé, n'était pas l'auteur de cet appel.

D'après le dossier, Mme Alvarez était fautive. Elle et ses enfants ne seraient pas parvenus à sortir du véhicule à temps. Sur les photographies figurait le tableau de bord avec la clé de contact, dont la position indiquait qu'au moment du choc, le moteur tournait.

Le téléphone sonna. Chuck répondit. Il passa tout de suite l'écouteur à Tyler.

— Tu es à New York ? fit la voix comme étouffée de Nell.

— Tu es sur un téléphone public ? vérifia Tyler.

— Oui, bien sûr.

— Nous avons des tas de choses à te dire. Nous avons besoin de ton aide, à propos du dossier...

— C'est qui, « nous » ?

— C'est une des choses à propos desquelles je te dois une explication.

— On dirait bien.

Elle suggéra un rendez-vous dans un snack-bar près d'Union Square.

Tyler préférait qu'ils se retrouvent dans l'hôtel de la chaîne Marriott à Times Square.

— Suite 1112. N'oublie pas que je profite de mes notes de frais... Et surtout, fais bien attention de ne pas être suivie.

— O.K. Rendez-vous dans deux heures.

Nell Priest gratta à la porte 1112. Pas de réponse. Elle frappa. Derrière elle, la porte 1111 s'entrouvrit et la voix de Tyler résonna dans le couloir :

— Nous sommes là.

La jeune femme pivota sur elle-même, jeta un coup d'œil circulaire pour s'assurer que la voie était libre, puis entra d'un pas rapide dans la pièce.

Tyler brûlait de la prendre dans ses bras, de lui murmurer qu'il avait envie d'elle. Elle l'interrogea du regard. Après l'avoir invitée à s'asseoir dans le plus gros fauteuil de la suite, Tyler lui présenta son patron. Ce dernier résuma le plus brièvement possible la situation.

— En un mot, conclut Loren Rucker, Peter est chargé de la même mission, avec les mêmes attributions, sauf qu'il n'a le droit de procéder à aucune arrestation.

Nell leva des yeux peinés vers Tyler — les deux hommes étaient restés debout devant elle.

— Alors c'est pour ça que tu as besoin de moi ? dit-elle.

Le visage de Tyler s'assombrit.

— Si O'Malley met la main sur cet Alvarez, on n'entendra plus jamais parler de lui.

Avec un soupir, Nell sortit de son sac un paquet de photocopies qu'elle posa devant elle sur la table basse.

— Voici le fameux dossier que tu réclamais.

— Ce que nous attendons de vous, dit Loren Rucker, c'est une pleine et entière collaboration. Je suis en mesure de vous proposer notre protection — l'immunité totale contre toute attaque judiciaire de la part de la Northern Union. Hélas, je ne peux pas garantir votre sécurité physique...

Sans quitter Tyler des yeux, elle répliqua :

— Sachez que j'ai changé de camp il y a déjà un bout de temps.

Il fallait être aveugle pour ne pas s'apercevoir de ce qu'il y avait entre ces deux-là, mais Loren Rucker poursuivit, imperturbable :

— Maintenant, c'est officiel. Je vous recrute comme agent infiltré. Vous êtes chargée de nous renseigner sur Keith O'Malley et d'assister l'agent Tyler dans l'arrestation d'Umberto Alvarez.

— Comme tu le sais, dit Tyler en se penchant un peu vers elle, nous partons de l'hypothèse que O'Malley veillera à ce qu'Alvarez ne soit pas arrêté.

— Ce que nous vous demandons vous fait courir de gros risques. Réfléchissez bien, intervint de nouveau Loren Rucker.

Comme piquée au vif, Nell se tourna vers lui pour riposter d'un ton sec :

— Vous me prenez pour une girouette ? Puisque je vous dis que j'ai changé de camp...

Toujours impassible dans son rôle d'administrateur, Loren ramassa le vieux cartable en cuir qu'il avait posé sur le fauteuil à côté de lui et en sortit quelques feuillets dactylographiés.

— J'ai préparé des papiers. Si vous êtes disposée à signer... Pour votre protection. Car je suppose que votre contrat avec la Northern Union comporte une clause de réserve ?

— En effet, admit-elle comme à regret.

— Le contrat que vous signez avec le NTSB annule celui de la compagnie.

— Ah bon ? Pourquoi ? s'étonna-t-elle, n'osant pas encore montrer son soulagement.

— Nous sommes un organisme fédéral. En tant que tel, nous avons cette prérogative.

— Bien, dit Nell en baissant la tête et en pianotant impatiemment sur la pile de dossiers devant elle. Mais maintenant, il va falloir se dépêcher.

— Si on ne trouve pas Alvarez avant O'Malley, dit Tyler, on aura toujours la possibilité d'accuser celui-ci de complot grâce à tes informations, Nell.

— Alvarez ne pourra pas faire dérailler le *bullet train,* décréta-t-elle. Il ne pourra même pas s'en approcher. Le F-A-S-T n'est pas un train de marchandises perdu au milieu des forêts du Midwest. Les consignes de sécurité sont renforcées. Et pas seulement à cause d'Alvarez. Ce genre d'événement, ça excite les cinglés. O'Malley a mis le paquet. Le train va être inspecté tous les quarts d'heure. Une douzaine de gardes sont de service vingt-quatre heures sur vingt-quatre. Les invités ont été triés sur le volet et devront passer deux barrières de sécurité avant de monter à bord du train. Même chose pour les employés de la maintenance et de la restauration. Les gens qui travaillent à Penn Station seront tous sous haute surveillance. Croyez-moi, c'est une vraie opération militaire. Personne ne peut s'attaquer au F-A-S-T.

Ce long discours fut suivi d'un silence tout aussi long. Nell consulta Tyler du regard. Rucker, sans mot dire, lui présenta son contrat. Elle signa. Il la remercia, puis ajouta :

— Si j'obtiens le mandat nécessaire, accepteriez-vous de poser un micro pour nous dans le bureau de O'Malley ? Aujourd'hui, si possible.

— Pourquoi pas ? Mais je vous préviens : il fait le ménage dans les coins. Et quand il saura qu'on l'espionne, évidemment, il ne laissera plus rien traîner. Il détruira tous les documents compromettants. C'est un homme prudent.

— Nous allons réfléchir, annonça Rucker.

Le patron de Tyler rangea ses papiers dans son cartable, puis nota le numéro du portable de Nell. Avant de prendre congé, il regarda tour à tour les deux jeunes gens :

— Je tiens à savoir à tout moment où vous êtes et ce que vous faites.

— On fera de notre mieux pour vous tenir informé, dit Tyler.

Après avoir serré la main de Nell et salué Tyler d'un mouvement amical du menton, Rucker sortit en refermant la porte derrière lui.

Après son départ, Tyler tourna vers Nell un visage soucieux.

— Ça va ? fit-il en s'approchant d'elle.

— Il est drôle, ton patron, un peu sec, non ? dit Nell en se levant.

— Loren Rucker est un type sympa, je t'assure. Sans lui, je serais en taule ! Mais O'Malley était un de ses vieux amis. Il se sent trahi. On peut comprendre qu'il se réfugie dans son rôle de bureaucrate.

— En tout cas, pour le F-A-S-T, il se trompe. Alvarez ne peut pas saboter ce train. S'il a cherché à se faire la main sur tous ces trains de marchandises, ça ne lui aura servi à rien. Ce n'est pas du tout la même technologie. Si ton patron croit à ces balivernes, il fonce droit dans le mur.

D'une main caressante, Tyler enveloppa la nuque de Nell. Puis il se pencha pour l'embrasser doucement sur la bouche. Il la sentait tremblante.

— Tu as encore quelque chose à me demander, souffla-t-elle d'une voix soudain un peu rauque.

Ses lèvres humides appelaient d'autres baisers, plus intenses, plus profonds.

— Mon sixième sens me dit que tu veux encore une faveur, poursuivit-elle, mutine.

Il fit courir ses doigts de son oreille à sa gorge, puis l'attira tout contre lui.

— On ne mélange pas le plaisir et les affaires, murmura-t-elle. Pourquoi tu ne me dis pas ce que tu veux tout de suite ?

Tyler lâcha sa nuque tandis que, de son autre main, il caressait ses seins qu'il devinait palpitants sous son chemisier. Le regard de Nell chavira.

— Si tu essayes de m'acheter, ce n'est pas la bonne méthode, protesta-t-elle mollement.

— Je veux que tu me fasses monter à bord du *bullet train,* déclara-t-il enfin. Avant l'essai.

Elle se redressa brusquement, les yeux soudain étincelants :

— Et comment je vais m'y prendre, peux-tu me le dire ?

— Il doit y avoir une équipe de mécaniciens, non ? Je n'ai qu'à me joindre à eux. Qui prête attention à un type en bleu de chauffe ?

Elle acquiesça à regret :

— Le service de maintenance a accès à la totalité du train.

— Exactement.

— Et si O'Malley te reconnaît ?

— Je sais que cela ne va pas sans risque.

— Tu plaisantes, hein ? Douze gardes. Deux barrières de sécurité...

— Ceux de la maintenance doivent avoir des badges spéciaux, non ? Tu n'as qu'à en voler un. Je mettrai mon smoking sous ma salopette.

— Quoi ? Et en plus tu veux boire du champagne ? Et si je te dis que je ne veux pas que tu montes à bord de ce train ?

— Je pensais qu'il était inaccessible à Alvarez. Et toi, tu y seras ?

— On m'a désignée pour assurer la sécurité rapprochée de Gretchen Goheen. Il faut bien que la presse la voie au bras de son illustre papa. Mais il paraît qu'ils se sont disputés, et qu'il ne veut plus la voir sur le train. Ceci dit, on ne m'a pas donné congé, et je compte bien être de la fête. Mais O'Malley est lunatique et peut très bien décider de m'en interdire l'accès à la dernière minute. Je ne sais pas si j'ai encore la cote avec lui, tu comprends...

Mais Tyler ne l'écoutait plus. Il la reprit dans ses bras, chuchotant entre deux baisers :

— Tu m'as manqué... tellement... tellement.

Elle laissa échapper un soupir... de résignation ou de volupté ? Toujours est-il qu'il l'entendit déclarer :

— Tu as gagné. Tu auras ton badge et ta salopette.

L'espace d'un instant, il crut qu'elle le taquinait. Mais quand elle se serra contre lui, il lui sembla que les murs de la chambre s'effaçaient pour céder la place à un vaste espace où personne n'avait jamais entendu parler ni d'Alvarez, ni de Loren Rucker, ni même et surtout de Chester Washington.

26

Vingt-quatre heures.

Il s'était mis au défi de provoquer le déraillement du train transportant à 300 km/h une centaine de journalistes et d'hommes politiques sans qu'on ait à déplorer un seul mort, le moindre blessé. Cet exploit nécessitait une mise au point d'une précision scientifique. D'où ses incursions au siège de la Northern Union au cours des derniers mois. Il y avait récolté quantité de données sur les systèmes de guidage et de stabilisation, sur les procédures sécuritaires, sur les horaires et les itinéraires du vaste réseau de transport de fret de la compagnie de chemins de fer.

Jeudi 18 décembre. 15 h 58. La nuit commençait à envelopper Meadows Rail yard d'un linceul de brume grisâtre. Alvarez avait opté pour la relève de 16 heures parce qu'à la tombée du jour, les contours perdaient en netteté. Il avait longuement réfléchi à la question. Comment s'y prendre pour s'introduire dans l'enceinte de ce dépôt transformé pour l'occasion en forteresse ? Tous les trains sans exception étaient fouillés de fond en comble à l'arrivée. Il avait pris le risque de cacher son sac sous le wagon du 717, mais il ne pouvait quand même pas s'y dissimuler lui-même, à moins de se rompre le cou. Tandis que se faire passer pour un garde lors d'une relève par un froid crépuscule d'hiver, voilà un stratagème qui avait des chances de réussir.

Le tableau de service établi par O'Malley prévoyait la présence d'une douzaine de gardes à la fois. Trois fois plus que d'habitude. Paradoxalement, il eût été plus difficile à un intrus de se glisser inaperçu dans une plus petite équipe.

Une fois dans l'allée menant à l'entrée du dépôt, Alvarez ouvrit la fermeture Éclair de son anorak noir, découvrant un uniforme bleu marine et un badge épinglé sur sa poitrine.

D'ici quelques minutes, douze gardes allaient rentrer chez eux à la fin de leur service. Treize arriveraient pour les remplacer. Il avait à la main une gamelle rouge contenant un sandwich thon-mayonnaise, un Coca-Cola, un petit sachet de chips et un thermos de café.

Si jamais les choses tournaient mal, il avait prévu un plan de rechange. C'était une des raisons qui l'avaient poussé à choisir d'entrer dans le dépôt à pied. Si jamais il venait à être repéré, il avait la possibilité de se ruer dans le taxi qui l'attendait au coin de la rue — il avait donné 50 dollars au chauffeur pour l'attendre dix minutes... Dix minutes qui s'étaient presque écoulées.

Son badge en plastique cliquetait contre le bouton de la poche poitrine de sa combinaison. Encore vingt mètres. Devant lui, deux gardes entrèrent en présentant leur badge à une personne invisible, à l'intérieur de la guérite. Apparemment, rien de plus n'était exigé. Les deux hommes marquèrent à peine une halte à l'entrée. Ils ne prononcèrent pas un mot. Son hypothèse se vérifiait : ils ne s'attendaient pas à une pénétration de ce côté. D'autant que ces gardes semblaient faire leur travail dans un esprit routinier. En général, il s'agissait d'anciens athlètes qui, après avoir réussi à se maintenir à l'université grâce à leurs prouesses sur les terrains de sport, n'étaient pas parvenus à mettre leur diplôme à profit pour la bonne raison qu'ils étaient tout en muscles mais n'avaient pas beaucoup de cervelle. Quoi qu'il en soit, si la Northern Union manifestait son souci de prévenir une attaque contre le *bullet train*, ces hommes s'inquiétaient seulement de pointer à l'heure et de se préserver du froid. Tous les nouveaux arrivants se dirigeaient droit vers la caravane qui leur servait manifestement de bureau.

Alvarez serra les dents en présentant son badge au préposé derrière la vitre du guichet. Sans jeter un regard au visage à l'intérieur de la guérite, il continua son chemin comme s'il franchissait ce seuil pour la centième fois.

Personne ne l'arrêta. Personne ne l'interpella. Personne ne comptait les têtes.

Au lieu de suivre les deux gardes qui le précédaient dans la caravane, Alvarez bifurqua à droite, en direction des voies. Des lampes à vapeur de sodium jetaient des lueurs jaunâtres. Au loin, dans la brume, il aperçut un chien errant squelettique qui disparaissait sous un wagon. Encore une cinquantaine de mètres, et ce fut au tour d'Alvarez de se volatiliser.

Combien d'heures avait-il passées dans des dépôts identiques à celui-ci ? Pourtant celui-ci, à ses yeux, était unique : ce serait son dernier. Ici, il allait embarquer à bord du F-A-S-T. Ici, il allait provoquer la chute de William Goheen et de sa compagnie. Et si tout se passait comme prévu, tout le monde s'en sortirait sans une seule égratignure.

Alvarez mit deux heures pour repérer le train 717, en partie parce qu'il se sentait obligé de se comporter comme un garde surveillant l'immense espace du dépôt. Son récepteur, un Uniden BC245XLT, accroché à sa ceinture, ne pesait guère plus qu'un téléphone portable. Il l'avait bloqué sur la fréquence utilisée par les agents de la sécurité de la Northern Union. Chacun était obligé, toutes les dix minutes, de signaler sa position à un dispatcheur. Alvarez trouva impressionnante la régularité de métronome qui était exigée d'eux, comme dans un ballet où une gigantesque scène — le dépôt — devait être entièrement quadrillée. La personne chargée par O'Malley de coordonner leurs actions était très organisée et d'une efficacité redoutable.

Après avoir identifié la rame 717 à une extrémité du dépôt, à près d'un kilomètre du *bullet train,* Alvarez en parcourut toute la longueur à deux reprises afin d'éloigner les autres : le prenant pour un garde assigné à ce train, ils iraient patrouiller ailleurs. Il fallait éviter qu'ils le voient extraire son sac de dessous le wagon.

Au bout d'une vingtaine de minutes, il décida que le moment était venu. Les autres se trouvaient heureusement loin. Les lumières de leurs lampes de poche voletaient dans l'obscurité comme des lucioles.

Il se glissa sous le wagon et rampa jusqu'à l'endroit où il avait caché son sac. Le contact de l'étoffe rêche le galvanisa. À partir de maintenant, il devait redoubler de précautions. La forme du sac allait attirer l'attention des gardes. Il pourrait toujours le cacher dans un coin à l'approche de l'un d'eux. Mais il risquait gros. Il guettait les lumières des lampes. Il tendait l'oreille. La carte du dépôt — telle qu'elle figurait sur l'image satellite téléchargée sur Internet — était gravée dans sa mémoire. Le dispatcheur continuait à déplacer les gardes comme des pions sur un échiquier. Alvarez passa d'un train à l'autre, se rapprochant peu à peu de son objectif : le F-A-S-T.

Quelque chose n'allait pas. Alvarez avait étudié par le menu les plans du train à grande vitesse dans les bureaux mêmes de la Northern Union. Et il était affirmatif : la locomotive qu'il avait à présent sous les yeux n'était pas conforme aux spécifications.

La rame comportait seulement la moitié des wagons prévus. Quant à la motrice, elle aurait pu faire impression sur quelqu'un de moins bien informé que lui. Malgré le profilage aérodynamique du nez, les lignes tendues et la livrée argentée, son attelage modifié révélait ses origines. Cet attelage était une caractéristique de la première motrice prototype. Il avait été monté pour que la plupart des voitures, de fabrication américaine, puissent être connectées à la motrice, fabriquée en France. Ce type d'attelage avait été par la suite abandonné dans les derniers modèles lorsque les voitures légères, munies du système de guidage, étaient arrivées de France et de Belgique. Cette motrice, qu'il avait face à lui, était une descendante des motrices turbodiesel du TGV français, une machine magnifique, mais ce n'était pas la bête de puissance japonaise qui allait servir pour l'essai le plus rapide jamais effectué entre New York et Washington.

Ce train était une ruse. Son cœur cessa un instant de battre. Tous ces gardes, ce quadrillage de sécurité, ces messages radio : une mise en scène pour son seul bénéfice. Effondré, il sortit de sa cachette en abandonnant son sac. O'Malley l'avait bien eu. Le F-A-S-T attendait le jour J *ailleurs*.

Une voix résonna subitement dans la nuit :

— Si t'as rien de mieux à faire, aide-moi donc à charger les mannequins.

Alvarez tressaillit : il n'avait pas entendu venir l'homme qui s'avançait à présent vers lui.

— J'ai mangé un truc qui ne me convient pas, répliqua-t-il du tac au tac. J'étais en route pour les toilettes.

Le gardien poussa un grognement :

— Quand t'auras fini, ramène ta fraise par ici pour me donner un coup de main. On a du boulot...

Ainsi, même les gardes avaient été bernés ! Cet homme ne savait manifestement pas qu'il s'agissait d'un faux. Ils étaient en train de remplir les wagons de mannequins de crash-test pour l'essai. Il n'y comprenait plus rien.

— Je reviens dans une minute ! s'écria-t-il en s'élançant vers l'entrée du dépôt où étaient les sanisettes.

Il jeta un coup d'œil vers le coin où il avait dissimulé son sac. Ce sac lui était indispensable. Il profiterait de la prochaine relève pour s'éclipser. Qui l'empêcherait de sortir un sac à dos du dépôt ? se demanda-t-il tandis que la migraine commençait à lui tarauder les tempes.

27

— Tu es bien sûr, Peter, que c'est ce que tu veux ?

Nell était assise face à lui, de l'autre côté de la table en formica. Ils se trouvaient dans un MacDonald's au bord de l'autoroute, au sud de Newark.

— Le pire qui puisse m'arriver, repartit Tyler, c'est de me retrouver réduit en bouillie pour faire accuser Alvarez.

— Que tu es cynique ! Tu sembles oublier que ce type a assassiné son avocat.

— Oh ça, je n'en crois pas un mot. Encore un coup monté par O'Malley, dit Tyler en buvant une gorgée de café tiède. Regardons les choses en face, Nell. Ce n'est pas Rucker, mais bien le chef de la sécurité de la Northern Union qui m'a engagé pour enquêter sur l'affaire du wagon ensanglanté. Avec mon passé, et vu que j'étais nouveau au Bureau, il pouvait m'accuser de n'importe quel crime. C'était trop commode, non ? Ce qu'il ne savait pas, c'est que je m'étais fait baiser une fois pour Chester Washington, mais qu'on ne m'y reprendrait pas !

— Peter, pitié ! Arrête ! Tu es trop amer.

Tyler prit la main de Nell dans la sienne et regarda un moment distraitement ses doigts fins aux ongles peints en violine, une couleur qui faisait chatoyer sa peau. D'une voix adoucie, il reprit :

— O'Malley a menti au sujet des déraillements et a caché l'identité d'Alvarez aux autorités policières fédérales. Il ne veut pas qu'on l'arrête, mais qu'on le tue...

Baissant encore le ton, il ajouta :

— Quand je t'ai laissée à l'hôtel de Baltimore, pendant quelques heures, j'ai compris ce que pouvait vivre cet homme. J'étais devenu un fugitif, comme lui. J'avais l'impression d'avoir été parachuté dans un univers parallèle. Ne ris pas. Ce que j'ai ressenti, eh bien, c'était de la peur, une peur viscérale. Je n'étais plus en sécurité nulle part. Et cela, on ne peut le comprendre si on ne l'a pas vécu.

Nell lui sourit, puis soupira :

— Mais ce que je ne comprends pas, c'est pourquoi tu t'obstines à vouloir t'introduire clandestinement à bord d'un train qui, d'après toi, va dérailler.

— O'Malley sait ce qui va arriver. Il y aura des gens sur ce train. C'est intolérable. Je ne saurais le tolérer. C'est pourquoi je vais agir.

— Tu essayes de jouer les héros, Peter ?

Tyler eut un bref éclat de rire. Il se redressa en esquissant une grimace taquine :

— Et tu me trouves comment, en héros ?

28

Douze heures.

Raritan Center Parkway. On l'appelait parfois « Red Root », du nom du ruisseau qui le traversait. Certains se référaient parfois au dépôt en parlant de New Brunswick ou d'Edison, les deux villes les plus proches. Dans le vaste espace de cet ancien marécage, une voie centrale se raccordait à des douzaines de voies de garage — des aiguilles de pin piquées à une branche de conifère.

Alvarez ignorait quelle compagnie exploitait le dépôt mais, quand il raccrocha l'écouteur du téléphone public, il était persuadé que c'était là que se cachait le *bullet train.* Il avait trouvé un subterfuge simple mais efficace en téléphonant au numéro interne (obtenu lors d'une de ses expéditions dans les bureaux de la Northern Union) du projet F-A-S-T. Il avait prétendu qu'il cherchait à déposer un lot de mannequins de crash-test au Metuchen yard, mais que les préposés refusaient de signer son bordereau de livraison.

— C'est pas à Metuchen, mais à Raritan, qu'il faut les livrer ! s'était exclamée une voix féminine en lui demandant de ne pas quitter.

Après un instant d'hésitation, Alvarez avait raccroché. Il tenait son renseignement.

Debout dans le froid au bord de la Route One, il calcula que le dépôt de Raritan se trouvait à moins de deux kilomètres. Plus que douze heures avant l'essai... Il ne lui restait plus beaucoup de temps. La ruse de O'Malley lui avait fait perdre près d'une demi-journée. Son sac, qu'il transportait à présent avec lui, constituait une difficulté supplémentaire. Il n'était pas question de se soumettre à une fouille quelconque.

Alvarez ouvrit son ordinateur portable pour examiner la carte de la région. Plusieurs chemins menaient au dépôt. Pour lui, le mieux consistait à suivre la voie de chemin de fer qui passait sous l'autoroute.

Il arriva dans le gigantesque complexe ferroviaire à 4 heures. Mais comment s'y retrouver avec ces multiples voies qui s'étendaient sur des kilomètres carrés ? Il commença par se cacher derrière un vieux wagon rouillé couvert de graffiti qui, d'après la prolifération des mauvaises herbes, n'avait pas bougé de son emplacement depuis des siècles. Puis, de ses doigts engourdis par le froid, il vérifia si son badge n'était pas tombé. Il était encore là, accroché à la poche de son uniforme de gardien. Dans le noir, son allure serait sans doute convaincante.

Il entendit au loin un grondement : sans doute un générateur. Un générateur ! Tout d'un coup, il sut où trouver le *bullet train*. Qui aurait l'idée de faire marcher un générateur dans ce désert à cette heure de la nuit ?

11 heures.

Dissimulé derrière un de ces antiques wagons qui semblaient vouloir prendre racine, Alvarez se demandait si sa tenue ne représentait pas un inconvénient plutôt qu'un avantage. Raritan n'avait pas l'air quadrillé par la sécurité, comme l'était Meadows yard.

Une chose était certaine : il s'agissait bien, cette fois-ci, du *bullet train*. Avec ses lignes aérodynamiques, la motrice japonaise était élégante et racée, presque sexy. Dans la lumière dispensée par le groupe électrogène, il compta quatre voitures, deux wagons de passagers et deux wagons-restaurants : quatre voitures de moins que prévu. Sa gorge se serra. Son plan allait-il marcher avec un train plus court ? O'Malley avait sans doute réparti les voitures entre Raritan et Meadows afin de détourner ses soupçons. Une question se posait donc : les quatre wagons de Meadows allaient-ils être raccordés au train avant le départ de Penn Station ? Alvarez pensait que oui, pour la bonne raison que le Bureau national de la sécurité des transports exigeait un minimum de neuf voitures pour les essais pilote. Et dans ce cas, calcula-t-il, les deux wagons-restaurants se retrouveraient au milieu de la rame.

De son observatoire, Alvarez étudia les allées et venues des gardes. Vers 5 heures, ils n'étaient que six, plus huit mécaniciens. Ils inspectaient en particulier l'extérieur des wagons-restaurants : les freins, les essieux, les câbles... Finalement, ils posèrent des scellés sur chaque portière.

Le Raritan yard était donc bien le lieu où s'effectuaient les dernières vérifications. On disait que le F-A-S-T proposait à chaque voyageur, sans bouger de son siège, un téléphone, une connexion à l'Internet et un écran vidéo. Il fallait que tout soit impeccable pour tous les journalistes qui allaient bientôt s'entasser à bord. La restauration — boissons et petits fours — serait apportée plus tard, à Penn Station.

Profitant d'un moment où tout le monde semblait occupé ailleurs, Alvarez courut et plongea sous le dernier wagon de la rame. L'élégance de la mécanique l'émerveilla. C'était infiniment plus beau que sur le papier.

Il procéda de mémoire. Il avait effectué cet exercice une dizaine de fois, parfois dans le noir, se figurant le toucher des différentes pièces.

Il se glissa dans l'espace minuscule entre la citerne des eaux usées des sanitaires et le réservoir d'air comprimé au service des freins. Après avoir fixé son premier sabot magnétique au ventre du wagon, il accrocha le second deux mètres plus loin, puis suspendit à ces deux patères un filet de nylon noir. En deux minutes, Alvarez s'était fabriqué un hamac. Il s'y allongea avec son sac et ajusta les sangles afin de se hisser à quelques centimètres du train. Même en se penchant avec une lampe de poche, un gardien ne pouvait apercevoir que le bas d'un des deux réservoirs. Pour le débusquer, il faudrait qu'il rampe jusqu'à lui. Alvarez s'apprêtait à mettre la dernière touche à son camouflage : le store peint de la même couleur argentée que le wagon allait lui servir de paravent. Même en employant une perche équipée d'un système de miroir pour inspecter le dessous du train, les hommes de O'Malley ne pourraient pas le voir.

À partir de maintenant, Alvarez allait subir la plus dure de toutes les épreuves : l'attente.

29

Une main retenant le coffre de la Ford Taurus entrebâillé pour lui permettre de respirer, Tyler luttait de toutes ses forces contre les affres de la claustrophobie. Il n'aurait pas pu imaginer pire situation. D'autant que la route où s'était engagée Nell en direction de Raritan yard devenait de plus en plus cahoteuse.

Quand la voiture s'arrêta, il rabattit un peu plus le coffre afin de ne pas attirer l'attention. Pris de nausées, il se recroquevilla sur le tapis. Des voix lui parvenaient, étouffées par l'épaisseur de la carrosserie. Une guérite de surveillance ? Un portail ? Un périmètre de sécurité ?

Nell redémarra enfin. Tyler entrouvrit de nouveau le coffre et prit une profonde inspiration.

— On arrive !

Nell avait descendu sa vitre, bravant le froid, pour réconforter son passager clandestin. Il donna du poing sur le panneau pour lui montrer qu'il avait entendu.

— Je vois des lumières à droite, continua Nell. Des wagons partout. Ils ont l'air abandonnés. Le garde qui m'a arrêtée était en uniforme, et armé. C'est inhabituel.

La voiture ralentit. Elle allait se garer.

Tyler portait une combinaison de la maintenance par-dessus un pantalon noir, une chemise blanche et une cravate. Un bonnet de laine bleu marine lui couvrait les oreilles. L'idée de Tyler était la suivante : il avait vu Alvarez sur l'Amtrak de Crawfordsville, même si ce n'était que de dos, ce qui signifiait qu'il avait des chances de le reconnaître. À certains gestes. Dans les premières lueurs de l'aube, personne n'allait prêter attention à un ouvrier de plus dans ce vaste dépôt.

Cela faisait au moins dix minutes que Nell s'était éloignée de la voiture en le laissant dans le coffre. Enfermé dans le noir, inondé de sueur, Tyler luttait contre des vagues de nausées. Quand allait-elle revenir ?

Nell avait un certain nombre d'explications à donner aux gens de la sécurité : elle était le garde du corps de Gretchen Goheen pour la durée de l'essai, arrivée de bonne heure pour mieux veiller aux préparatifs.

Nell frappa trois fois sur le coffre — le signal convenu. Tyler en sortit comme un diable — un diable pâle et chancelant — de sa boîte.

— Vas-y ! lui dit-elle d'une voix sourde en promenant des regards inquiets autour d'elle.

Tyler marcha à vive allure jusqu'aux wagons abandonnés, puis ralentit afin de ne pas paraître suspect aux yeux des gardes à l'approche du *bullet train,* un monstre à la carapace argentée qui lui rappelait une navette spatiale dépouillée de ses ailes.

Il y avait beaucoup de monde autour du précieux train éclairé par une batterie de projecteurs : deux agents de la sécurité à sa gauche qui s'éloignaient, deux ouvriers de la maintenance qui inspectaient les suspensions d'une voiture à l'avant de la rame. Tyler marqua une halte au pied de l'énorme motrice au double pare-brise fumé triangulaire.

Il s'agenouilla et regarda par-dessous comme s'il était en train d'inspecter les entrailles de la bête. Alors seulement il s'aperçut que le moteur était en marche. On entendait à peine un ronron.

Priant le Ciel pour qu'aucun ouvrier de la maintenance ne croise sa route, il contourna la motrice et remonta le long du côté le plus peuplé du train. Tous paraissaient très occupés, ce qui le rassura. Personne n'aurait l'idée de l'interpeller et de lui poser des questions... Les gardes se chargeaient de poser des autocollants fluorescents sur les portes une fois l'inspection achevée. Des scellés, en quelque sorte, conclut Tyler.

Tout au bout de la rame, un gardien retenait un berger allemand qui tirait sur sa laisse : sans doute un renifleur de bombes. Tyler leva les yeux vers les fenêtres et réprima un mouvement de recul : les silhouettes figées et blafardes des mannequins de crash-test se découpaient derrière les vitres comme des spectres. Des hommes, des femmes, des enfants. D'un réalisme poignant. Sans doute l'idée brillante d'un publicitaire qui souhaitait prêter « une plus grande authenticité » à l'essai. En tout cas, l'effet était réussi.

Tyler continua à marcher la tête basse. Il aperçut Nell qui passait à quelques pas de lui, chargée d'une grosse boîte rose. Sans un regard pour lui, elle grimpa dans un wagon abandonné qui faisait office de bureau. Les fenêtres étaient éclairées grâce à un puissant générateur dont le grondement sourd résonnait dans tout le dépôt. Quelques secondes plus tard, la porte du wagon se rouvrit et un homme s'écria :

— Des croissants et du café pour ceux que ça intéresse !

Leur subterfuge avait réussi : à 5 h 30, presque tous les hommes présents au dépôt se dirigèrent vers le wagon pour se restaurer.

Tyler tenta alors de se mettre à la place d'Alvarez. Où pouvait-on se cacher pour échapper à la sécurité ? D'après Nell aucun train n'avait jamais été inspecté avec autant de soin que celui-ci. Lui-même venait de voir de ses propres yeux la pose des scellés sur les portières. La seule solution était celle qu'il avait adoptée : s'introduire clandestinement. Sans doute monterait-il à bord à Penn Station déguisé en journaliste ou en serveur. À moins qu'il ne fût, lui aussi, vêtu d'un bleu de chauffe...

Trois ouvriers de la maintenance s'étaient réunis au pied de la motrice. Au milieu, un homme de haute taille en pantalon kaki et en blouson bleu foncé. Tyler se rapprocha discrètement. Sur le dos du blouson s'inscrivait en lettres jaunes : F-A-S-T. Sans doute le chef d'équipe. L'instant d'après, un des trois hommes, s'avisant de sa présence, lui fit signe de venir les rejoindre.

La meilleure des cachettes se trouve sous le nez de ceux qui vous recherchent. Voilà un précepte que Tyler avait souvent vu se vérifier pendant sa carrière dans la police. Ne cherchez pas votre suspect dans les placards ou les caves, mais regardez autour de vous, au coin de la rue, à côté de vous. L'estomac noué, Tyler se dirigea vers la locomotive tandis que l'équipe de maintenance se mettait à escalader l'échelle sur le flanc de la motrice. Après tout, se disait-il, ils ne seraient pas étonnés d'apprendre que le Bureau de la sécurité des transports avait dépêché un agent sur le site du *bullet train*.

— Je voudrais parler au chef, dit-il à celui qui n'était pas encore monté.

— Pas de problème, répliqua l'ouvrier en contemplant d'un air soupçonneux le badge NUR de Tyler.

— Le plus discrètement possible, précisa Tyler.

— Pouvez-vous me dire qui vous êtes ? questionna l'ouvrier en fronçant les sourcils.

— Un agent du Bureau de la sécurité.

C'était le mot magique. L'homme grimpa à toute vitesse l'échelle et ouvrit la portière de la motrice. Quelques secondes plus tard, le chef d'équipe se pencha pour l'interpeller :

— C'est vous qui voulez me parler ?

— En privé, acquiesça Tyler.

— Montez.

Il faisait chaud à l'intérieur de la cabine. Le ronron du moteur envoyait d'agréables vibrations dans ses jambes. Le tableau de bord, avec ses cadrans et ses voyants lumineux, ressemblait à celui d'un cockpit d'avion de ligne.

Le conducteur — un homme mince, la trentaine, habillé d'un pantalon en velours côtelé, d'une chemise bleue brodée du logo F-A-S-T et d'une cravate aux couleurs de la Northern Union — ne correspondait pas à l'image d'Épinal de la profession datant de l'époque de la machine à vapeur : visage enduit de suie et grosses lunettes de protection. Décidément, on était entré dans une ère nouvelle ! Il était flanqué, d'une part, d'un Français au physique svelte, la quarantaine, très élégant dans un costume Armani — le chef de train — et, d'autre part, du chef d'équipe. Ce dernier, un grand type à la carrure d'athlète, attaqua sans préambule :

— Vous avez une pièce d'identité ?

Tyler lui tendit sa plaque, puis sortit de son portefeuille sa feuille de mission du NTSB.

— Vous allez m'expliquer maintenant ce que fabrique ici un agent du Bureau de sécurité déguisé en ouvrier de la maintenance.

— Avec plaisir, mais en privé, monsieur...

L'homme se rembrunit mais fit un signe de tête vers la petite porte au fond de la cabine :

— Monsieur Coopersmith... Dans la salle des machines.

La minuscule pièce, remplie du sol au plafond de tuyaux et d'engins de toutes sortes qui sentaient le chaud, était dépourvue de la moindre ouverture vers l'extérieur. Dans cet espace exigu, scellé, confiné, Tyler sentit aussitôt les parois se resserrer autour de lui. Il manquait d'air. L'homme continuait à manifester son mécontentement :

— Nom de Dieu ! Qu'est-ce que vous fichez là ? C'est quoi cette idée d'inspection surprise à 5 heures du matin ?

— Je suis un enquêteur, pas un inspecteur, fit observer Tyler, plus impressionné par le lieu où il se trouvait que par la colère de cette grande brute.

Tyler poussa un soupir comme si, décidément, ce Coopersmith l'ennuyait avec ses questions absurdes.

— Appelez donc Loren Rucker, le directeur adjoint du Bureau. Il vous dira ce que je fais là. Car je suis sûr qu'on vous a donné l'ordre d'ouvrir l'œil au cas où vous verriez passer un Latino, un certain Umberto Alvarez. Et il est indispensable que la Northern Union ignore ma présence, c'est pourquoi je porte votre uniforme...

Il y allait au bluff, d'un ton si convaincu qu'il arrivait presque à croire lui-même à l'histoire qu'il inventait au fur et à mesure. Le chef d'équipe opina d'un air un peu ahuri. Tyler sentit qu'il était en train de surmonter sa crise de claustrophobie.

— Et pour achever ma mission, poursuivit-il, je crois que je vais avoir besoin de votre aide.

— Pourquoi ne pas faire appel aux agents de la sécurité ? s'enquit le dénommé Coopersmith en haussant un sourcil soupçonneux.

— Je pense qu'Alvarez va essayer de se glisser à bord de ce train, si ce n'est déjà fait. Et quel service choisirait-il de préférence ?

Coopersmith blêmit :

— Vous me menez en bateau !

Tyler eut de nouveau l'impression que les parois sur lesquelles s'enchevêtraient les tuyaux tels des serpents argentés se rapprochaient, comme pour l'étouffer. Mais, une fois de plus, il réussit à reprendre son sang-froid. Deuxième victoire, se dit-il, satisfait.

— Non, répondit-il, imperturbable. J'ai seulement besoin de votre aide. De deux choses, en fait...

— Dites toujours.

— Premièrement : je voudrais faire parvenir un message à une jeune femme qui vient d'arriver : Nell Priest. Elle appartient au service de la sécurité. Elle est la seule à être au courant de ma présence ici. Elle s'attend à recevoir de mes nouvelles, par votre intermédiaire... Deuzio, il faudrait que vous et vos hommes me trouviez une cachette sur le train, de préférence dans une voiture de passagers, car je pense que c'est là qu'Alvarez va frapper. Les wagons-restaurants sont déjà sous scellés... Et par qui les scellés ont-ils été posés ? Par ceux de la sécurité, bien sûr !

— Bon Dieu ! s'exclama Coopersmith. Vous n'allez pas me dire que ce type est déjà à bord ?

— Qui inspecte en dernier les wagons ? La sécurité, non ? insista lourdement Tyler, profitant de la panique soudaine de son interlocuteur.

— Nous autres, de la maintenance, on a le droit de briser les scellés, déclara le chef d'équipe. On a tous les droits sur ce train.

Tyler ne put s'empêcher de sourire : un sourire de triomphe, le premier depuis des mois.

30

Suspendu dans les entrailles du train, enroulé dans son cocon de nylon, Alvarez était à bout de nerfs. Non seulement les bruits de voix l'exaspéraient, mais il entendait aussi des aboiements. À un moment donné, enfin, des secousses firent tressaillir le wagon. Le train s'ébranlait. Enfin !

Il repoussa en toute hâte le store qui l'étouffait, le roula et le glissa à côté de lui, prêt à être redéployé au prochain arrêt : Meadows yard ou Penn Station. Une manœuvre qu'il avait répétée à de nombreuses reprises. Tout se passa bien.

Le train gagna de la vitesse. Le ballast filait en contrebas, dangereusement proche.

Si tout allait bien, il resterait tapi dans son trou jusqu'à ce qu'ils entrent dans le tunnel à la sortie de Penn Station.

Le train roulait lentement ; le GPS d'Alvarez indiquait une vitesse de 95 km/h. Comme il l'avait prévu, ils s'arrêtèrent à Meadows yard pour prendre les wagons supplémentaires. Préférant minimiser les risques, il remit en place son store. Une précaution qui s'avéra inutile, puisque seules les nouvelles voitures furent soumises au rituel de l'inspection. Peu après, le *bullet train* prit le chemin de Penn Station. L'essai n'était plus qu'à quelques heures.

— Vous avez de la chance, déclara Coopersmith à Tyler. Comme ce réduit se ferme uniquement de l'extérieur, les gars de la sécurité vont se contenter de vérifier s'il est bien verrouillé. Ils ne vont même pas se donner la peine de l'ouvrir. Je les ai vus faire.

La voiture de construction française abritait, à côté des toilettes pour handicapés, une pièce étroite, sans fenêtre, réservée à la maintenance. Cette cabine était divisée en deux par une cloison d'épais plastique transparent. Un côté était occupé par des étagères accueillant toutes sortes d'appareils électroniques, l'autre offrait un espace suffisant pour qu'un homme pût s'y tenir debout.

— Je parie que ces cons-là, poursuivit Coopersmith, ne savent même pas qu'il est bourré de joujoux électroniques.

— Bon alors, si je comprends bien, vous allez m'enfermer là-dedans, dit Tyler avec un frisson en songeant déjà aux angoisses qu'allait lui causer sa claustrophobie.

— Jusqu'à ce que je revienne ou qu'un de mes mécaniciens vous ouvre, opina Coopersmith.

Tyler avoua au chef d'équipe sa peur phobique des espaces confinés en lui disant que sa solution lui semblait impossible. Il s'enquit ensuite :

— Vous avez fait parvenir mon message à l'agent Priest ?

— Oui.

— Combien d'hommes de votre équipe se trouvent dans le train pendant l'essai ?

— Quatre, plus moi. Deux dans la motrice, deux en voiture 5. Au cas où on aurait besoin d'eux.

— Y a-t-il un passage entre la motrice et les wagons une fois en route ?

— Bien sûr.

Tyler se dit que les agents de sécurité n'allaient pas remarquer un ouvrier de plus ou de moins dans la motrice. En outre, ils cherchaient Alvarez, un Latino, pas un ex-flic. En revanche, dans les voitures, les employés de la maintenance seraient plus visibles.

— Vous ne pouvez pas me mettre avec vos mécaniciens dans la motrice ? demanda Tyler.

Coopersmith eut un large sourire :

— Croyez-moi, vous serez mieux dans cette cabine que dans la motrice où l'espace est plus réduit et où il fait beaucoup plus chaud.

— N'empêche, je préfère la motrice.

Coopersmith le dévisagea d'un air perplexe :

— Comme vous voudrez. J'espère que vous savez ce que vous faites.

31

Quinze minutes.

Penn Station. Voie 7.

— J'hésite à ressasser des clichés éculés sur la modernité et l'entrée du chemin de fer dans le nouveau millénaire, mais le fait est que nous vivons un moment historique. Nous, qui sommes rassemblés sur le quai numéro 7 de Pennsylvania Station, nous sommes sur le point d'embarquer pour un voyage qui va révolutionner les transports aux États-Unis. C'est avec une légitime fierté que je vous précise que le F-A-S-T doit son incroyable célérité au gyro-stabilisateur guidé par GPS dont la Northern Union détient le brevet. Je tiens néanmoins à saluer la compétence des ingénieurs français et japonais sans qui ce rêve n'aurait pas pu aboutir...

La voix puissante de William Goheen, répercutée par les hauts plafonds en ciment de la gare, prenait des accents héroïques. Il était furieux d'avoir dû renoncer à prononcer son discours dans la salle des pas perdus. Grelottant dans le courant d'air glacé qui traversait le quai, les journalistes, le maire de New York, le sénateur et son entourage, le secrétaire aux Transports et la foule des investisseurs, constituaient un piètre auditoire. Mais

Goheen savait s'accommoder des circonstances. Il avait raccourci son exposé des deux tiers.

Keith O'Malley était debout juste derrière lui sur l'étroite plate-forme qui tenait lieu de podium, le regard en perpétuel mouvement, scrutant l'auditoire.

Des années plus tôt, à l'époque où il dirigeait la compagnie familiale de transports routiers, Goheen avait compris qu'on ne pouvait compter sur les autorités policières seules pour faire respecter la loi. Il fallait des personnages comme O'Malley, des meneurs, des dictateurs pour imposer l'ordre. Et la sécurité coûtait cher, très cher : des dizaines de millions de dollars. De temps en temps, une plainte remontait jusqu'au bureau directorial quand il se produisait une bavure, mais en dépit de toutes les menaces, des chantages, des vies brisées, les poids lourds ou les trains continuaient à rouler et le chiffre d'affaires à grossir. C'était tout ce que demandaient les actionnaires, les consommateurs et les politiciens. Et Goheen n'avait qu'à fermer les yeux sur le reste.

En dépit de la laideur et de l'inconfort des lieux, ce moment était l'aboutissement d'un long rêve. Un grand jour. Goheen éprouvait la délicieuse ivresse de la victoire. Aucun obstacle n'avait réussi à le décourager. Un peu comme à l'époque à présent bien lointaine où, petit garçon, il s'obstinait à faire passer son train électrique par les aiguillages les plus compliqués. Aujourd'hui, grâce à lui, le transport de passagers par le rail était en train de renaître de ses cendres sur le territoire américain. La liaison Chicago-New York en cinq heures (au lieu de dix-huit) était pour demain. San Francisco-Los Angeles en deux heures !

Oui, c'était un grand jour, et les caméras de télévision n'en perdaient pas une miette. La chaîne d'information CNN guettait leur arrivée à Union Station, à Washington. Tout était fin prêt.

Au milieu de son discours, Goheen vit soudain les regards de ses auditeurs se détourner de lui imperceptiblement. Devenait-il ennuyeux ? Mais non, constata-t-il en apercevant du coin de l'œil la silhouette de sa fille Gretchen. Grandie par ses hauts talons, elle était vêtue d'un manteau en cachemire noir (il valait mieux éviter la fourrure en raison de la présence de militants écologistes) qui s'ouvrait sur une petite robe de cocktail moulant son corps de gitane. Un collier de perles. Des diamants de chez Tiffany aux oreilles — 22 000 dollars (il en connaissait le prix pour les avoir lui-même commandés au célèbre bijoutier pour son vingtième anniversaire). On aurait dit l'entrée en scène d'un membre de la famille royale.

Quelques jours plus tôt, ils avaient eu une dispute d'autant plus mémorable qu'ils s'entendaient en général très bien. Elle l'avait accablé de reproches et, pour sa part, il lui avait interdit d'assister à l'inauguration. Et la voilà qui défiait son autorité ! Tant d'impertinence de la part de sa fille l'exaspérait et le rassurait : elle était à son image, têtue et courageuse. N'empêche, il n'était pas question qu'elle monte à bord du train !

Goheen laissa en suspens son discours pour saluer l'arrivée de sa fille de quelques mots chaleureux. Il ne manqua pas de remarquer, sur les talons de Gretchen, la présence d'une grande femme noire aux jambes qui n'en finissaient pas. Nell Priest. Il l'avait tout de suite reconnue. Que faisait-elle là ? O'Malley lui avait pourtant dit qu'elle était la complice de ce Peter Tyler, cet agent du Bureau de la sécurité qui risquait de réduire à néant tous leurs efforts. Que de complications...

Du fond de sa cachette, Alvarez entendait clairement la voix forte de William Goheen. Il se préparait à la traversée du tunnel sous le Hudson pour passer dans le New Jersey. Il disposerait de quelques minutes seulement pour s'extraire du cocon de son hamac et grimper, au risque de se rompre le cou, dans une des voitures de queue, celles qui étaient occupées par les mannequins de crash-test. Un tour de force que rendait possible l'obscurité du tunnel et qu'il devait commencer à préparer dès à présent...

Lorsque Goheen s'interrompit pour présenter sa fille à l'assemblée, sans doute troublé par le souvenir de leur rencontre dans la chambre du Plaza, Alvarez fit un faux mouvement et laissa échapper la lampe de mineur qu'il s'apprêtait à fixer à son front. La lampe tomba avec un bruit qui lui sembla tonitruant, puis roula sur le côté du ballast.

Alvarez retint son souffle, l'oreille pressée contre l'écouteur de sa radio.

— Tommy ? Ici Keenan.

La voix du dispatcheur répondit :

— Qu'est-ce qu'il y a ?

— Il y a eu un bruit bizarre. Wagon-restaurant numéro 2. On dirait que ça vient d'en dessous. Tu veux que je jette un œil, ou tu préfères envoyer quelqu'un de la maintenance ?

— Ne bouge pas de ton poste, ordonna le dispatcheur. J'envoie la maintenance.

La maintenance ! Alvarez étouffa un juron. Ils allaient peut-être venir ramper sous le wagon. Son camouflage pouvait tromper son monde quand il était vu à travers le système de miroirs qu'ils employaient lors des inspections rapides, mais en aucun cas il ne résisterait à un examen approfondi. Il fallait qu'il sorte de là au plus vite.

Tyler se trouvait auprès de Coopersmith et d'un mécanicien dans la salle des machines de la motrice lorsque ce dernier fut convié à vérifier l'origine d'un bruit suspect sous une des voitures. Le chef d'équipe fit la grimace : il n'aimait pas recevoir d'ordres de la sécurité.

Tyler demanda à Coopersmith s'il pouvait se joindre à eux. Les trois hommes descendirent l'échelle de la motrice et longèrent le train sur le quai opposé à celui où Goheen terminait son allocution, entre le F-A-S-T et une rame Amtrak.

— Sans doute un peu de condensation, déclara Coopersmith.

— Un peu de glace se sera détachée, opina le mécanicien avec un accent français prononcé.

Coopersmith expliqua à Tyler :

— La condensation qui se forme sous les wagons-restaurants gèle quand le train roule.

Des applaudissements crépitèrent de l'autre côté des voitures. Un orchestre de jazz attaqua *I've Been Working on the Railroad.*

Ils s'arrêtèrent devant le deuxième wagon-restaurant. Coopersmith montra du doigt de petites plaques de métal énumérant en anglais et en français les points de connexion, les tampons manuels, les contrôles d'urgence.

— S'il y a un problème avec le F-A-S-T, c'est qu'il faut être bilingue, soupira le chef d'équipe.

— T'as raison, tout devrait être en français, le taquina le mécanicien.

Coopersmith sortit une clé de sa poche. Quelques secondes plus tard, la porte de la voiture s'ouvrait dans un soupir.

— Frédo, dit le chef d'équipe, tu vas aller là-dessous voir s'il est tombé de la glace ou de l'eau.

— Et lui ? Il sert à quoi ? interrogea le dénommé Frédéric Dewulf en indiquant Tyler.

Le chef d'équipe avait présenté Tyler à tout le monde comme un nouveau membre du personnel du service de maintenance.

— C'est toi qui y vas, ordonna Coopersmith.

Les portières, de l'autre côté, s'ouvrirent avec un bruit de succion pour accueillir les passagers. Tous ceux qui se trouvaient sur le quai n'allaient pas jusqu'à Washington. On aurait dit le départ d'un paquebot transatlantique. Les gens montaient à bord visiter les salons. Toutes les voitures étaient ouvertes à présent.

Par l'ouverture de la portière, Tyler, qui se tenait toujours debout sur le quai, n'apercevait que les jambes des passagers qui se déplaçaient d'une voiture à l'autre. À un moment, il reconnut les longues jambes de Nell. Son pouls s'accéléra. Il eut peur pour elle.

— Oh, merde ! jura à cet instant Dewulf en surgissant de dessous la voiture avec une lampe de mineur à la main.

— Cette lampe est à nous ? s'enquit Tyler.

Coopersmith se renfrogna.

— Non, dit-il. Nous nous servons de lampes plus puissantes qui s'accrochent à la ceinture.

Tyler arracha la lampe des mains de Dewulf et sortit son Beretta de son bleu de chauffe. Il s'accroupit au bord du quai et scruta l'obscurité.

— Qui est là ? Qui que vous soyez, sachez que je suis un agent fédéral et que je suis armé. Je vais venir vous chercher ! Je vais tirer dans le tas. Allez ! Qui est là ?

— Un agent fédéral ? répéta le mécanicien avec son accent français — il était sidéré.

Tyler sentit la sueur lui dégouliner dans le dos. La peur lui serra soudain la gorge. Il ne fallait pas qu'il le tue. Pas question de revivre une situation semblable à celle qui avait bouleversé sa vie. L'affaire Chester Washington ne devait pas se reproduire. Il ne devait pas céder à la colère qui sourdait en lui.

— Il n'y a personne là-dessous, déclara Dewulf.

— Prévenez tout de suite la sécurité, dit Tyler d'une voix étranglée.

Coopersmith alluma sa radio pour faire part à la sécurité de la découverte de la lampe et les avertir « qu'un de ses hommes » s'occupait déjà d'explorer la zone.

Tyler remercia en silence Coopersmith de ne pas avoir dévoilé sa véritable identité, puis il s'enfonça dans la grotte noire sous le wagon.

Tyler promena le faisceau de la lampe à gauche, à droite, braquant son pistolet semi-automatique dans la même direction, le doigt sur la détente.

La voix de Dewulf résonna :

— S'il y avait quelqu'un là-dessous, il y a longtemps qu'il aurait fichu le camp, non ?

Tyler pria le mécanicien d'aller voir un peu plus loin s'il remarquait quelque chose d'anormal. Puis il leva sa lampe pour inspecter les entrailles du wagon.

— Frédo ? s'écria-t-il. J'ai besoin de vous ici.

— Moi ? fit Dewulf en revenant sur ses pas.

— Je ne comprends rien à tout ce fatras, gémit Tyler, déconcerté par l'enchevêtrement de tuyaux. Venez m'instruire un peu...

Quelques secondes plus tard, le mécanicien s'allongea sur le dos à côté de lui et lui décrivit :

— Ici, vous avez le système de freinage. Là, la citerne des eaux usées... Là, l'eau potable... Attendez une minute ! C'est pas normal !

Tyler éclaira le store et vociféra :

— Attention ! Je suis armé.

Au même moment, l'orchestre se mit à jouer *New York, New York*. Des bouchons de champagne sautèrent.

N'obtenant aucune réaction, Tyler demanda au Français de tenir la lampe pendant qu'il explorait l'endroit suspect. D'un seul coup, comme s'il décollait un sparadrap, il arracha le store, découvrant un filet de nylon noir.

— Le nid est vide, souffla le mécanicien.

— Il ne doit pas être loin, dit Tyler en lui prenant la lampe pour balayer de son faisceau l'espace sous la voiture.

La voix de Coopersmith s'enquit :

— Qu'est-ce qui se passe là-dessous ?

— La sécurité peut-elle bloquer la sortie du tunnel ? hurla presque Tyler.

— Avec la circulation qu'il y a ? Impossible. Mais on peut toujours essayer...

— De toute façon, il a filé, énonça le mécanicien. Le salopard...

— Bon, dit Tyler. Coopersmith et moi nous allons commencer par l'arrière du train. Vous, Frédo, vous allez porter un message...

Ils avaient terminé d'inspecter le dessous du train et les agents de la sécurité s'occupaient de vérifier le plus discrètement possible l'identité des invités à l'intérieur des voitures, lorsque Nell rejoignit Tyler.

— O'Malley a donné l'ordre de passer les invités au peigne fin, dit Nell en contemplant avec une grimace la salopette crasseuse de Tyler qui émergeait de dessous la motrice.

— Alvarez s'était caché sous un des deux wagons-restaurants. Je ne sais pas comment il s'est débrouillé pour passer entre les mailles de la sécurité à Raritan.

— Il a disparu ?

— Je ne sais pas encore. Il est peut-être quelque part à l'intérieur. Il y a tellement de monde là-dedans...

Nell leva les yeux vers les fenêtres du train où les silhouettes des invités se mêlaient à celles, immobiles et figées, des mannequins de crash-test.

— On a tous un petit ruban épinglé là, dit-elle en montrant du doigt la petite broche au revers de sa veste. Même Goheen. Une précaution que O'Malley a prise à la dernière minute. Alvarez ne peut pas être au courant.

— Oui, mais avec cette foule...

— Non, il est parti, affirma-t-elle en scrutant les ténèbres du tunnel devant eux. Quand il a vu qu'il était cuit, il a filé.

— Je peux avoir un de ces rubans ? s'enquit Tyler.

Nell fit non de la tête :

— Il n'y en a qu'un par invité sur la liste. O'Malley s'en est assuré.

— Alors donne-moi le tien. Tu diras que tu l'as perdu...

Elle obtempéra sans hésiter, l'air inquiet.

— Fais attention, Peter, O'Malley a donné ton signalement. Ses hommes ont pour consigne de te mettre dehors.

— Légalement, ils n'en ont pas le droit. Je suis en mission. Il peut seulement essayer de me retenir... Mais il y a tellement de monde dans ce train que, tu verras, je vais passer inaperçu.

— Le départ est prévu pour dans dix minutes, lui rappela Nell.

— Ils ne vont pas le retarder maintenant qu'ils savent qu'Alvarez rôde dans les parages ?

Nell secoua énergiquement la tête :

— Goheen ne voudra pas en entendre parler. Les trains de la Northern Union partent à l'heure. Un point c'est tout.

Tyler la dévisagea avec une intensité qui le surprit lui-même.

— J'ai envie de t'embrasser, souffla-t-il en se rapprochant d'elle.

— Mmm... Ce n'est pas le moment.

— Je sais que tu es chargée de veiller sur Gretchen, mais veille sur ta propre sécurité aussi. Tu me promets ? Je tiens à toi...

32

Un haut-parleur annonça :

— Tous ceux d'entre vous qui souhaitent demeurer à New York sont invités à descendre sur le quai numéro 7.

La foule s'éclaircit. Dans le train, les gens se dirigeaient vers leur place. Les VIP dans la voiture 1, les journalistes dans la 2. D'autres s'installaient dans les wagons-restaurants, laissant les quatre derniers wagons aux mannequins de crash-test et aux deux membres de l'équipe de Coopersmith.

Tyler, son ruban violet épinglé à la poche poitrine de son bleu de chauffe crasseux, se frayait un passage parmi les invités en observant les chaussures des hommes. Il recherchait des traces de boue, des égratignures, une paire de boots... Bref, il pensait qu'Alvarez pouvait se cacher parmi les convives.

Un mouvement se propagea soudain comme une onde tandis que tous se penchaient en avant en se tordant le cou pour mieux voir. Tyler joua des coudes pour s'approcher de la scène qui attirait tous les regards : Goheen, le visage empourpré, tenait à bout de bras sa fille qui se débattait. Il était manifestement décidé à ce qu'elle reste sur le quai. Tyler n'entendait pas ce qu'ils disaient, mais l'heure semblait grave. Finalement, Nell arriva avec des renforts et la jeune femme fut emmenée de force. Tyler poussa un soupir de soulagement : en chassant sa fille, Goheen avait du même coup mis Nell à l'abri.

Tyler retourna à son inspection du train. En dépit de ce que Coopersmith lui avait assuré concernant les cabines d'électronique dans chaque voiture, il tenait à vérifier si elles n'avaient pas été ouvertes depuis la pose des scellés.

S'ils ne trouvaient pas Alvarez, il n'y avait qu'une explication : en dépit des fouilles, des chiens renifleurs de bombe, du changement de dépôt à la dernière minute, des mille précautions des vigiles, Alvarez avait réussi son sabotage.

Debout au milieu d'un groupe d'invités dans le couloir reliant deux voitures, Tyler avisa un peu plus loin des vigiles qui vérifiaient les noms des invités sur leur liste. Et lui, Peter Tyler, n'y figurait pas ! Son ruban et sa combinaison ne lui serviraient à rien ! Il se sentit soudain au pied du mur, fait comme un rat... *Comme Alvarez,* se dit-il avec un serrement de cœur.

Il réussit à se frayer un chemin dans le wagon-restaurant. Postés devant la portière arrière, des vigiles bloquaient le passage.

— Votre nom ?

Un des sbires de O'Malley venait de l'interpeller. Tyler jeta un coup d'œil sur le quai. Coopersmith s'y tenait, au milieu de plusieurs membres de son équipe. Il se demanda s'il accepterait de mentir pour lui.

— Chef ! cria-t-il à l'adresse de Coopersmith.

Mais ce dernier ne l'entendit pas.

— Votre nom, s'il vous plaît ? répéta le vigile en se rapprochant dangereusement.

Tyler garda le visage détourné, de crainte d'être reconnu, et, avec un accent français, répondit :

— Dewulf. Frédéric Dewulf. De la maintenance.

— Très bien, vous êtes sur la liste, dit le vigile en passant au suivant.

Tôt ou tard, la supercherie allait être découverte. Mais peu importait. Du moment qu'il gagnait du temps. Il sauta sur le quai et se dirigea vers la haute silhouette de Coopersmith.

Le départ était retardé de sept minutes, annonça le haut-parleur sans préciser la raison de cette attente.

— Vous n'avez rien trouvé ? s'enquit Tyler auprès du chef d'équipe.

— Rien, acquiesça Coopersmith. On a tout regardé : les freins, les ordinateurs de guidage, les écrans, les radios et téléphones. Rien n'a été touché.

— Pas encore, mais ça va venir.

— Le seul incident qui nous ait été signalé est la chute d'un mannequin au moment où un des nôtres a ouvert la porte de la cabine d'électronique dans la voiture 7.

Tyler et Coopersmith grimpèrent dans la motrice. En voyant le mécanicien, celui dont il venait d'usurper l'identité, Frédo Dewulf, Tyler tira le chef d'équipe par la manche :

— Dites-moi, j'ai donné le nom de Dewulf à la sécurité quand ils m'ont interrogé.

— C'est pas vrai ?

— Ils vérifient tout le monde.

— Bien, alors je vais rester près de la porte. Ils n'oseront pas passer outre. Vous verrez, je vais m'arranger...

— Merci.

— Vous avez de la chance que je vous croie !

Coopersmith demanda à Dewulf de se cacher quelques minutes dans l'armoire où se trouvait le compteur électrique de la motrice. Et surtout de ne pas poser de questions ! Dewulf, qui avait manifestement décidé d'aider Tyler, ne se fit pas prier.

Le monstre tressaillit, puis s'ébranla. Ils partaient. Les contrôles de passagers étaient terminés, même si les vigiles guettaient toujours l'éventuelle présence du saboteur à bord du train.

— Je crois savoir où il peut se cacher. Il faut que j'y retourne, déclara Tyler au bout d'un moment à Coopersmith, assis à côté de lui à l'arrière de la motrice.

Il parlait fort pour se faire entendre malgré le tintamarre. Coopersmith comme Dewulf (ressorti de son armoire après le passage des vigiles) se tournèrent vers lui.

— On va y aller tous les deux ! s'écria Coopersmith en jetant un coup d'œil à sa montre. Dans cinq minutes. Il faut que je vérifie la bonne marche des systèmes électroniques.

— Le plus tôt sera le mieux !

Coopersmith tendit à Tyler le trousseau de clés de Dewulf, puis le précéda dans l'étroit passage qui menait aux wagons. Le chef d'équipe appuya sur le bouton « Ouvert/Open ». Tyler eut la chair de poule : son bleu de chauffe crasseux allait attirer l'attention des passagers. Un des vigiles de O'Malley le remarquerait...

La musique des *Quatre Saisons* de Vivaldi, dans un arrangement électronique, inondait l'espace occupé par les invités de marque qui se tenaient debout par petits groupes, coupe de champagne à la main. Tyler emboîta le pas à Coopersmith en prenant soin de baisser la tête. La deuxième voiture grouillait de monde. Des journalistes pour la plupart. Le brouhaha noyait la mélodie du compositeur italien. Certains s'amusaient à se brancher sur Internet, de leur ordinateur portable, en se servant de la « connectique » aménagée dans chaque siège. L'atmosphère était plus joyeuse que dans la voiture 1.

À la vue de l'insouciance de tous ces gens qui ne songeaient qu'à bavarder, à se gaver de friandises et à profiter de ce somptueux voyage, Tyler fut saisi d'un sentiment de panique : le train n'était-il pas sur le point de dérailler ?

— Quand allons-nous traverser le Delaware ? s'enquit Tyler.

Le saboteur avait toujours provoqué le déraillement des trains de marchandises dans des zones inhabitées, de préférence au milieu d'un virage large — et il y avait peu de lieux déserts dans la mégalopole qu'ils traversaient. Tyler songea qu'Alvarez pourrait choisir un pont.

— Dans vingt-cinq à trente minutes, répondit le chef d'équipe.

— Quelle est la rivière au nord de Baltimore ?

— La Susquehanna.

— À combien ?

— Une cinquantaine de minutes.

Tyler avait donc tout au plus une demi-heure pour trouver Alvarez et déjouer son plan. Il fallait coûte que coûte faire avorter ce sabotage.

— Ce train va trop vite, prononça-t-il.

— C'est magnifique, pas vrai ? s'exclama Coopersmith avec une mine ravie.

Le premier wagon-restaurant était si rempli que les gens s'y pressaient comme dans le métro de New York à l'heure de pointe. Impossible de passer. Impossible aussi de s'entendre. Aussi durent-ils parler à tue-tête pour se comprendre.

— Dans quelle voiture était ce mannequin ?

— La 7.

— Il faut vérifier cette cabine. De toute urgence !

— Pourquoi ?

— Vous croyez qu'un de vos mécaniciens a cherché à jouer un tour à la sécurité ?

— Ce n'est pas à exclure. Mais dans ce cas, ils se garderaient bien de me tenir au courant.

En poussant un peu brutalement de l'épaule un groupe de buveurs de champagne, ils réussirent à gagner l'autre extrémité du wagon-restaurant.

— Pourquoi aurait-il fait quelque chose d'aussi stupide ? vociféra Tyler.

— En tout cas, le responsable de cette connerie peut se considérer comme licencié ! cria Coopersmith.

Du coin de l'œil, Tyler aperçut alors au milieu de la foule une silhouette de gnome : O'Malley en grande discussion avec deux vieux messieurs en smoking.

— Je crois que je sais qui est le plaisantin, confia Tyler à l'oreille de Coopersmith alors qu'ils ouvraient la porte de communication pour s'engager dans le passage entre les deux wagons.

— À quoi servent exactement ces mannequins ? interrogea Tyler alors qu'ils sortaient du deuxième wagon-restaurant pour entrer dans la première des voitures occupées par les mannequins de crash-test.

Pour la première fois depuis leur départ de la motrice, ils pouvaient se parler sans être obligés de hurler. Deux mécaniciens occupaient la première rangée de sièges.

— Le service de la sécurité les loue à une entreprise de Detroit. Vous savez que le Bureau de la sécurité des transports nous impose d'en disposer six dans chaque voiture pour les essais. Un hurluberlu du département de la publicité a eu la bonne idée d'en remplir les voitures. Pour attirer l'attention des caméras de télé, je suppose. Si vous voulez mon avis, c'est vraiment stupide.

— Et cette nouvelle technologie dont on nous rebat les oreilles au sujet du F-A-S-T ? Mon amie Nell Priest a essayé de m'expliquer l'autre jour comment le train fonctionnait à grande vitesse, mais j'avoue que j'aimerais bien entendre le son de cloche d'un professionnel.

Coopersmith esquissa un sourire de contentement.

— Nous avions besoin d'un système qui tienne compte du fait que nous ne disposons pas d'un réseau de rails spécialement mis en place pour les grandes vitesses, comme en Europe.

— Oui, jusque-là, j'avais compris.

— Pour ces vitesses, les rails doivent être inclinés, même pour les courbes les moins serrées. Et, dans de nombreux cas, les rails doivent non seulement être inclinés, mais les courbes doivent avoir un rayon plus large, car à grande vitesse, les trains peuvent être littéralement éjectés de leurs rails...

Un frisson courut le long de la colonne vertébrale de Tyler. Était-ce le sort qui les attendait dans quelques minutes ?

— Mais pourquoi n'a-t-on pas modifié les voies ferrées ?

— Pour une raison très simple : le manque de place. C'est ce qui nous a retardés près de vingt ans.

— Mais à présent, nous avons une nouvelle technologie, c'est ça ?

— Oui. Goheen a étudié un système pendulaire permettant d'utiliser le réseau existant en faisant pencher les voitures pour les maintenir sur les rails. Des systèmes analogues sont déjà en place au Japon et en Europe, mais Goheen est allé un peu plus loin.

— Je croyais qu'il y avait déjà eu un train à grande vitesse entre Boston et New York dans les années 60, avança Tyler.

— Vous n'êtes pas aussi ignorant que vous le prétendez, je vois. En effet, mais c'était une version très rudimentaire. Aujourd'hui, tout est asservi à la technologie GPS. Grâce à elle, nous pouvons doubler la vitesse de nos trains. Grâce aussi aux stabilisateurs pendulaires...

— Ces stabilisateurs dépendent-ils du système GPS ?

— Oui, ils sont synchronisés au GPS. La motrice et toutes les voitures passagers sont synchronisées les unes avec les autres. C'est une technologie de précision.

— Je suppose que tout cela est contrôlé par ordinateur ? interrogea Tyler.

— Oui, les ordinateurs contrôlent la position exacte de chaque voiture plusieurs fois par seconde et envoient un signal aux stabilisateurs pendulaires qui peuvent compenser en temps réel, inclinant physiquement les voitures.

— La force de gravité ?

— La modification du centre de gravité fait appliquer la force vers le bas, au lieu de pousser les voitures vers l'extérieur, ce qui leur permet de ne pas dérailler.

Tandis qu'ils entraient dans la voiture 7, le cœur de Tyler se mit à battre plus fort. Il souhaitait presque que Coopersmith mît un terme à son explication pour le laisser réfléchir. Mais le chef d'équipe était lancé, il poursuivit :

— Il y a dix ans, la technologie GPS n'était pas encore assez précise pour les utilisations civiles. Les militaires en gardaient la maîtrise totale. Encore aujourd'hui, la plupart des applications civiles du GPS sont conçues avec moins de précision, bien que la technologie soit au point pour obtenir une précision maximale...

Tyler en avait assez entendu. Il comprenait à présent comment Alvarez allait s'y prendre. Un professeur de sciences et d'informatique ! C'était facile pour lui.

— On y est, déclara Tyler en s'arrêtant devant la cabine d'électronique de la 7.

La cabine était vide. Comme prévu.

— Bon, on a perdu notre temps, soupira Coopersmith.

Tyler lui demanda d'ouvrir la cloison intérieure, celle derrière laquelle le chef d'équipe lui avait un peu plus tôt proposé de se cacher. Coopersmith reprit son exposé du fonctionnement du F-A-S-T :

— Le système de guidage à GPS est à triple redondance sur chaque voiture. Tous les ordinateurs vérifiant les autres. Lorsque le train approche d'une zone où une vitesse excessive le ferait dérailler, les stabilisateurs pendulaires commencent à corriger voiture après voiture, et les passagers ne s'en aperçoivent même pas.

— Et on peut bugger l'informatique des stabilisateurs ? s'enquit Tyler, plus pour vérifier son hypothèse que pour s'instruire.

— Non, c'est impossible, lui assura le chef de l'équipe de maintenance. Il y a trop de systèmes de sauvegarde. Si jamais l'un d'eux flanche, le conducteur reçoit un signal et la motrice ralentit automatiquement.

— C'est bien beau tout ça, mais c'est de la théorie, dit Tyler.

Coopersmith referma la cabine et la verrouilla. Tyler, lui, se mit à inspecter les mannequins des premières rangées.

— Puisque je vous dis que c'est impossible.

— Et moi je vous dis que c'est sur le point de se produire !

33

Alvarez retint sa respiration à la vue des deux hommes qui remontaient le couloir de la voiture 8 dans sa direction. Cela faisait plusieurs minutes qu'il les observait à leur insu. Le train roulait comme sur du velours. À croire qu'il était à l'arrêt. Mais un coup d'œil du côté de la fenêtre suffisait à vous ôter vos illusions : le paysage filait à une vitesse vertigineuse. Goheen pouvait crier victoire... provisoirement.

Il avait acheté plusieurs mois plus tôt son costume de mannequin de crash-test par correspondance. Il n'avait pas été commode de caser la double coque en plastique de la tête dans son sac à dos. Mais ses efforts avaient été récompensés : ce déguisement le rendait invisible. Les gens lui étaient passés sous le nez vingt fois sans le voir.

Pourtant, à l'approche de ces deux hommes, il était pris de panique. L'un d'eux ressemblait — c'était lui, il en était sûr — au flic qui avait failli le rattraper dans l'express pour Chicago après Crawfordsville. La voix du grand escogriffe qui l'accompagnait portait loin. Il entendait qu'ils parlaient technologie, en particulier du système de guidage par GPS. Il fallait par conséquent qu'il agisse vite. Il ne pouvait pas se permettre d'attendre que ce flic trouve la solution !

Il avait très habilement dissimulé dans son costume tout ce dont il avait besoin : la caméra vidéo numérique, la carte électronique et la bombe de McClaren. Quant à son sac, il l'avait caché dans la voiture suivante : il lui serait indispensable pour garantir sa fuite. Ah, si seulement il n'avait pas laissé tomber cette putain de lampe de poche ! Il avait dû effectuer toute une série de changements.

Une fois que les deux hommes eurent disparu de son champ de vision et que la porte de communication avec la voiture de queue se fut refermée avec un soupir, Alvarez se tordit le cou pour vérifier s'il était bien seul. Puis il souleva le mannequin représentant un enfant qui était posé sur ses genoux pour le déposer sur le siège voisin et se leva pour se diriger en toute hâte vers la voiture 7.

Les déplacements représentaient le risque majeur. Un mannequin de crash-test qui marche ! Les gens ne manqueraient pas de s'étonner et les agents de la sécurité de s'interroger. Alvarez avait prévu quelques phrases au cas où il serait surpris à errer dans son costume : « C'est pour faire comme à Disneyland ! » ou bien « Chut ! Sécurité renforcée ! » Mais il n'était pas sûr d'être très convaincant...

Il s'enferma dans les toilettes. Ni vu ni connu. Puis il se dépêcha d'enlever son déguisement. Dessous, à l'instar des vigiles de O'Malley, il était vêtu d'un pantalon noir, d'une chemise blanche (avec un badge de la Northern Union) et d'une cravate. Grâce au duplicata d'une clé empruntée dans les bureaux de la compagnie, il ouvrit la poubelle et y dissimula son costume et le masque. Qui sait ? Il en aurait peut-être de nouveau besoin.

En attendant, il ne devait pas chômer. Il retraversa la voiture 7 entre les rangées de mannequins au regard vide et ouvrit la cabine d'électronique, souleva la cloison de plastique transparent et se glissa vite à l'intérieur en refermant la porte derrière lui.

Sa lampe de mineur lui manquait cruellement. Il dut attendre au moins une minute avant que ses yeux ne s'accoutument à l'obscurité. Et, même alors, il distinguait mal les appareils dans la lueur glauque dispensée par les voyants de l'ordinateur. Il parvint tant bien que mal à connecter sa vidéocam au système audio/vidéo interne du train. La réussite de son plan dépendait de la ponctualité de Goheen. Ce dernier avait en effet programmé ce qu'Alvarez qualifiait de « baratin télévisé » juste avant de franchir le Delaware. Un message préparé de longue date où il serait beaucoup question de la traversée du même fleuve Delaware en 1776 par George Washington, une manœuvre très risquée qui avait permis aux Américains de remporter la victoire dans la guerre d'Indépendance contre les Anglais.

Après quoi il sortit son Leatherman et déplia le tournevis pour ôter le couvercle de l'appareil de guidage par GPS, une boîte de métal de la taille d'un livre. Il mit à nu un circuit imprimé. La carte en résine époxy de couleur beige comprenait des dizaines de circuits intégrés gris ainsi que d'autres cartes, plus petites, fixées dessus et reliées entre elles par un réseau de conducteurs de lignes argentées. À ses yeux, la beauté du système NUR était la redondance. Il n'y avait pas une seule carte GPS, mais trois. Chacune enfichée dans un connecteur, les trois connecteurs étant disposés l'un à côté de l'autre au centre de la carte. Si le système n'avait contenu qu'une seule carte, Alvarez n'aurait pas pu effectuer le remplacement à chaud, c'est-à-dire sans débrancher. Le système se serait planté. Mais là, il se contenta d'enlever la deuxième et de la remplacer par une carte de sa propre fabrication, conçue pour donner de fausses informations au stabilisateur pendulaire de la voiture tout en faisant croire à l'ordinateur de la motrice que les trois cartes fonctionnaient normalement. La beauté de la chose, c'était qu'à l'œil nu, personne ne pouvait déceler quoi que ce soit d'anormal. Sauf que maintenant, à l'abord de la prochaine courbe un peu serrée, au lieu de signaler celle-ci au stabilisateur, la carte allait rester muette. Plus, et sur ce point Alvarez était très fier, un virus allait infecter les uns après les autres tous les circuits du train, lesquels ne manqueraient néanmoins pas de signaler à l'ordinateur central que tout était en ordre.

Si jamais Goheen acceptait de se plier à sa requête, rien n'était plus simple que de venir remettre la carte d'origine ; le train arriverait à bon port sans encombre.

Alvarez consulta l'écran de son GPS. Dans quarante secondes, ils allaient atteindre une ligne droite qui se prolongerait pendant dix minutes — la dernière ligne droite avant le virage fatal. Alvarez compta les secondes jusqu'à quarante. Puis il pressa l'extrémité de son tournevis contre la base de la puce sur la première carte. Il se produisit une étincelle. Une odeur de métal remplit ses narines. Bien. Parfait. La deuxième carte prenait le relais. Tout marchait impeccablement. Le voyant vert restait allumé. Le train ne donnait aucun signe de ralentissement. Sa ruse avait fonctionné. Il avait réussi à tourner à son avantage l'excès de précaution de la Northern Union.

Il appuya sur le bouton « Play » de la vidéo puis, après avoir vérifié si le couloir était vide, sortit de la cabine. Pas de temps à perdre. Il avait en tout et pour tout dix minutes pour agir. Avant de s'éloigner, il injecta de l'époxy à séchage ultrarapide dans la serrure. Dans cinq minutes, personne ne pourrait plus avoir accès aux appareils électroniques de la voiture.

Alvarez rassembla son courage avant de s'avancer vers les deux mécaniciens installés à l'avant de la voiture 7. En arrivant à leur hauteur, avant qu'ils ne remarquent sa présence, il s'exclama d'une voix un peu trop forte pour être naturelle :

— Salut, les gars ! Figurez-vous que je suis gâté : on m'a chargé d'inspecter les paliers.

Et, sans attendre leur réponse, il passa devant eux et ouvrit la porte de communication. De leurs sièges, ils n'avaient pas pu apercevoir son visage. Mais il avait veillé à se tourner juste assez pour qu'ils voient bien son badge.

— Si vous m'entendez hurler, c'est que j'ai besoin de votre aide.

Là-dessus, il sortit. Dans le couloir entre les deux voitures, des journalistes bavardaient en fumant et en buvant de la vodka. Une femme leva les yeux pour le regarder. Alvarez sentit son regard le brûler. De nouveau, il eut recours à l'effet de surprise.

— Désolé, les gars ! s'écria-t-il. Mais je vais vous demander de retourner à vos places. La conférence de presse du grand patron ne va pas tarder !

Avec une docilité dont Alvarez fut le premier étonné, les journalistes écrasèrent leur mégot dans le cendrier et partirent réintégrer le wagon-restaurant. Après leur départ, à l'aide d'une clé spéciale, il déverrouilla puis ouvrit le côté droit du soufflet qui reliait les deux vestibules. Puis il tira sur une manette. Le rebord du plancher en tôle ondulée se souleva légèrement. À présent, en se penchant, il voyait la forme arrondie du bras de dételage et au-dessous, le ruban flou, vertigineux, terrifiant, du ballast qui défilait à trois cents kilomètres à l'heure. L'espace d'un bref instant, il ressentit une admiration éperdue pour les prouesses technologiques que cette vitesse effrayante matérialisait. Il comprenait presque les ambitions démesurées de William Goheen.

Les bras de dételage des trains à grande vitesse de construction française, contrairement à leurs équivalents américains, étaient contrôlés par un système hydroélectrique. Un interrupteur verrouillé était disposé sur chaque voiture pour permettre les opérations d'attelage et de dételage. Pour des raisons de sécurité, la tension entre les deux wagons en mouvement empêchait tout dételage accidentel. Si bien qu'en théorie, c'était seulement à l'arrêt, et à condition que, par une manœuvre bien précise, la motrice les pousse l'un contre l'autre afin d'annuler cette pression, que le dételage était envisageable.

Alvarez se mit à quatre pattes et se pencha dans le trou pour placer la bombe de McClaren sur le bras d'attelage. L'aimant se colla aussitôt comme une sangsue sur l'acier. Il se redressa, vérifia l'image sur son GPS une dernière fois et pressa deux boutons sur l'appareil, mettant en route à la fois le compte à rebours et un dispositif de sécurité qui veillerait à ce que la bombe éclate au cas où l'aimant se détacherait du bras.

Une fois qu'il eut remis en place le plancher et verrouillé le soufflet, il devait, d'après son plan, retourner en toute hâte à la voiture 9 pour récupérer son sac et... prendre la fuite. Mais, comme mû par une force extérieure, il se tourna vers la vitre dépolie de la porte du wagon-restaurant et vit l'arrière de la tête d'une femme. Un frisson courut le long de sa colonne vertébrale. Il ouvrit le battant et entra, aussitôt enveloppé par des arômes de parfum et de sueur. Il avait les nerfs à fleur de peau. Son cœur battait à tout rompre. Du coin de l'œil, il aperçut des vestes suspendues à des patères. Les hommes étaient tous en manches de chemise. Ils sentaient la bière, le scotch et les bretzels. Des voix fortes, des rires sonnèrent à ses oreilles. Quelques personnes avaient l'air déjà passablement ivres.

Par la fenêtre du wagon-restaurant, il distingua les contours d'une ville moyenne. Trenton, New Jersey.

Goheen allait commencer sa conférence de presse d'une minute à l'autre.

Les voix et les rires lui parurent soudain assourdissants. Comme si tout le monde parlait de lui, se moquait de lui... Il avait commis une erreur en entrant dans cette voiture. Il devait retourner sur ses pas. Il ne comprenait pas ce qui l'avait attiré là. La forme d'une tête féminine ? La gorge nouée, il consulta sa montre. Sa vidéo allait démarrer dans moins de trois minutes.

Un serveur brandissant un plateau au-dessus de la cohue se frayait un passage tant bien que mal. Il se heurta à Alvarez. S'excusa. Alvarez s'écarta pour le laisser passer, machinalement, par politesse. Et en se déplaçant ainsi, de quelques centimètres seulement, il changea de perspective. Et ses yeux tombèrent sur la raison de sa présence dans ce wagon.

Elle portait une robe moulante bleu nuit. Sa peau avait la douceur du lait. Son visage s'encadrait de cheveux noirs. Elle se tourna vers lui. Jillian.

34

— Vous voulez dire qu'il se trouvait sous notre nez et qu'on ne l'a même pas vu ? s'exclama Coopersmith.

— Tout à fait, répondit Tyler d'un ton neutre.

Ils se tenaient debout dans le passage entre les voitures 8 et 9, à côté du compartiment à bagages. Tout en vérifiant le chargeur de son Beretta, Tyler ajouta :

— Ce mannequin caché dans la cabine, c'était pas une blague, vous savez. C'était un alibi !

— Un alibi ?

— Oui, un camouflage, si vous préférez. Alvarez...

— Ce qui signifie qu'il s'est laissé gentiment installer par les agents de la sécurité avec les autres mannequins ? Il est vrai que ces mannequins, pour rendre les tests convaincants, doivent correspondre au poids de l'être humain qu'ils représentent...

— Exact. Et en plus, je pense qu'il écoute tout ce qui se raconte sur nos fréquences radio — celle de la maintenance et celle de la sécurité. Il faut laisser tomber la radio, Coopersmith.

— Comment pouvez-vous être aussi affirmatif ? interrogea le chef d'équipe, en proie à une perplexité grandissante.

— Vous voulez parier ? D'abord, je suis sûr que quelque part, caché derrière la cloison d'une des cabines d'électronique, on va trouver un sac à dos noir contenant des vêtements et sans doute des explosifs. À moins qu'il ne l'ait laissé dans un compartiment à bagages avec les autres sacs, tout simplement. Ce qui tendrait à indiquer qu'il a déjà posé sa bombe et que ce train de rêve est sur le point de dérailler.

— Mais c'est pas croyable, ça ! Qu'est-ce que c'est que cette histoire de sac dans les cabines d'électronique ?

Non seulement le chef d'équipe avait l'air suspicieux, mais aussi fou de rage. Tyler répéta avec patience :

— Parce que c'est là qu'on a trouvé le mannequin. On sait qu'il a pu y entrer. Il a la clé. On peut en déduire qu'il a les autres clés, et qu'il a donc accès à tout dans ce train.

— Alors, là, impossible ! Je vais appeler la sécurité.

Tyler posa sa main sur le bras de Coopersmith :

— Ne faites surtout pas ça. N'oubliez pas qu'il nous écoute !

— Mais...

En son for intérieur, Tyler se félicitait d'avoir enfin trouvé un argument massue qui protégeait son propre anonymat : il pouvait agir seul sans craindre de se faire pincer par les sbires de O'Malley.

— Je vais personnellement inspecter chaque mannequin, reprit-il. J'aurai besoin de votre aide et de celle de vos hommes. Les deux mécaniciens de la 6, par exemple. Ils peuvent passer leur voiture au peigne fin et bloquer l'entrée. On ne peut pas se permettre de le laisser filer vers les premières voitures.

L'air toujours perplexe, mais résigné, Coopersmith soupira :

— Bon, d'accord. On va faire ça.

— N'oubliez pas qu'il faut aussi fouiller les cabines d'électronique, lui rappela Tyler. Et vérifier les systèmes de guidage.

— Les systèmes de guidage ? Qu'est-ce que...

— Qu'est-ce que ça coûte de vérifier ? le coupa Tyler.

— Bon.

— Contentons-nous pour l'instant des voitures de queue. Ce sera plus dur d'agir dans celles de tête, avec tous ces passagers...

Après un temps de pause et une légère hésitation, il enchaîna :

— Et le dessous des voitures ?

— Quoi ?

— Il faudrait vérifier si tout va bien aussi dessous, insista Tyler.

— À cette vitesse ? Mais vous êtes cinglé !

— A-t-on accès au système électronique par le bas ?

— À condition de savoir ce que l'on fait et d'avoir le schéma de câblage en tête, on peut en effet, à l'extrême limite, interrompre les transmissions de données. Mais, croyez-moi, le schéma, il ne l'a pas...

Tyler n'en était pas si sûr, mais il se tut.

— Plus, à trois cents kilomètres à l'heure, un homme ne survivrait pas plus de dix minutes là-dessous.

Mais Alvarez était capable de tout, se dit Tyler. Tout haut, il prononça :

— Dès que vous mettrez la main sur ce sac, annoncez à la radio que vous avez « retrouvé le cric », d'accord ?

— Comme vous voudrez...

En regardant le chef d'équipe s'éloigner, Tyler se prit à songer à Nell. Dieu merci, elle était sur le quai avec Gretchen. Il bénissait Goheen de s'être montré aussi intraitable avec sa fille. Quant à Alvarez, Dieu sait pourquoi, il avait l'impression qu'il se cachait dans la voiture 9, la dernière.

Voiture 9. Tyler remonta d'abord la travée jusqu'à la porte verrouillée qui donnait sur l'extérieur. Les lumières du paysage urbain qu'ils traversaient faisaient chatoyer la nuit à la surface du verre dépoli. On ne voyait rien au dehors. Il redescendit d'un pas plus lent la travée, en secouant par l'épaule chacune des grandes poupées assises dans les sièges.

Les costumes étaient vides. Et Tyler écœuré. S'était-il trompé du tout au tout ? Des doutes l'assaillaient soudain. Cet Alvarez était-il un magicien ? Ou bien se dissimulait-il de nouveau sous le train ? Tyler jeta un coup d'œil à sa montre. Il ne restait plus beaucoup de temps. Voyons la cabine d'électronique... Il lui fallut plus d'une minute pour trouver la bonne clé et dévisser la cloison. Mais il ne fut pas déçu cette fois : le sac à dos noir était posé sur une étagère — il avait l'air de le narguer.

— Merde alors ! souffla Tyler, effrayé par sa propre perspicacité.

Sans hésiter, il l'ouvrit. Une étoffe ultramince — sans doute une couverture pour lui permettre de supporter le froid sous le train — lui glissa dans les mains. Ce qui signifiait sans doute qu'Alvarez était toujours à bord... de l'adhésif, du cordage en nylon muni d'un crochet, un winch, des fusées de détresse, de la cyanolite, des allumettes, des piles et un ordinateur portable. Mais ni explosif, ni acide corrosif, ni matériel GPS.

Tyler se dépêcha d'ouvrir l'ordinateur. Naturellement, il fut aussitôt bloqué par la demande de mot de passe. Seul un technicien du labo du FBI était en mesure de le casser, et pour l'instant, cette solution était exclue. Soudain, tout l'espoir qui l'avait animé se mua en peur panique. Alvarez était là, dans ce train, et lui, Tyler, était impuissant face à sa volonté de destruction...

Il annonça par radio aux autres qu'il avait « retrouvé le cric ».

— Pas possible ? On a besoin de vous en voiture 7 et vite ! entendit-il Coopersmith lui riposter.

Tyler referma le sac du saboteur et le passa en bandoulière pour refermer la cabine à clé. Il allait demander à un des hommes de Coopersmith de le cacher sous le bar du second wagon-restaurant, sous la bonne garde du barman. D'autre part, il fallait s'arranger pour mettre la cabine de la voiture 9 sous haute surveillance : Alvarez allait sûrement tôt ou tard chercher à récupérer ses instruments. Pour quoi faire ? Se glisser sous un train en plein déraillement ? Sauter d'un train lancé à trois cents à l'heure ? Non, c'était de la folie... Pris d'un doute, Tyler ressortit le duvet du sac noir. Pour constater qu'en réalité, ce n'était pas un sac de couchage comme il l'avait supposé au départ. En le dépliant, il s'aperçut qu'il était beaucoup trop grand, et que le ballot contenait des harnais de... oui, de parachute ! Ce qu'il avait pris pour une couverture était en réalité un parachute.

Alvarez avait donc l'intention de s'échapper par l'arrière. Cela voulait-il dire qu'il allait couper le train en deux ? L'avant étant destiné à dérailler pendant que l'arrière s'arrêtait gentiment sur la voie ?

Tyler rejoignit Coopersmith et ses deux ouvriers, plantés devant la cabine de la voiture 7.

— Il a bloqué la serrure avec de la colle, déclara Coopersmith, pâle et défait.

En tout cas, se dit Tyler, cette fois, le chef d'équipe avait l'air convaincu que le danger était bien réel.

— Ce n'est pas pour nous empêcher de retrouver son sac, puisque je l'ai. Alors, pourquoi ? Il aurait bidouillé le système électronique ?

— Les stabilisateurs, énonça platement Coopersmith.

— Peut-on faire dérailler un train en agissant sur une seule voiture ? interrogea Tyler.

— Non, il y a trop de sauvegardes. S'il essaie d'altérer les circuits, la motrice s'arrête automatiquement.

— Bon, mais quoi qu'il en soit, il faut ouvrir cette cabine.

— Il faudrait faire sauter la porte. C'est de la fabrication française, du solide.

— Qu'à cela ne tienne, faites-la sauter.

— Vous savez plutôt ce qu'on devrait faire ? dit subitement Coopersmith. Tirer sur la sonnette d'alarme...

Joignant le geste à la parole, il bouscula un de ses mécaniciens pour bondir vers la vitre. Il brisa le verre. Il était sur le point d'abaisser la manette rouge quand Tyler le retint par le bras en disant :

— Et si c'était ce qu'il souhaitait justement ? Et s'il comptait dessus ?

Coopersmith tourna vers lui un visage déformé par l'angoisse et l'incertitude.

— Et si en déclenchant le freinage, on déclenchait aussi la bombe ? Comment savoir ? insista Tyler.

Sans lâcher la manette, il souffla :

— Alors, qu'est-ce qu'on fait ?

— Si on demandait au conducteur de couper le moteur et de laisser le train s'arrêter tout seul ?

— À cette vitesse, il va nous falloir des kilomètres ! Écoutez, s'il a fait joujou avec les stabilisateurs, et s'il connaît son affaire, le F-A-S-T peut encore parcourir soixante kilomètres en ligne droite.

— Et si nous parvenions à détacher les voitures de queue ? interrogea Tyler.

En fait, Tyler était curieux de savoir si le plan supposé d'Alvarez était réalisable.

— Impossible, répondit Coopersmith. Il faudrait annuler la pression dans l'attelage. Ce qui n'est concevable qu'à l'arrêt.

Tyler se gratta la tête et ouvrit le sac à dos noir d'Alvarez.

— Vous allez peut-être m'éclaircir les idées sur tout ce fatras, dit-il au chef d'équipe en lui montrant le winch et les autres outils qu'il contenait.

De surprise, Coopersmith laissa retomber son bras le long de son corps, lâchant le dispositif d'alarme.

— Bon sang ! dit-il.

— Est-ce que je pourrais, si je le voulais, dépressuriser l'attelage de deux voitures avec ça ? questionna Tyler.

La réponse se lisait clairement dans les yeux du chef d'équipe.

— Mais pourquoi un saboteur chercherait-il à dételer une partie de la rame ?

— Pour sauver sa peau, l'instruisit Tyler.

Coopersmith se contenta d'acquiescer de la tête.

— Il dételle la 9 et regarde le reste du train dérailler, c'est ça ?

Sans attendre, Coopersmith se précipita à l'autre bout de la voiture et souleva le récepteur du téléphone directement relié à la motrice.

— Ici Coopersmith. Écoutez-moi bien...

Lorsque le chef d'équipe raccrocha, il était blême.

— Le conducteur refuse. Il refuse de provoquer l'arrêt.

— Mais il le faut ! s'écria Tyler.

— Il dit qu'il ne va pas arrêter le F-A-S-T à cause d'un peu de colle dans une serrure. Sauf si l'ordre vient du grand patron lui-même, de Goheen !

À cet instant, une voix féminine se mit à roucouler dans les haut-parleurs, annonçant le début de la retransmission télévisée en direct de la conférence de presse de Goheen. Chacun pouvait à loisir la suivre sur le petit écran individuel devant son siège...

— Goheen ne va pas arrêter ce train, pensa tout haut Tyler. Il ne va rien faire !

— J'aurais dû inventer quelque chose, mentir, se reprocha Coopersmith en serrant les poings.

Tyler consulta sa montre.

— Combien de temps cela prendrait de faire sauter la porte de la cabine ?

— On pourrait découper la serrure à la perceuse. Dix, quinze minutes.

— Cinq. Pas plus !

Tyler regarda fixement la serrure de la cabine. Et si Alvarez avait mis au point ce stratagème pour détourner leurs soupçons ? Il fallait qu'il en ait le cœur net. Se tournant vers Coopersmith, il s'enquit :

— Vous m'avez bien dit que chaque voiture détermine sa propre position ?

— Oui.

— Vitesse et direction comprises ?

— Oui.

— Et que les stabilisateurs se règlent à partir de ces informations ?

— Oui, c'est ce qui permet au train de rester sur les rails.

Tyler ferma les yeux très fort. Il devait se concentrer.

— Les systèmes de guidage s'informent mutuellement ?

— Bien sûr. Et ils informent aussi la motrice, confirma Coopersmith. Si jamais il détecte une anomalie, le logiciel de la motrice provoque l'arrêt du train. On a tout vérifié avant le départ à Penn Station.

— Bon, mais depuis, vous n'avez opéré aucune vérification, est-ce que je me trompe ? Eh bien, le saboteur le savait, c'est évident. C'est pourquoi il s'est risqué à bord du train. Mais une fois qu'il a commis son forfait, il dételle la voiture 9 et disparaît dans la nature.

Après une brève pause, il ajouta :

— Coopersmith, il faut vérifier tous les circuits qui contribuent à alimenter en données les stabilisateurs ! Et vite !

Les haut-parleurs crachotèrent un peu avant de laisser s'écouler de nouveau vers eux la voix suave. William Goheen allait passer sur les ondes...

35

Alvarez se figea à la vue de Jillian. Goheen ou O'Malley l'avaient-ils identifiée ? Comment avaient-ils réussi à la convaincre de monter à bord de ce train ? Toutes ces questions se bousculaient dans son esprit fiévreux.

Il croisa son regard. Elle s'empressa de détourner le sien. Par colère, par peur ? Pivotant sur lui-même, il vit de loin approcher le flic. Alvarez avisa les toilettes. Il poussa la porte, encore étourdi par la vision de Jillian au milieu des invités. Pour lui, la jeune femme représentait l'avenir. Alors que son sabotage était l'expression du désespoir le plus pur, de son immense et douloureuse colère. Pris en tenaille par ses propres contradictions, il avait du mal à respirer. La tête lui tournait. Il ferma le loquet des toilettes.

Presque aussitôt, quelqu'un frappa à la porte. Malgré le voyant « Occupé ». *C'est le flic,* se dit Alvarez.

— S'il te plaît...

La voix de Jillian lui parvint, assourdie par l'épaisseur de la porte. Alvarez repoussa le loquet, le cœur battant. Était-ce un guet-apens ? Se servaient-ils d'elle comme d'un appât ? La porte s'entrebâilla. Jillian se glissa à l'intérieur.

Elle ferma elle-même la porte. Ils étaient tous les deux debout l'un contre l'autre dans l'espace exigu. Et elle était éblouissante de beauté. Robe de velours. Chignon. Yeux étincelants.

— Je ne les ai pas crus, déclara-t-elle sans préambule.

Il l'enlaça tendrement, soudain rempli d'une étrange paix.

— Que veux-tu dire ?

— Je n'ai pas eu le courage de te l'avouer.

— Dis vite.

— Quand j'ai lu l'article dans le journal, j'ai appelé la police pour leur dire que je t'avais vu... Un peu plus tard, un homme est venu me rendre visite. Quelqu'un de la compagnie de chemins de fer. Il m'a assuré que, si j'acceptais de faire ce voyage, je sauverais plusieurs centaines de vies humaines. Je lui ai répondu que tu ne commettrais jamais un crime pareil.

— Mais tu as quand même accepté, dit-il en relâchant son étreinte. Pourquoi ?

— C'est fini, mon chéri, arrête, c'est fini ! gémit-elle en s'agrippant de toutes ses forces à lui.

— Lui et sa compagnie vont payer ! articula Alvarez entre ses dents. Goheen... Ce salaud...

On cogna de nouveau à la porte, très fort. Alvarez fit signe à Jillian de répondre.

— Il y a quelqu'un ! cria-t-elle.

— Excusez-moi.

Une voix masculine. Le flic ? Un des gorilles de Goheen ?

— Je ne te demande pas de comprendre, murmura-t-il à son oreille.

— Tu ne peux pas faire ça !

— Ce sont eux les coupables, ce sont eux qui ont menti !... Écoute, toutes les voitures après les wagons-restaurants vont rester sur la voie. Tu n'as qu'à y aller...

— Non, dit-elle en le regardant droit dans les yeux. Je n'irai pas.

Alvarez consulta sa montre.

— Bien, alors il faut que tu décides. Tu me dénonces ou pas ? Je n'ai pas de temps à perdre.

— Je n'irai pas me réfugier dans les voitures de queue. Si tu fais dérailler le train, je serai dedans. Un point c'est tout.

— Ce n'est pas ton histoire, Jillian.

— Il n'y a pas d'histoire. Tu as perdu ta femme et tes enfants. Ton crime ne les ramènera pas.

Alvarez sentit ses joues lui brûler.

— Prends ta décision, énonça-t-il avec une férocité qui le surprit lui-même.

Jillian écarquilla les yeux et se détourna pour ouvrir la porte.

36

— Avant de répondre à vos questions, je voudrais vous montrer un petit film traitant des innovations technologiques et de l'aspect futuriste du F-A-S-T. Un documentaire de cinq minutes...

Derrière l'épaule gauche de Goheen, O'Malley offrait à l'œil de la caméra un visage patibulaire.

Le silence se fit dans les voitures. Tout le monde était rivé au petit écran. Soudain celui-ci devint noir. Un grésillement. Puis une silhouette en ombre chinoise apparut. Et une voix altérée par un programme électronique, une voix de robot prit la parole :

— Bienvenue aux passagers de l'essai du F-A-S-T. Que le personnel tente d'éteindre cette vidéo, et c'est vous, messieurs, mesdames, qui paierez. Désormais, votre sécurité est entre mes mains. J'ai un certain nombre de choses à demander à M. Goheen...

Celui-ci balaya la voiture d'un regard courroucé. Qui osait ? Puis il se tourna vers O'Malley. Cependant la voix aux accents métalliques continuait :

— ... S'il n'acceptait pas mes conditions, ce train va dérailler dans... exactement... sept minutes !...

Un murmure ponctué de cris affolés parcourut la voiture.

— ... Si jamais le train venait à ralentir de plus de quinze kilomètres à l'heure, il déraillera automatiquement. Monsieur Goheen, j'espère que vous serez attentif à ma requête...

Les protestations s'enflèrent. Un homme soûl s'écria :

— Si c'est une blague, elle est pas drôle !

La plupart des journalistes sortirent leur téléphone portable pour appeler leur rédaction.

— ... Avant tout, continuait la voix synthétique, William Goheen et Keith O'Malley vont confesser leurs crimes, leurs mensonges et leurs manigances criminelles. Ils vont avouer leur responsabilité dans l'accident qui a coûté la vie à trois personnes au passage à niveau de Genoa, en Illinois. Un « accident » dû directement aux décisions qu'ils avaient prises...

Goheen avait l'air d'avoir vu un fantôme.

À la seconde où la cassette d'Alvarez supplanta celle de Goheen, Tyler se trouvait en route pour la voiture 6. La voix de synthèse annonça le déraillement. Un avis officiel, en quelque sorte. Tyler contempla les mannequins qui semblaient regarder l'écran de leur siège.

— J'accuse le président William Goheen et le chef de sa sécurité, M. Keith O'Malley, d'avoir trompé les clients, les fournisseurs et les actionnaires de la Northern Union. Je les accuse d'avoir détourné des fonds attribués à l'entretien et à la maintenance. Je les accuse d'avoir falsifié des documents afin de prouver qu'ils maintenaient la sûreté sur leurs lignes. Je les accuse d'avoir extorqué ces fonds en faveur du F-A-S-T aux dépens de la plus élémentaire des garanties de sécurité sur les chemins de fer américains...

Une image revint hanter Tyler : celle du spectacle offert par les wagons épars, déchirés, explosés, du train de Terre Haute. Jusqu'ici, Alvarez n'avait causé la mort de personne... Alors qu'aujourd'hui... Dans quelques secondes peut-être...

Il se dépêcha d'aller retrouver les deux mécaniciens. Sur le badge de l'un d'eux se lisait un nom aux consonances françaises : Raoul. Et voilà le dénommé Raoul lui annonçant avec un accent en effet français :

— Il y a un type de la sécurité qui vient de passer. Il dit avoir terminé d'inspecter les attelages.

— Quel type ? fit Tyler, la tête bourdonnante.

— Mais le type de la sécurité, répéta Raoul comme si Tyler était sourd.

— Avant ou après le début de la vidéo ?

Tyler estimait que O'Malley avait peut-être eu le temps de rallier ses troupes.

— Avant, l'informa Raoul.

— Montrez-moi ! hurla presque Tyler.

S'était-il fourvoyé au sujet du mannequin ? Alvarez s'était-il fait passer pour un agent de la sécurité depuis le départ ? Mais dans ce cas, comment les vigiles de O'Malley ne s'en étaient-ils pas aperçus ?

Tyler haussa les épaules. Quoi qu'il en soit, le problème restait entier : était-il trop tard ou non pour éviter le pire ?

La silhouette en ombre chinoise sur le petit écran continuait son discours :

— Monsieur Goheen, je vous ai déjà bien des fois tendu la perche. Vous n'avez jamais accepté de passer aux aveux. Très bien. Votre refus risque à présent de coûter la vie à des innocents. Vos mensonges, monsieur Goheen, sont à l'origine de tous ces crimes. Ah, oui... Et votre fille... J'avais même demandé à ce qui devrait vous être le plus cher, votre Gretchen, de vous supplier de faire vos excuses publiques... Et vous avez refusé. Monsieur Goheen, vous n'êtes pas digne du titre de père, pas plus que vous ne l'êtes du titre de président d'une des plus grandes compagnies de chemins de fer de ce pays. Vous avez échoué sur toute la ligne, monsieur Goheen. Vous seul auriez pu éviter la catastrophe qui est sur le point de se produire. Maintenant... Je suis sûr que les journalistes vont avoir des questions à vous poser...

Une femme jeune et belle à moitié dévêtue devant un miroir. Le visage de Gretchen Goheen regardait droit dans l'objectif de la caméra.

— On ne vous a jamais demandé ça ? dit la voix synthétique.

— Jamais, répondit la jeune femme. Parfois au contraire ils veulent que j'ajoute quelque chose. Ils veulent un certain look.

Un homme, le dos à la caméra lui enlève sa robe, puis son soutien-gorge, puis il tombe à genoux devant elle pour lui ôter son porte-jarretelles.

— Je vous paye tout de suite ? dit la voix synthétique.

— Je vous en prie. Votre carte de crédit a été débitée dès l'instant où je vous ai téléphoné de la réception, répondit une Gretchen Goheen nue à l'homme à genoux devant ses jambes ouvertes.

Fondu enchaîné. La silhouette en ombre chinoise se profila de nouveau sur l'écran.

Tyler se mordit les lèvres. Il s'imaginait la honte et le chagrin du père de cette jeune femme, presque une jeune fille, qui vendait son corps pour quelques dollars alors qu'elle ne manquait de rien... De rien, vraiment ? Ou de quelque chose qu'il n'avait pas su lui donner ?

— Je ne garantis pas, déclara la voix synthétique, la sécurité de toute personne se trouvant à l'avant ou dans les wagons-restaurants.

— C'est bien ce que je pensais ! s'exclama Tyler. Il va couper la rame en deux !

Et maintenant il comprenait comment le saboteur allait s'arranger pour que le déraillement ne fasse aucun mort.

À cet instant, la porte de communication de la voiture 6 s'ouvrit pour laisser le passage à un véritable troupeau de passagers en folie. Des gens hystériques, ou ivres, ou les deux à la fois. Tyler s'écarta d'un bond pour les laisser passer, cependant que le dénommé Raoul, qui se tenait juste devant la porte, poussé par la cohue, bascula en avant et tomba entre les sièges. Tyler lui tendit la main pour l'aider à se relever.

Le cortège ne semblait pas vouloir se terminer. Petit à petit, Tyler, en se plaquant contre la paroi, se dirigea vers les toilettes à l'arrière de la voiture et vers le soufflet. Il fallait qu'il atteigne ce soufflet... Il avait tout au plus cinq minutes devant lui.

37

La vidéo démarrait tout juste quand Alvarez et Jillian sortirent de la cabine des toilettes.

Tous les passagers du wagon-restaurant leur tournaient le dos, le regard rivé sur les écrans suspendus au plafond. Alvarez tira Jillian par le bras pour l'entraîner vers les wagons de queue et l'empêcher de le reconnaître sur la vidéo. Trop tard.

— Je veux rester voir le film, protesta-t-elle, pas dupe.

Alvarez demeura un instant interdit. S'il ne se précipitait pas tout de suite, il n'aurait aucune chance de pouvoir utiliser son parachute.

— Tu as été drôlement occupé, continua Jillian en hochant la tête, furieuse.

— Nous devons aller à l'arrière du train.

— Tu n'as qu'à y aller sans moi.

Il la prit de nouveau par le bras. Elle se débattit. Sa propre voix, déformée par le logiciel, sonna à son oreille. Il annonçait le déraillement imminent. Déjà tout le monde se tournait afin de s'élancer vers l'arrière. Tandis que les gens se ruaient comme un troupeau pris de panique, il prit Jillian dans ses bras pour la protéger. C'est alors qu'il aperçut du coin de l'œil un détail qui le troubla. Il se tourna pour constater que le soufflet entre les voitures était ouvert. Y avait-il quelqu'un dehors ?

Tyler déverrouilla le soufflet et l'entrouvrit. L'air glacé lui coupa le souffle. Il s'accroupit pour regarder à l'extérieur.

Des câbles noirs reliaient les deux voitures. Au premier abord, ils semblaient intacts. Il se pencha davantage en avant pour inspecter le bras d'attelage. Mais il n'en voyait qu'une partie. Avec un soupir, il se résigna à descendre l'échelle d'un montant. Le ballast défilait à une allure incroyable. Cramponné au barreau gelé, il se tordit le cou pour examiner la partie antérieure du puissant bras d'acier. C'est alors qu'il la vit...

C'était une toute petite boîte de couleur grise, collée au bras. Il se pencha encore de quelques centimètres. Pas d'horloge. Juste une petite boîte de la taille d'un paquet de cigarettes. Et pourtant Tyler savait qu'il s'agissait d'une bombe.

Et maintenant, quoi ? Essayer de la détacher ? Non, trop dangereux. Elle risquait d'exploser. Alors ? La seule solution paraissait d'évacuer les passagers à l'arrière du train.

Soudain, les wagons se mirent à tanguer. Tyler eut la nette sensation que ce mouvement était accompagné d'un resserrement de l'espace entre les voitures. L'instant d'après, il leva les yeux vers l'ouverture entre les soufflets. Alvarez se tenait debout au bord du vide. Il regardait Tyler avec une expression indéfinissable. Puis, d'un coup sec, il referma le soufflet.

38

William Goheen laissa les passagers s'enfuir vers l'arrière du train, préférant rester dans le second wagon-restaurant en compagnie du barman, lequel transpirait abondamment.

— Allez-y, lui dit tranquillement le directeur de la Northern Union en prenant une gorgée de scotch.

— Il vaut mieux obéir à ce fou, patron. Je pense pas qu'il dise ça pour rigoler.

Sur le petit écran, multipliée à l'identique tout autour de la voiture, l'image de Gretchen Goheen nue semblait défier son père.

— Allez-y, Fred. Je vous rejoindrai dans un moment.

Le barman hocha la tête. Un homme d'expérience. Il travaillait pour la compagnie depuis trente ans.

— Les gosses, de nos jours, ils se mettent dans toutes sortes de pétrins. Et c'est aux parents de les en tirer. Votre gamine a besoin de vous, patron. Il faut pas rester ici...

Goheen leva vers lui des yeux durs en marmonnant entre ses dents :

— Qu'est-ce que vous en savez ?

Sur ces paroles, il s'éloigna du bar pour s'installer dans un fauteuil club avec son verre de whisky. Il se rappelait, comme si c'était hier, le jour où il avait choisi le design du mobilier du wagon-restaurant. Cela lui avait paru aussi important que le reste : ces petits détails qu'il avait pris tant de plaisir à soigner. Et à présent, tous ces efforts, ces sacrifices, ces années de travail, cet espoir d'inscrire en lettres d'or son nom dans la légende du chemin de fer américain : William Goheen, le père du F-A-S-T...

Il consulta sa montre. Encore trois minutes avant le déraillement... Car il ne céderait pas. Il n'était pas question qu'il s'abaisse à des excuses publiques !

Une voix le fit tressaillir :

— Bill, allons.

C'était Keith O'Malley, la chemise maculée d'une tache de vin rouge semblable à une tache de sang.

— On le cherche, continua-t-il. On a encore une chance de l'avoir, ce salopard...

Goheen eut un hochement de tête attristé et jeta un coup d'œil vers l'écran du téléviseur le plus proche.

— Vous y croyez vraiment ?

— On va l'attraper, vous allez voir. Et on n'entendra plus jamais parler de lui.

— C'est peut-être un trucage, dit Goheen. Vous savez tout ce qu'on peut faire aujourd'hui avec ces ordinateurs. La tête d'une femme sur le corps d'une autre...

— Ouais, c'est sûrement ça...

— Sauf que j'ai reconnu ses gestes, et ça, ça ne trompe pas, soupira le père.

— Personne ne peut rien vous reprocher, Bill. Vous êtes blanc comme neige. Même pour Andersen...

— Gretchen est ma fille. Je n'ai pas su m'y prendre avec elle. Jamais. Je n'ai jamais eu, comment dit-on ? la fibre paternelle.

— Bill, il faut que vous sortiez de cette voiture.

Goheen leva les yeux vers son chef de la sécurité, puis les détourna, cherchant un verre d'alcool à peu près plein parmi ceux qu'avaient laissé traîner les invités.

— Il faut quitter les voitures de tête, insista O'Malley.

— Vous voulez que j'aille me jeter dans la gueule du loup ? s'exclama Goheen en vidant d'un trait un verre rempli d'un liquide ambré. Et que je leur raconte quoi ? Que je suis fier de confirmer que ma chère petite fille est une pute ?... Non, c'est terminé pour moi.

O'Malley jeta un coup d'œil nerveux à sa montre pendant que Goheen gémissait en montrant l'écran du doigt :

— Le salaud ! Il sait tout ! Genoa... Andersen...

— Vous ne pouvez pas vous éterniser ici. Il ne nous reste plus qu'une minute.

— Il sait tout sur moi ! Elle est devenue comme ça parce qu'elle a deviné que c'est le genre de femme qui me plaît... Elle sait ça depuis longtemps...

— Bill, vous perdez votre temps.

— Non, j'ai perdu ma vie, Keith. Elle a essayé de me convaincre de passer aux aveux pour Genoa. J'ai refusé...

O'Malley regarda de nouveau sa montre.

— Il faut que j'aille voir où en sont les gars...

— Allez-y donc, allez...

O'Malley, terrifié, franchit la porte de communication vers la voiture 6.

39

Alvarez venait de verrouiller le soufflet, empêchant Tyler de remonter à bord du train, lorsque O'Malley sortit du wagon-restaurant, les épaules arrondies comme celles d'un boxeur montant sur le ring.

— Virez tout le monde de là ! aboya-t-il à l'attention d'Alvarez.

Il n'avait même pas daigné regarder le visage de celui auquel il s'adressait : l'uniforme lui suffisait.

Alvarez considéra la silhouette râblée du chef de la sécurité qui franchissait la seconde porte de communication. Il venait de laisser passer une occasion en or... Il le tenait. Et il n'avait même pas levé le petit doigt !

Furieux contre lui-même, Alvarez entra dans le wagon-restaurant. William Goheen était tassé dans un fauteuil. Il leva vers lui un visage hagard. Puis une expression de rage déforma ses traits, il bondit sur ses pieds et fonça sur lui, tête baissée. Alvarez esquiva et fit un croche-pied à son agresseur dont le crâne s'écrasa avec un bruit mat contre le bar. Du sang gicla.

Brandissant une bouteille de champagne comme une massue, Alvarez fut sur le point de l'achever. Mais il abaissa lentement son arme : il refusait de sombrer au niveau de cette ordure... À cet instant, une voix féminine chanta à son oreille... Et Jillian surgit du coin le plus éloigné du bar. Cachée derrière le paravent en aluminium qui isolait une table haute dans un coin du wagon-restaurant, elle n'avait pas perdu une miette de la discussion entre le directeur de la compagnie et son chef de la sécurité.

— J'ai tout entendu ! Il y avait un autre homme avec lui, dit-elle, haletante, en montrant Goheen d'un index tremblant. Celui qui a tué ton avocat, Andersen. Je t'en supplie, maintenant, arrête ce train ! Tu as un témoin : moi ! Tu n'as pas besoin de le saboter !

Goheen contempla Jillian avec des yeux déments, puis il renversa en arrière sa tête couverte de sang et éclata d'un rire mêlé de sanglots.

Deux détonations résonnèrent non loin, deux coups secs. D'un geste presque machinal, Alvarez brisa la bouteille de champagne sur le rebord du bar et s'avança, le goulot en avant.

Tyler n'osait pas ramper dans les entrailles du train. Alvarez avait peut-être réussi cet exploit après avoir posé sa bombe, mais Tyler ne s'en sentait pas capable. Le souffle court, les mains moites qui glissaient sur les barreaux, il grimpa l'échelle qui montait jusqu'au soufflet. En contrebas, la boîte grise, accrochée au bras d'attelage comme une sangsue diabolique, continuait à compter les secondes. Tyler regarda sa montre. Plus qu'une minute.

— Garez-vous ! hurla-t-il en sortant son Beretta et en tirant un premier coup dans la serrure.

Une douleur fulgurante lui transperça le bras. Il crut qu'il allait lâcher prise. Tyler cria de nouveau et tira un second coup dans la serrure. Cette fois, le soufflet s'entrebâilla.

Tyler avança le bras droit pour élargir l'ouverture dans la paroi, mais sa main gauche, affaiblie, n'avait plus prise : le ricochet d'une balle l'avait blessé au poignet. Il perdit l'équilibre et bascula sur le côté avant de se rattraper avec sa main droite. Son pistolet lui sauta de la main et, après avoir rebondi sur un tuyau, disparut.

Il ouvrit tant bien que mal la paroi à l'aide de sa main gauche et parvint à se hisser à l'intérieur. La première chose qu'il vit, ce fut Alvarez, tenant un objet pointu sous la gorge de Goheen. Une femme se tenait à quelques pas derrière eux.

Trente secondes...

Apercevant à son tour Tyler, Alvarez brandit vers lui la bouteille cassée pour l'obliger à reculer. Du coin de l'œil, Tyler vit approcher O'Malley et deux de ses vigiles. Le reconnaissant, O'Malley se dirigea droit sur lui, les poings serrés.

Quinze secondes...

Tyler leva sa main en sang pour arrêter le chef de la sécurité tout en reculant, mais vers le wagon-restaurant. Il ouvrit la porte de communication et, toujours à reculons, bondit en hurlant :

— Foutez le camp !

Mais O'Malley, hors de lui, avançait toujours.

— Vous ? fulmina-t-il.

Cinq... Quatre...

La porte de communication du wagon-restaurant se ferma. Tyler eut le temps de voir Alvarez se coucher par terre en forçant la jeune femme à l'imiter. Et la bombe explosa. Tuant O'Malley sur le coup.

Des morceaux de verre fusèrent dans tous les coins. Tyler se jeta sur le plancher de la voiture tandis que celle-ci semblait se soulever de terre pour prendre son envol. Tyler se crut mort. Des bribes de sa vie lui revinrent en désordre à l'esprit. Des souvenirs de son enfance. Et surtout le visage en bouillie de Chester Washington. Et soudain, il se dit que sa colère ne servait à rien. Les gens étaient soit portés par la chance, soit broyés par le malheur. Et lui, Tyler, n'y pouvait rien. Sa colère était impuissante à rien changer aux injustices du monde... Le wagon retomba à cet instant dans un fracas terrifiant. Un air glacial s'engouffra par les fenêtres fracassées, les portes parurent gonfler sous la force du vent, puis elles éclatèrent. Tyler sentit quelque chose de chaud lui couler dans le dos. Du sang. Levant les yeux, il vit qu'au-delà de la porte de communication, il n'y avait plus que la nuit... Les quatre voitures de queue s'étaient détachées du reste de la rame.

Alvarez se releva à demi, la main déchirée par le verre de la bouteille de champagne. Goheen restait couché à terre. Jillian aussi.

Jillian... Une secousse plus forte que les autres jeta Alvarez à terre. Il entendit le crissement strident des freins. Le téléphone de secours était à deux pas. Alvarez s'y traîna. Réussit à décrocher. Hurla au conducteur de la motrice :

— Pas les freins, connard ! Plus on ralentira, plus les stabilisateurs joueront des castagnettes !

Il raccrocha. Le train fut animé d'un nouveau soubresaut. Alvarez sortit son GPS de poche et, après l'avoir examiné quelques secondes, déclara :

— On a passé le premier virage. Encore trois. Au troisième, on déraille.

Puis il rempocha son appareil et prit la jeune femme par le bras pour l'entraîner à l'avant du train.

Tyler décida que le plus sage était de suivre Alvarez. Le soufflet entre les deux wagons-restaurants avait été arraché par la puissance de l'explosion. Les freins de la motrice gémirent et grincèrent de nouveau en dépit de l'avertissement d'Alvarez. Tyler fut d'abord projeté contre la paroi déchirée. Se rattrapant de justesse, il fit un bond en avant, en priant le Ciel que le train ne fît pas un écart juste à ce moment-là. William Goheen, que la peur de mourir avait arraché à sa transe léthargique, se tenait à présent au bord du passage comme devant l'abîme d'un précipice.

— Je ne peux pas ! s'écria le grand patron de la Northern Union, la cravate de travers, la chemise maculée.

— Comme vous voudrez...

Tyler n'allait pas jouer au héros. Il sentit que le train amorçait un virage. Le deuxième. Le sol sembla se dérober sous ses pieds. Le train allait-il vraiment s'envoler ? Goheen, finalement, sauta. Mais il trébucha et heurta le soufflet de son épaule avant de glisser à terre. Tyler lui tendit une main secourable : sa main blessée, car il avait besoin de la valide pour se cramponner. Il esquissa une grimace de douleur tandis que Goheen l'agrippait de toutes ses forces pour se remettre debout et levait vers lui un regard vide. Un regard mort.

Tyler traversa la voiture en titubant au milieu d'un bombardement de verres, serviettes, cendriers et autres accessoires au logo du F-A-S-T transformés en projectiles. Le sol vacilla sous ses pieds comme un bateau saisi par la houle. Il se mit à courir comme un fou, Goheen sur ses talons. Les intentions d'Alvarez ne faisaient plus aucun doute dans son esprit. Une fois réfugié dans la motrice avec sa jolie compagne, il allait dételer les quatre voitures qui restaient.

Sur le seuil de la porte de la motrice, qu'il avait franchi avec Coopersmith seulement trente minutes plus tôt, se tenait la jeune femme, à moitié évanouie, soutenue par Alvarez qui s'apprêtait à refermer le battant.

Soudain, Tyler eut la sensation que les parois de la voiture se rapprochaient pour l'enserrer comme dans un étau, l'écraser.

— Ne fermez pas cette porte ! s'écria-t-il. Je sais ce que vous comptez faire. Je peux vous aider.

— L'aider ? vociféra derrière lui le grand patron, retrouvant sa hargne habituelle.

Tyler se retourna vivement et, sans hésiter une seconde, lui envoya un direct du droit. Il se mordit les lèvres de douleur, mais jamais coup de poing ne lui avait été aussi délicieux. Goheen s'écroula, plié en deux.

— Vous voulez dételer la motrice, dit Tyler en criant à tue-tête pour se faire entendre malgré le tintamarre. Les stabilisateurs de la motrice ne sont pas atteints. Elle sera simplement entraînée par les wagons quand ils sortiront des rails... On peut faire quelque chose pour les en empêcher ?

Alvarez se contenta de le regarder fixement.

— Vous ne voulez tuer personne ? insista Tyler.

— Moi, je reste dans ce train ! s'exclama Goheen.

— J'ai votre sac à dos ! continua Tyler sans tenir compte du directeur de la compagnie.

— C'est pas vrai ! dit Alvarez, dont le visage s'était éclairé.

— Vous ne me croyez pas ?

Sur ces paroles, Tyler rebroussa chemin. Il regarda derrière le bar où il avait caché la pièce à conviction. Pas de sac. Où était-il passé ? Pris de panique, il regarda autour de lui. Ce placard ! Fermé à clé ! Il fallait trouver de quoi forcer la porte. Il trouva un ouvre-bouteille. Pas moyen d'ouvrir. La serrure ne cédait pas. Il avisa alors l'extincteur et donna de grands coups dans la porte. Le sac tomba du placard. En attendant, il avait perdu un temps précieux.

Sous l'œil furibond de Goheen, Tyler se chargea d'enfoncer les pointes du crochet sur le dos d'un fauteuil dans la voiture 1 pendant qu'Alvarez attachait l'autre bout de la corde en nylon à la paroi de la motrice. Puis ils tendirent la corde au maximum grâce au winch, un peu comme s'ils remontaient un poisson en tournant le moulinet d'une canne à pêche.

— Maintenant, dit Alvarez en se tournant vers Goheen. Vous allez appeler le conducteur pour lui demander d'arrêter la locomotive.

— Ah, mais... Jamais ! Pour vous permettre de vous échapper ?... Vous et ce... ce traître ! vociféra-t-il en fusillant Tyler du regard.

— Je reste avec vous dans la voiture. Lui vient à ma place dans la motrice.

— Ah, non ! Pas question ! protesta Tyler.

— Ta gueule ! s'écria Alvarez sans lâcher du regard le grand patron. Vous allez appeler le conducteur !

Goheen prit la radio qu'Alvarez lui tendait et, après avoir répété deux fois son nom, comme si le conducteur refusait de le croire, ordonna :

— Freinez, pour l'amour du Ciel ! Et doucement !

Les freins ne furent pas plus tôt mis, que la voiture se cabra, puis se mit à se trémousser dans tous les sens. Alvarez et Tyler, tout secoués qu'ils étaient, s'appliquèrent à tourner le winch. De plus en plus fort. Le but : resserrer la distance entre les deux voitures, ce qui permettrait d'annuler la pression qui empêchait le dételage.

— Demandez-lui de freiner de nouveau ! dit Alvarez à l'adresse de Goheen.

Le grand patron obtempéra. La voiture se cabra de plus belle. Alvarez et Tyler réussirent à serrer encore la corde. À un moment donné, Alvarez leva le pouce pour montrer que c'était suffisant.

— Vous avez les clés ? s'enquit-il auprès de l'agent fédéral.

— Oui, l'informa Tyler, en nage, le bras maculé du sang de sa blessure qui coulait sur ses doigts.

— Grouillez-vous ! dit Alvarez en sortant son GPS. Il nous reste quelques secondes à peine...

— Vous n'allez quand même pas rester dans la rame, argua Tyler.

— Je vous ai dit : Et que ça saute !

Le timbre cristallin d'une voix féminine les fit tressaillir :

— Qu'est-ce que tu crois que tu vas y gagner ? lança la jeune femme recroquevillée à la porte de la motrice.

— Personne ne gagne jamais, énonça Alvarez.

— Alors, pourquoi ? gémit-elle.

Pendant ce temps, Alvarez était passé dans la voiture et Tyler, depuis la motrice, avait levé le plancher du passage, puis, en se mettant à quatre pattes, tourné la clé dans le bras d'attelage. La voiture se détacha de la motrice et le câble en nylon, en cassant, siffla dans les airs comme un serpent en colère, passant à quelques centimètres du visage d'Alvarez.

Entre le wagon et la motrice, l'écart s'élargit peu à peu. La nuit déplia devant Tyler et Jillian ses vastes espaces obscurs, où les silhouettes figées d'Alvarez, debout, et de Goheen, allongé par terre, s'en allaient, diminuant de taille à vue d'œil.

Cinq secondes. Dix. La rame pencha d'un côté, puis de l'autre. Quinze secondes. Le wagon se souleva, bascula. Vingt. Vingt-cinq. Il quitta la voie au milieu du virage. Les rails se déchirèrent dans des gerbes d'étincelles. Les quatre voitures s'envolèrent, parurent rester en suspens dans les airs, puis plongèrent les unes après les autres dans les marécages aux abords de la Susquehanna, faisant jaillir de la boue et de la végétation à trente mètres de hauteur.

Tyler crut distinguer, un peu plus haut, un objet noir qui déployait des espèces d'ailes dans le ciel puis descendait lentement, comme une feuille qui tombe. Alvarez avait tout prévu... Le parachute !

40

Tyler se reposait en compagnie de Nell Priest chez la mère de celle-ci, dans une petite maison de la banlieue de Washington. Deux jours après son exploit et le déraillement du F-A-S-T, Tyler était tout à la fois promu héros national et... chômeur. Car si Loren Rucker lui avait offert un job au Bureau de la sécurité des transports, c'était seulement pour un avenir lointain : quand les « esprits seront moins échauffés ».

Les recherches sur le site du déraillement avaient abouti à la découverte de la dépouille de William Goheen et d'un parachute abandonné à une centaine de mètres des wagons. Pas le moindre signe de vie d'Umberto Alvarez...

— Tu as vu les actions de la Northern Union ? Quelle chute ! lança Nell en venant s'asseoir sur le bras du fauteuil où Tyler, une pile de journaux sur les genoux, était occupé à éplucher la presse à la recherche de tous les articles concernant l'attentat.

— Apparemment, c'est confirmé, O'Malley a bien assassiné l'avocat d'Alvarez, Andersen. Au moins, de ce côté-là, Alvarez est blanchi. Grâce à cette Jillian Barstow qui a été témoin de la conversation entre O'Malley et le grand patron dans le train juste avant la catastrophe.

— Quand je pense que c'est toi qui aurais pu être dans le train avec Goheen ! soupira Nell en lui passant la main dans les cheveux.

Tyler caressa les longues jambes que Nell avait croisées sous son nez. Il soupira :

— Quand je pense que j'ai perdu ma maison, que j'ai perdu mon boulot, et que je n'ai jamais été aussi heureux de ma vie !

— Mon seul regret dans cette affaire, continua Nell, c'est qu'on ait perdu le F-A-S-T. Je sais que Goheen était une ordure, mais c'était aussi un visionnaire et le *bullet train* une superbe réussite.

— Vous avez les plans, tout n'est pas perdu.

— Oui, mais cela va mettre des années. Et la compagnie est au bord de la faillite.

— Moi qui pensais que cet Alvarez allait se sacrifier ! dit Tyler à brûle-pourpoint. Quel idiot je suis ! J'avais oublié le parachute dans le sac !

— Cet homme est d'une habileté diabolique, opina Nell. Et tu sais quoi ? Je pense qu'il doit être très riche à l'heure qu'il est, en plus.

— Comment cela ?

— Tu ne t'es jamais demandé comment il avait réussi à financer sa campagne de déraillements contre la compagnie ?

— Des économies ?

— Un petit prof de sciences ? Tu rigoles !

— Alors ?

— Délit d'initié d'un genre particulier. Voilà la réponse. Il était bien placé pour savoir à l'avance que les déraillements de trains de marchandises allaient faire baisser les cours des titres de la Northern Union, pardi ! Il ne lui restait plus qu'à acheter et à vendre au moment propice. Un jeu d'enfant.

— En effet. Et avec le coup du *bullet train,* il a dû miser sur une chute spectaculaire ! Un beau coup, c'est sûr.

— Bien, alors, tu vois. Tu n'as qu'à suivre la piste.

— La piste du pognon... Mmm... Pourquoi pas ? Il suffit de demander à la SEC[1] de vérifier les achats sur Internet.

— Tu connais quelqu'un à la SEC ?

— Non, mais Loren Rucker a le bras long...

— Bon, eh bien, je te propose un boulot...

— Toi ?

Tyler était si stupéfait qu'il en laissa tomber la pile de journaux par terre.

— Je ne t'ai pas dit que j'avais eu de l'avancement ?

Il approcha sa bouche de la sienne. Leurs haleines se mêlaient.

— Je remplace O'Malley, souffla-t-elle. Alors, qu'est-ce que tu en dis ? Au même salaire que ce que t'offrait le Bureau, plus les notes de frais.

— Je ne veux pas de ta charité, repartit-il en l'embrassant.

Après une pause, elle reprit, toujours contre ses lèvres :

— Appelle Rucker. On verra ensuite.

1. *Securities and Exchange Commission*. Agence fédérale (1934) chargée de surveiller les émissions d'actions et d'obligations de firmes commerciales et industrielles et de protéger ainsi le public contre d'éventuelles escroqueries.

41

Cela faisait près de deux mois que Tyler était assis derrière le volant d'une vieille Pontiac décapotable devant la façade de brique rouge d'une maison d'Arcadia Street, à Rockford, Illinois. Au rythme de douze heures de surveillance par jour, il avait eu le temps de voir l'hiver s'installer dans cette contrée de l'Upper Midwest. Se nourrissant de hamburgers et de café brûlant, il passait une bonne partie de ses journées à remuer des souvenirs de l'époque où son métier d'inspecteur à la criminelle l'obligeait à supporter les affres de la planque, et à calculer qu'il serait dans quelques mois sorti du tunnel de l'endettement. Son avocat s'était arrangé pour étaler les paiements. Même s'il avait perdu sa maison, il comptait bientôt pouvoir louer un studio et se racheter une voiture, peut-être une moto, une Norton 1953...

Nell Priest, désormais son patron à la Northern Union Security, lui avait rendu visite à plusieurs reprises pendant le week-end. Techniquement parlant, pour « voir où il en était ».

Elle était arrivée cette fois le vendredi matin, pour passer trois jours avec lui. Assise à côté de lui dans la Pontiac, elle passait en revue la liste des films à voir en ville. Tyler quittait chaque soir son poste à 20 heures, pour être remplacé par un garde de nuit.

À la demande expresse de Loren Rucker et du Bureau de la sécurité des transports, la SEC avait procédé à une enquête sur les achats et les ventes des titres de la Northern Union. Il s'était avéré que sept opérations totalisant une somme globale de 927 000 dollars avaient été enregistrées au cours des dix-huit derniers mois, dont la plus remarquable, se montant à 710 000 dollars, la veille du déraillement du F-A-S-T. Les fonds avaient été transférés en Angleterre, puis aux Bermudes, pour être ensuite acheminés de nouveau aux États-Unis, dans un compte sous tutelle au nom d'un certain Miguel Alvarez, résident de la Bennett House, la maison dont la façade rouge se dressait sous les yeux de Tyler.

— Tiens, le facteur, dit Nell en regardant dans son rétroviseur.

Tyler se pencha pour suivre des yeux le camion de la poste qui se figeait devant la maison rouge. Le facteur en sortit. Il était affecté d'une légère claudication et portait sa casquette d'uniforme enfoncée jusqu'aux oreilles.

— C'est pas le facteur habituel, énonça Tyler.

Nell se dressa sur son siège :

— Un remplaçant ? Ou...

— On va vérifier auprès des services de la poste. Je prends note : 12 h 40. On verra bien.

Dix minutes s'écoulèrent. Le facteur n'était pas ressorti.

— C'est lui, hein ? Il est allé rendre visite à son frère.

Tyler haussa les épaules.

— Il boite, ajouta Nell. Alvarez boitait-il ?

— Il a peut-être fait un mauvais atterrissage en parachute, répondit Tyler, la mine boudeuse, avec une fausse indifférence.

— Et si on appelait du renfort ?

— Du calme, Nell. Et cache-toi...

Ils se renfoncèrent dans leur siège tandis que le « facteur » ressortait de la maison rouge pour reprendre le volant du camion.

— La poste revend ses vieux camions usagés, précisa Tyler.

— Il en a acheté un, l'a repeint comme à l'origine et s'est procuré un uniforme de la poste. Ingénieux.

— On sait qu'il est un maître dans l'art de se grimer, marmonna Tyler.

— Alors qu'est-ce qu'on fait là, assis comme des imbéciles ? Pourquoi est-ce qu'on ne lui file pas le train ?

— On n'est pas pressé.

— Mais je rêve, ou quoi ? Tu t'appelles bien Peter Tyler, non ?

Tyler roula à bonne distance du camion pendant une dizaine de kilomètres. Il ralentit au milieu d'un quartier résidentiel et enfila l'allée d'une petite maison. Tyler resta dissimulé dans une rue transversale. Lorsqu'il passa devant la maison, le « facteur » était en train d'ouvrir son garage.

— C'est lui, laissa tomber Tyler d'un ton neutre.

— Tu l'as reconnu ?

— Non, mais je suis certain que c'est lui. Tu sais, ce n'est pas la première fois qu'il fait un saut à la Bennett House et que je ferme les yeux.

— Quoi ?

Elle était manifestement atterrée.

— Et cette fois, qu'est-ce qu'on fait ?

— On attend.

— Quoi ?

— Il est 12 h 50.

— Et alors ?

— C'est l'heure de déjeuner.

— Tu as faim ?

— Non, je te parle de son déjeuner à lui.

— Peter, tu as passé trop de temps dans cette planque.

— J'ai eu le temps de réfléchir, oui.

— Peter ! On va appeler des renforts. J'ai le droit de procéder à des arrestations...

— Sauf en Louisiane, lui rappela Tyler.

— Un coup de chance que nous soyons dans l'Illinois... Peter, pince-moi. Tu es Peter Tyler, ou le vrai est-il enfermé dans le coffre ?

— Le vrai Peter Tyler est devant toi. Celui d'avant l'affaire Chester Washington. Celui qui n'avait ni complexes, ni hésitations, ni arrière-pensées. Celui qui n'en voulait à personne. Celui qui ne connaissait pas la colère...

— Il me plaît bien, ce nouveau... je veux dire, cet ancien Peter Tyler, dit Nell.

— Vraiment ?

— Pourquoi crois-tu que je viens tous les week-ends grelotter dans cette décapotable truffée de courants d'air ? Je vais te faire un aveu : je n'aime pas tant que ça l'Illinois.

Tyler esquissa un sourire.

— Ah, voilà qui est mieux ! dit-elle. Je n'arrivais pas à croire que ce nouvel ancien Peter Tyler était dépourvu de tout sens de l'humour...

Au moment où elle prononçait ces mots, une Volkswagen Jetta jaillit de l'allée qu'ils surveillaient.

— Toujours ponctuel, approuva Tyler en consultant sa montre.

Comme la petite voiture remontait l'avenue à vive allure, Nell donna un coup de coude à Tyler :

— Alors, on dort, Peter Tyler ? Il va nous semer...

— Nous semer ? On sait où il habite. Et de un. Et maintenant, tu vas voir...

— Mais, voyons, Peter, il a pris à droite, pas à gauche ! dit-elle quand il démarra.

— Voici deux mois que je moisis dans ce bled, tu sais. Je connais mon chemin.

— Tu te fiches de moi ! Et en plus tu me caches quelque chose.

— Pourquoi, au juste, tu veux l'arrêter, ce type ? dit Tyler en bifurquant à droite, puis à gauche dans de petites rues bordées d'arbres.

— Parce qu'il a commis des crimes. Non ?... Peter, je commence à craindre pour ta raison.

— Quels crimes ?

— Il a coûté des millions de dollars à la compagnie !

— Vous êtes assurés, non ? Il n'a tué personne, si ?

— Goheen. O'Malley.

— Il a perdu trois êtres chers. La Northern Union a perdu deux individus qui ne valaient rien...

— Qu'essaies-tu de me dire, Peter ?

En guise de réponse, il ralentit pour garer la voiture en face d'une grande pelouse.

— Où sommes-nous ? s'enquit Nell.

— À la Westside Middle School.

La Volkswagen verte était stationnée dans le petit parking à l'arrière du bâtiment en brique.

— Tu es déjà venu ici ? Je n'ai pas besoin de te poser la question, c'est évident.

— Il y a quatre écoles « Middle » dans cette ville, une à chaque point cardinal. Celle-ci est située à l'Ouest. D'où son nom : Westside Middle.

— Très intéressant.

— J'ai mis un certain temps à trouver où il travaillait.

— Parce qu'en plus, il travaille ?

— Oui, sans doute comme enseignant intérimaire. Comme bouche-trou, en quelque sorte. En cas d'absence d'un prof de sciences. C'est pourquoi je n'ai pas tout de suite compris pourquoi il se rendait dans plusieurs établissements.

— Il a pris un faux nom ?

— Qu'est-ce que tu crois ? Rien de plus simple pour lui. Un faussaire de premier ordre.

— Bon, alors, si on allait lui dire deux mots à cet as de la falsification...

— Tu y vas si tu veux, mais... sans moi !

— Je ne comprends pas où tu veux en venir, riposta Nell.

Tyler caressa du bout du doigt les sourcils froncés de la jeune femme :

— Tu m'as engagé pour que je le retrouve. C'est fait. Ma mission est accomplie.

Nell se détendit. Sourit.

— Tu me taquines, n'est-ce pas ?

— Le syndrome d'alcoolisation fœtale, tu connais ?

De nouveau, son front se plissa :

— Son frère ?

— Miguel Alvarez. Oui. C'est de cette horreur qu'il souffre.

— C'est terrible.

— Sans espoir de guérison.

— Ce qui signifie ?...

— Qui a besoin d'Alvarez ? Son frère infirme ? Ses petits élèves ?

— Je crois que j'avais raison, tout à l'heure : le vrai Peter Tyler est enfermé dans le coffre.

— Combien de trains crois-tu qu'il va encore faire dérailler ?

— Là n'est pas la question.

S'ensuivit un long silence. Nell nouait et dénouait ses longs doigts fins. Tyler finit par les couvrir de sa main gauche, exposant la cicatrice de sa blessure, souvenir de ses exploits sous le ventre du *bullet train.*

— Si tu estimes que c'est ton devoir, je ne lèverai pas le petit doigt pour t'en empêcher.

Elle le considéra d'un air soucieux, regarda du côté de l'école, puis l'enveloppa de nouveau de son regard si chaleureux.

— Peter, pourquoi ? murmura-t-elle.

— Parce que je suis un peu comme lui. J'ai fait mon possible au sein d'un système qui n'a rien trouvé de mieux que de me rejeter. Je comprends ses raisons, comme j'ai compris la colère qui l'habitait. Pour la plupart des gens, la plupart du temps, la société est bonne. Mais pour certains, à certaines époques de leur vie, il se produit des accidents. C'est ce qui m'est arrivé, c'est ce qui lui est arrivé. Les faits sont les faits, me diras-tu, mais regarde-moi : rappelle-toi ce qui s'est passé avec Chester Washington...

Silence. Un oiseau gris piaillait sur une branche au-dessus d'eux. Le soleil inondait la rue de ses rayons pâles. Tyler chaussa ses lunettes noires.

— Tu étais bonne en sciences ? questionna-t-il.

Comme elle ne répondait pas, il poursuivit :

— Moi j'aimais bien ça.

Toujours pas de réaction. Un rayon de soleil se glissa par le pare-brise dans la voiture, éclairant les longues mains de Nell, son visage... tandis qu'un sourire détendait ses traits.

— J'étais nulle en sciences, souffla-t-elle.

— Pour quelle raison, à ton avis ?

Son sourire s'élargit :

— J'ai eu de mauvais profs.

Puis, prenant une profonde inspiration, elle demanda :

— Combien de temps te faudra-t-il pour faire ta valise ?

— Te voilà bien pressée, tout d'un coup, dit-il en démarrant.

— Il y a un vol de nuit à 23 heures. Tout bien considéré, je préfère prendre mon petit déjeuner à New York plutôt que dans l'Illinois.

— Ce qui veut dire qu'on a l'après-midi devant nous...

Tyler mit le cap sur son motel, en se disant qu'ils trouveraient bien un moyen de tuer le temps.

REMERCIEMENTS

Ce roman a été révisé par Leigh Haber (Hyperion) et Al Zuckerman (Writers House).

Je remercie William Eder, Nick Gilman, C.J. Snow d'avoir bien voulu me lire ; Matthew Snyder pour ses compétences cinématographiques ; Nancy Litzinger, Debbie Cimino, Mary Peterson, Louise Marsh pour leur travail de fées au bureau ; Heidi Mack pour avoir lancé et géré le site web ; Courtney Samway pour avoir mis à notre disposition ses ailes de cyber-postière. Merci aussi à Ellen Archer et Bob Miller.

Pour Marcelle, Page et Storey, comme toujours, avec toute mon affection.

[illegible]

[illegible]

[illegible]

[illegible]

DU MÊME AUTEUR

Aux Éditions de l'Archipel

MEURTRES À GRANDE VITESSE, 2002 (Folio Policier n° 331).

Aux Éditions Denoël

DESCENTE EN FLAMMES, 1993.

Composition Nord Compo
Impression Novoprint
à Barcelone, le 02 avril 2004
Dépôt légal : avril 2004

ISBN 2-07-042887-7/Imprimé en Espagne.

122289